운명을 걷다

운명을 걷다

운명, 그 기상천외한 이야기

김기승 장편소설

 다산글방

序說

여기, 운명의 장난처럼 누군가의 예언대로 삶을 살아가는 한 남자가 있다. 미래를 내다보고자 했고, 내다볼 수 있다고 믿었던 남자.

그가 들려주는 삶의 희망과 방향, 그리고 선택했거나 선택하지 않았거나 선택할 수 없었던 순간들.

자. 이제 자신이 선택하는 미래의 변화가 매우 획기적이기를…….

2025.2

차례

1

그날의 기억

밀려왔다 밀려가는 파도에 실려 카페 '카르멘'에도 석양이 밀려왔다. 앉은 자리 코앞까지 붉은 바다가 비늘처럼 펼쳐지더니, 하나둘 불빛들이 나타나 서성이듯 깜빡이며 어둠은 더 짙어졌다.

역사책을 한 페이지 한 페이지 넘기듯, 은하의 이야기는 오래도록 지칠 줄 몰랐다. 철호는 은하의 소설 같은 이야기를 듣는 내내 슬프고 먹먹했다.

"들어주셔서 고마워요. 우리 후포항으로 가요. 제가 밥 살게요."

은하와 저녁 식사를 마치고 집으로 돌아왔을 때는 벌써 10시가 넘어가는 시간이었다. 철호가 차에서 내리려 하자, 은하가 철호를 멈춰 세웠다.

"선배, 잠깐만요."

철호는 차 문을 다시 닫고 은하를 쳐다보았다. 은하의 입술이 철호의 입술에 바짝 다가왔다. 짙은 어둠도 커다란 눈동자와 오똑한 콧날, 하얀 피부를 가진 은하의 모습을 가리지는 못했다. 철호의 가슴은 한없이 콩닥거리고, 입술이 맞닿게 되자 숨이 멎는 듯했다. 잠시 그렇게 시간이 흘렸다.

"선배, 갈게요."

"어~. 은하야. 잘 가."

철호는 그동안 느껴보지 못한 감정을 주체할 수 없어 잠시 어둠 속에 묻힌 바다를 멍하니 바라보다가, 집 안으로 들어와 거실 소파에 털썩 몸을 던졌다. 은하의 따뜻한 입술이 아직도 철호의 입술을 간지럽혔다. 스물둘 그때처럼……. 스스로 감정이 메마른 반백의 늙은이라고 생각했는데, 철호의 가슴은 여전히 뜀박질을 멈추지 않았다. 혼자 피식피식 웃다가 늘 하던 버릇대로 철호는 무심코 TV를 켰다.

'오늘 하는 드라마가 뭐더라?'

그런데 첫 화면에 난데없이 대통령의 얼굴이 보였다. 얼른 채널을 돌렸다. '뭐야?' 또 채널을 돌렸다. '뭐지?'

옮기는 곳마다 하나같이 그의 얼굴이었다. '이 시간에 무슨 담화를 하길래, 방송사 전체가 하나의 화면만 송출할까?' 생각했다. 내용을 들어보니, 예산 타령, 탄핵 타령, 종북 타령 그가 늘 하던 이야기를 다시 반복하는 것 같았다. '별 시답잖은 사람 다 있네.' 생각하며, 철호는 소파에서 일어나 냉장고로 다가가 냉수 한 컵을 따라 마셨다. 그때였다. 대통령의 목소리가 갑자기 높아졌다.

"…… 친애하는 국민 여러분, 저는 북한 공산 세력의 위협으로부터 자유 대한민국을 수호하고, 우리 국민의 자유와 행복을 약탈하고 있는 파렴

치한 종북 반국가 세력들을 일거에 척결하고 자유 헌정 질서를 지키기 위해 비상계엄을 선포합니다."

'뭐야? 비상계엄? 내가 잘못 들었나?'

순간 철호는 담화를 들으면서도 믿을 수 없어 TV 앞으로 바짝 다가섰다. 잘못 들은 게 아니었다. 2024년 12월 3일 밤 10시 30분. 대통령의 대국민 담화는 '국가 비상계엄령 선포'에 관한 것이었다. 담화가 끝나자마자 화면은 곧장 국회로 이동되면서 전면적인 계엄 방송으로 이어졌다.

국회의사당은 경찰차가 둘러싸 출입을 통제하기 시작했다. 그때 야당 대표의 유튜브 라이브가 켜졌다. "시민 여러분 반헌법적이고 불법적인 비상계엄이 선포되었습니다. 국회로 와주십시오." 그는 자신을 가로막는 경찰들을 피해 국회 담을 넘어 들어갔다. 야당 대표뿐만 아니라, 국회의장과 국회의원들은 시민들의 도움을 받아 속속 담을 넘어 국회로 들어가고, 곧 군 헬리콥터와 장갑차가 들이닥쳤다. 완전무장을 한 특수부대 계엄군이 총을 들고 의사당 안으로 진입하며 시민들과 마주했다. 무장한 계엄군들은 본 회의장으로 모여든 국회의원들을 체포하려는지 개머리판으로 유리창을 깨고 진입했고, 깨진 유리가 깔린 바닥을 군홧발로 짓밟으며 진격했다.

투투투투, 군홧발 소리에 철호는 순간 숨이 가빠진다. 그 모든 상황이 TV 화면으로 실시간 방송되는 영상은 그의 아픈 기억을 자극하고 있었다. 믿을 수 없는 상황이었다.

2024년. 정확히 그 일로부터 45년이라는 세월이 흘렀다. 자신의 스물두 살로부터 흐른 45년의 세월 동안 이 나라의 민주주의는 많은 발전을 거듭했다고 여겼다. 그러나 지금 마주한 현실은 그것이 아니었다.

그가 임금 '王' 자를 손에 새기고 나타났을 때부터 철호는 이상한 예감을 느꼈지만, 애써 모른 척했었다. 운명이라는 것은 자신이 예측한 대로만 되지 않았기 때문이다.

좁은 공간의 기억이 그의 목을 조여왔다. 손발이 묶인 채로 그냥 코에 물을 들이붓거나, 밀실 욕조 물에 수도 없이 머리가 처박혔다. 정신을 차릴 수 없었다. 정신을 차릴 만하면 군홧발이 무릎과 몸뚱이를 짓이겼다. 고통을 참으려 했지만, 참을 수 없어 끔찍한 비명을 내지르기도 했다.

그 후로도 그는 오랫동안 시시때때로 그때의 기억 속을 드나들며 고통 속에서 살아야 했고, 45년이 지난 오늘에서야 겨우 상처밖에 남지 않은 흔적으로부터 멀어졌다고 생각했다. 그러나 다시금 45년 전의 기억처럼 돌아온 비상계엄령 앞에서 그는 무기력해졌다.

비틀거리는 철호를 발견한 것은 그의 뒷방에서 함께 살고 있는 만식이었다. 만식은 콧노래를 흥얼거리며 막 구운 고구마를 가지고 들어오다 하염없이 무너져 내리는 철호를 발견했다.

"철호야, 왜 그래. 무슨 일이야?"

만식의 목소리가 먼 곳에서 말하는 것처럼 아득하게 들렸다. 철호는 자신이 다시 한번 무기력해질 수밖에 없는 상황에 놓였음을 알았지만,

어떤 말도 꺼낼 수 없었다.

"만, 만식아……."

"그래, 철호야. 도대체 무슨 일이야?"

"마, 만식아. 저거 뭐야? 비상계엄령 맞아?"

"철호야, 정신 차려!"

애타는 목소리로 만식이 철호를 달랬지만, 철호는 오른손을 덜덜 떨며 TV를 가리켰다. 만식은 그제야 TV 속보를 보았다. '아, 그 때문이구나.' 만식은 직감했다. 철호의 이런 모습은 처음이었지만, 언젠가 그가 자신에게 들려주었던 그 시절의 어두운 기억 속으로 빠져든 게 분명했다.

이윽고 만식을 쳐다보는 철호는 낯선 사람처럼 혼잣말로 중얼거렸다.

"대자보를 쓴 것은……. 대자보를……."

"정신을 차려! 너는 태랑이잖아. 대학생 최철호가 아니라고……."

만식이 다급하게 소리쳤다. 급기야 꿇어앉는 철호의 모습을 보며, 만식은 그를 일으켜 세우려고 했지만 아무런 소용이 없었다.

"이 친구야, 이제는 벗어날 때도 되지 않았는가? 어째 그 시절 망령에 다시 사로잡히는 게야!"

철호의 이런 모습을 처음 보는 만식의 목소리에는 안타까움과 강한 분노가 담겨 있었다. 철호는 정신을 차리지 못하고 있었다. 그렇지 않아도 비가 오는 날이나, 눈이 내리는 날이거나, 짓궂은 날이 되면 어김없이 철호는 무릎 통증을 앓았다. 그것이 철호에게 무엇을 의미하는지도 만식은 분명히 알고 있었다.

"얼마나 그 시절의 상처가 깊고 크면 이럴까?"

만식의 눈이 촉촉이 젖어들었다.

만식이 자리에 주저앉아 철호를 한동안 어루만졌다. 철호는 그제야 겨우 정신이 들었다.

"만식아, 내가 지금……, 지금 뭐라고 했지?"

"이 친구야, 얼른 잠이나 자게. 이불 가져오겠네."

만식이 이불을 가져오자, 몸을 가눌 수조차 없던 철호는 그 자리에서 이불을 덮고 누웠다. 하지만 쉬이 잠이 오지 않았다.

TV에선 시시각각 국회 상황을 보도했다. 국회의원들은 계엄령을 해제하기 위하여 의사당에 들어가려 했지만, 중무장한 군인들과 경찰들이 국회 출입문을 모두 통제했다. 계엄을 해제하려면 의결정족수 150명이 필요했다. 어떡해서든 의원들은 의사당에 입성해야 했다. 하는 수 없이 의원들은 국회 담장을 넘어야 했다. 긴박한 그 순간, 어느새 국회 앞 도로를 가득 메운 시민들은 군인들과 온몸으로 대치하는 한편, 의원들을 담장 너머로 보내기 위해 몸으로 사다리를 만들었다. 의원들은 목숨을 걸고 의사당에 집결해 정족수가 차기를 바라며 초조하게 다른 의원들을 기다렸다.

헬기로 국회 경내에 진입한 무장 계엄군들이 의원들을 끌어내기 위해 의사당 유리창을 깨면서 본청에 강제 진입을 도모하는 순간, 드디어 의결정족수가 충족되고, 결국 극적으로 국회의원 과반수의 찬성으로 비상계엄령 해제가 가결되는 것을 보고 나서야 철호는 선잠에 들 수 있었다.

아침이 밝았다. 강화도 낙조마을 산 중턱에는 굵은 눈이 듬성듬성 내리고 있었다. 철호는 스웨터를 걸치고 테라스로 나와 굵은 눈을 삼키는 바다를 바라보았다. 바다도, 별장을 둘러 싸안은 소나무와 앙상해진 정원의 수양 단풍나무도 간밤의 일을 까맣게 모르는 것 같았다.

만식이가 아메리카노를 가져와 철호에게 건넸다.

"철호야, 바다 풍경이 정말 아름답지 않냐? 난 여기가 너무 좋다. 텃밭에 이것저것 농사짓는 것도 재미있고……."

"그래. 언젠가 이 동네에 왔을 때 여기 어디쯤 말년을 보낼 장소로 생각했는데 그게 현실이 되었지."

은하의 아버지가 휴양하시던 이 작은 별장은 스물네 평의 단층으로, 뒤편으로 보일러실을 통해 따로 출입도 할 수 있는 뒷방이 하나 있고, 안채는 거실과 방이 두 개가 있다. 뒷방은 만식이가 쓰고 안채의 작은방은 철호가 침실로 쓰며, 조금 큰방은 서재로 사용한다. 집 뒤에는 산이 병풍처럼 둘러 싸안고 좌우로는 적당한 거리에 소나무들이 멋스럽게 우거져 있다. 앞마당에 잔디와 조경수들이 잘 갖추어져 있고 한편으로는 텃밭이 백삼십 평쯤 있어서 쓰임새가 좋다. 주차도 서너 대는 거뜬하다. 매일 해넘이 시간마다 붉게 물드는 바다를 볼 수 있는 곳. 철호에게는 더할 나위 없이 좋은 공간이다.

성긴 눈발이 잦아들며 저쪽 텃밭 감나무 가지로 참새들이 내려와 앉는다.

***

"태랑 선생님, 건강은 좀 어떠신지요? 와~, 여기 풍광이 장난이 아니네요."

익숙한 얼굴의 사내가 집안으로 들어 오며 철호에게 큰소리로 인사를 건넨다.

"아니, 여기는 어찌 알고 오셨는지?"

"하하! 다 아는 수가 있습니다. 요즘은 인터넷이 발달되어 있어서 유명인들의 움직임은 다 노출된답니다."

"허허, 내가 의원님처럼 유명 인사도 아니거늘……."

"태랑 선생님 본인만 모르시지, 선생님은 음으로 양으로 이미 많은 사람들이 만나고 싶어 하는 유명 인사입니다."

"교수님! 아니 태랑 선생님, 정치인으로서 제가 지금 정말 중요한 결정을 해야 하기에 무작정 찾아왔습니다."

자신의 앞에 앉은 사내의 얼굴을 유심히 들여다보았다. 오래전 자신을 찾아왔던 사내는 어엿한 중진 국회의원이 되어 있다. 자신을 처음 찾아왔을 때까지만 하더라도, 정치에 입문해야 할지 말지 고민하던 풋내기였다. 그런 풋내기였던 사내는 지금 연륜과 통찰력이 무르익은 정치가의 얼굴을 하고 있었다.

지금이야말로 기운이 가득 몰린 상태라는 것을 철호는 알고 있었지만, 섣불리 사내에게 앞날을 이야기해 주는 것은 오히려 독이 되는 천기

누설일지도 모른다는 생각이 들었다. 그 때문에 말을 꺼내지 않은 채, 사내를 지그시 쳐다보기만 할 뿐이었다.

"글쎄요. 내가 이렇다 저렇다 썰을 푼다고 해서 달라질 게 뭐가 있겠습니까?"

철호의 대답에 사내는 잠시 침묵을 삼키더니 말을 이었다.

"지금이야말로 많은 게 바뀔 수 있는 기회라고 저는 생각하고 있습니다. 선생님께서도 이 나라, 잘못된 정치의 뿌리를 뽑고 진정한 자유와 민주주의가 자리 잡길 원하시는 것 아닙니까?"

"글쎄요. 진정한 민주주의라? 산업화와 피를 먹고 자라난 권력의 수혜자들이 판을 치는 세상에 진정한 민주주의가 있겠습니까? 나는 그 피해자 중 한 사람이에요. 오늘은 아무래도 대화가 그른 듯하니, 이만 여기서 이야기를 그만두는 것이 좋겠습니다."

"태랑 선생님, 제발 도와주십시오. 선생님의 혜안이 필요합니다."

사내는 간절한 목소리로 철호를 '태랑'이라고 불렀지만, 철호는 미련이 없다는 듯 자리에서 일어났다. 그런 모습을 본 사내가 다시 한 번 "태랑 선생님! 교수님!"이라고 소리쳤지만, 철호의 대답은 싸늘할 뿐이었다.

"나는 이제 판을 떠난 사람입니다. 판을 떠난 늙은이에게 무엇을 기대하는 것인지요? 저는 조용히 지내고 싶습니다."

철호는 이제 그 누구에게도 세상이 어떤 기운으로 변화하고 있는지, 어떻게 굴러갈 것인지, 그런 것들을 감지하는 사고에서 멀어지고자 했다. 오랜 시간 운명을 들여다본 사람으로서 얻은 결과는 오만해진 자신의 마음이었고, 이제 수양의 시간이었기에.

사내는 좌절에 가까운 표정을 지으며 자리에서 일어났다. 언젠가 태랑의 조언으로 도움을 받았지만, 이제 정치에 관여하고 싶지 않다는 그의 말에 공감할 수밖에 없었다.

"이만 돌아가세요. 제가 더는 해 줄 말이 없습니다. 먼 길 오느라 수고했어요. 강화도까지 오는 데 얼마나 걸립디까?"

철호의 물음에 사내는 내비게이션을 그대로 따라왔지만, 먼 길을 돌아오느라 두 시간 정도 걸렸다는 대답을 늘어놓았다.

"여기가 조금 외진 곳이긴 하지요. 좁고 구불거리는 도로 역시 많으니……. 의원님의 고급스러운 차로는 운전하는 데 꽤 방해됐을 겁니다. 아무튼 고생하셨어요."

"태랑 선생님, 마지막으로 한 가지만 여쭈어봐도 되겠습니까?"

사내는 여전히 미련 가득한 표정으로 철호를 향해 물었다. 철호가 어떤 답을 할까 고민했지만, 입이 쉽사리 떨어지지 않아 머뭇거리자, 그가 다시 물었다.

"선생님은 언제부터 운명을 믿게 되셨습니까? 저는 늘 그것이 궁금했습니다. 제가 선생님에 대하여 알 수 있었던 건 학창 시절 운동권에 가담하여 고생하셨다는 것뿐입니다. 그렇다 하더라도, 그게 인간이 쉽게 범접할 수 없는 영역인 운명론에 대한 믿음으로 바뀔 수 있는지 알고 싶었습니다. 그저 한 사람으로서 궁금할 뿐입니다. 이 정도 이야기는 우리가 지낸 세월이 있으니 해 주셔도 되지 않겠습니까?"

철호는 잠시 사내의 눈을 들여다봤다. 수많은 정·재계 거물들을 만났지만, 그나마 무거운 입을 가지고 있는 사람은 지금 눈앞에 있는 사람 정도라는 걸 알고 있었다.

그는 오래전부터 철호의 신분을 알고 있으면서도 단 한 번도 철호에 대해 언급하지도, 철호의 말을 섣불리 소문내고 다니지도 않았다. '이 사람은 지금 내가 왜 이중생활을 했는지 궁금한 것이구나' 생각이 들었기에 철호는 잠시 멈칫거렸지만, 집필하는 소설이 세상에 나오면 알게 될 일이라고 생각했다.

"그건……, 언젠가 이 모든 이야기를 풀어낼 날이 올 겁니다."

사내는 아쉬움이 그득 담긴 표정을 지었다. 그렇지만 철호는 그저 입을 꾹 닫고 있었다.

사내가 아쉬운 발걸음을 돌려 멀어진 뒤, 철호는 만식이를 찾아보았다. 마을에 내려갔는지 보이지 않았다. 철호는 캡슐을 커피머신에 넣고 따뜻한 커피 한 잔을 내렸다. 오늘따라 커피향이 그윽하게 콧속으로 스며들었다.

도인 행세하던 시절 마음에 잠시 품었던 여인이 떠올랐다. 그 여인을 떠나보내고, 아내와 졸혼까지 하고 난 뒤 도피하듯 온 곳이 강화도였다. 철호는 강화도로 온 지 벌써 몇 해가 지났음을 생각하며 익숙한 발걸음으로 자리를 옮겼다. 그가 앉은 곳은 데스크톱 앞이었다. 그는 어젯밤까지 작성하던 문서 파일을 열었다. 〈운명론자(가제)〉. 자신이 걸어온 '운명'을 집필하는 일을 철호는 멈출 수 없었다.

문서 파일 앞에서 철호의 기억은 십여 년 전으로 거슬러 올라갔다.

* * *

체구가 당당한 사내가 철호 앞에서 머뭇거렸다.

"거기, 왜 남의 영업장 앞에서 똥 마려운 강아지처럼 왔다 갔다 하는 게요? 신경 쓰이게."

"저 사실은 선생님, 고민이 있어 찾아왔습니다."

"그렇담 이리 와서 앉던가."

반듯하게 자른 머리와 깔끔한 손톱, 그리고 군데군데 박인 굳은살이 그가 평범한 직업을 가지지 않았다는 것을 증명해 주고 있었다. 태랑 앞에 앉은 사내는 입을 열었다.

"선생님……. 제가 사실 군대에서 대령입니다. 장군 승진 마지막 기회를 앞두고 있습니다. 그런데 한 가지 고민이 있습니다."

그는 이미 준비해 온 자신의 생년월일시를 적은 종이를 태랑 앞에 내놓았다.

"혹여 뇌물을 상납하려거든 하지 마시오."

"그, 그걸 어떻게……."

"그 고민이 팔자와 얼굴에 적혀 있으니 하는 말이오."

"안 그래도 집 담보로 일억쯤 대출을 받아 상납할까 고민 중이었습니다."

"그건 하지 말아야 할 짓이오. 돈을 주면 뇌물로 걸려 옷을 벗게 될 것이고, 가만히 있으면 이번에 별을 달게 되니 앞으로 모든 언행을 조심하고 기다리시길……."

"정말입니까? 감사합니다. 정말 감사합니다. 선생님, 지금 드린 말은 꼭 비밀로 지켜주시기를 거듭 부탁드립니다. 승진 후 꼭 찾아뵙겠습니다."

"새어나갈 일이 없으니 그리 아시오. 뭐 다시 올 필요도 없고."

사내가 자리를 뜨자 철호는 시계를 보더니 '아니 벌써 시간이…….' 서둘러 자리를 정리하고 일어났다.

"아니, 태랑 선생님, 선생니임! 제발 저희 애 좀 봐주세요. 네? 선생님……. 제발요!"

명품을 온몸에 휘감은 여자가 태랑 선생님을 외치며 자신을 쫓아오고 있었다. 또각거리는 하이힐 소리가 점점 느려졌다. 여자의 미간은 잔뜩 찌푸려진 상태였다. 여자는 혼잣말을 중얼거렸다.

"아니, 뭔 사람이 저렇게 돈을 준대도……. 고작해야 자리에 앉아서 30분이면 되는 점을 안 본다고 저래? 내가 진짜…… 가진 돈이 얼마나 되는데 저러는 거야? 자기는 육교 밑에서 점이나 보는 주제에!"

철호는 "다음에 오세요." 대답하고는 여자가 자신을 쫓아오든 말든 신경 쓰지 않고 부지런히 걸었다. 만식이가 기다리고 있는 게 더 중요했다. 그의 오른쪽 다리는 미묘하게 불편하게 보이고 있었다. 민주화 운동이 남긴 흔적이었다. 철호는 이내 골목 끝에 자리한 허름한 '초미식당'의 간

판을 바라봤다.

"휴~, 오늘은 늦었는지도 모르겠군."

초미식당에서 알게 된 친구 정만식. 곧 이순에 접어드는 철호의 인생에 있어 편견 없이 다가와 준 몇 안 되는 인물이었다. 철호는 그를 무척 좋아했다. 자신의 과거나 신분을 묻지도 않았으며, '현재'의 자신을 생각해 주는 사람 중 하나였다. 철호도 그에 대해 사적인 것을 묻지 않았고, 그저 편안히 막걸리를 한잔할 수 있는 친구였다.

끼이익, 식당 문을 열자마자 철호는 가게 안을 살폈다.

"어머나, 태랑 선생님! 지금 오시면 어떡해요?"

가게 주인 김 씨가 주방에서 나오며 한마디 했다. 그 말에 철호는 자신이 만식과의 만남을 놓쳤음을 알 수 있었다.

"만식이 그 친구는 갔는가?"

"간 지가 언젠데 그래요.?"

"아니, 그놈 자식. 조금만 기다려 주지."

아쉬움 섞인 철호의 말에 김 씨가 핀잔을 줬다.

"그 양반이 여기서 막걸리를 몇 병이나 마실 동안 뭐 하셨어요? 고주망태가 돼서 나가는 모습을 보셨어야 하는데……. 태랑이 언제 오냐고 고래고래 소리 질러서 다른 손님들 때문에 어쩔 수 없이 내보냈어요."

"아이고, 내가 한발 늦었네 그려. 나도 막걸리 두 병만 주세요, 김 씨."

김 씨는 철호에게 눈을 흘기면서도, 고분고분하게 막걸리 두 병을 내왔다. 막걸리 병을 살짝 흔들어 섞은 철호는 막걸리를 양푼 그릇에 따랐다. 졸졸 흐르는 소리가 경쾌했다. 막걸리가 목으로 넘어가는 소리에 군침이 싹 돌았다.

태랑 선생 '최철호'. 그는 서울 소재 대학교에서 철학과 교수로 재직 중이었다. 강단에서는 그 누구보다 엄격한 교수지만, 사실 철호의 진짜 모습은 태랑 선생이었다. 그가 즐기는 것은 일탈이었다.

젊은 날 고초를 겪은 후에 모든 것은 운명이라고 여기며 살아왔다. 아내를 만난 것도, 교수가 된 것도, 그리고 지금의 삶을 살고 있는 것도. 모든 것에 깊은 정을 주지 않게 된 그였다. 하지만 그런 와중에도 그가 손에서 놓지 못하고 있는 것이 있었다. 바로 누군가의 운명을 점치는 일이었다.

"어떻게 알았는지 오늘도 누가 와서는 '여기가 태랑 선생이 자주 오는 곳이 아니냐?'고 하더라고요."

김 씨가 툴툴거리며 오이무침과 살짝 데친 나물 몇 가지를 내려놓았다. 철호는 쓴웃음을 지었다. 실상 자신이 점치고자 하는 인물은 몇 없었다. 졸부가 더 부자가 되겠다는 욕심쟁이나 사악한 일을 위해 점을 보자는 등등은 그의 대상이 아니었다. 진정성이 있거나 길을 걷는 이들의 얼굴을 청량리 육교 밑에서 유심히 살피다 앞날에 대한 걱정이 가득한 관상을 보면 점을 봐주고는 했다. 사주를 풀이해 주는 날도 있었고, 사주풀이가 아닌 관상과 손금만 보고 이야기해 주는 날도 있었다.

운이 좋으면 그 사람의 과거와 현재, 미래를 정확히 예측해서 후일에 감사 인사를 전해 듣는 날도 있었다. 사람들은 대부분 자신의 앞날에 대해 정확히 콕 짚어서 이야기해 주기를 바랐다. 그러나 콕 짚어서 말해줘도 그 사람이 그것을 정확히 이해했느냐는 다른 문제였다. 철호는 자신이 본 미래가 틀릴 것이라고는 단 한 번도 생각해 본 적 없었다. 언제나 들어맞았으니까.

철호는 자신에게 운명의 길을 걷게 한 호계사 큰스님의 모습이 어른거려 잠시 생각에 잠겼다. 그가 말한 스무 살 언저리의 피할 수 없었던 질곡의 시절을 지나, 명문대 철학과에서 인간 군상에 심취하고, 지금 태랑의 자리에서 타인의 인생을 점지하기까지, 철호에게는 늘 큰스님이 가르침이 있었다.

"너는 머리가 비상하지만, 차후 권력이 있는 곳으로 가면 화가 닥칠 수 있다. 그러니 오직 일생 학문으로 수신제가하고 빛이 되어 남을 이롭게 하여야 한다."

"아이고, 선생님! 음식이 나왔는데 잡수지를 않고 무슨 생각을 그리하세요? 전 부친 거 다 식겠어요."

김 씨의 말에 철호는 정신이 퍼뜩 들었다. 술 한잔 들어갔다고 금세 과거 속에 잠기게 되다니? 자신도 이제는 나이를 피해 갈 수 없는 존재가 다 되었나 하는 생각이 들었다. 예전에는, 이야기하다 말고 오래전 이야기를 다시 꺼내는 어른들을 이해할 수 없었다. 그런데 이제 그 어른들과 비슷한 나이가 되자, 왜 그들이 했던 이야기를 또 하고 되새기는지 이해가 되었다.

'나도 어쩔 수 없는 인간이로구나. 세월을 피해 가려고 운명을 공부해 봤지만, 이것 역시 내가 감당해야 할 운명 중 하나이니 어쩔 수 없는 게로구나.'

철호가 쓴웃음을 지으며 막걸리를 벌컥벌컥 들이켜는 것을 본 김 씨는 맞은편에 앉아 무슨 일이 있었냐고 물었다. 그 말에 철호는 고개를 저었다. 아무런 일도 없었다. 강남에서 내로라하는 부동산 부자라는 여자가 자기 아들 좀 봐 달라며 쫓아온 일 말고는. 늘 있는 일이었기에 철호로서는 이야기할 가치를 느끼지 못했다.

"뭐, 언제나 같은 일을 겪지 않았겠어?"

"오늘 태랑 선생 기다리다가 간 정만식 아저씨에게나 연락해 보시지 그래요. 전화번호 알려드릴까요?"

"되었네. 그 친구, 여러 병이나 마셨으면 지금쯤 취해서 뻗었을 터인데 내가 연락한다고 받겠나? 주말이면 또 나타날 텐데 뭐."

"아니, 그건 그렇고……. 어쩌다 오늘은 이리 늦으신 거예요? 원래 만식 아저씨하고 약속이 있는 날은 단 한 번도 늦은 적이 없었잖아요."

김 씨는 늘 철호, 즉 태랑 선생의 일에 대해 궁금해했다. 하얀 수염을 살짝 기른 철호가 어설프게 백발의 가발을 쓰고 육교 밑에서 다른 이들의 점괘를 봐준다는 것을 알고 있으면서도 그를 더 깊이 알고 싶어 했다. 김 씨의 얼굴에는 살짝 붉은 기운이 돌았다.

철호는 알고 있었다. 김 씨의 마음을.

자신에게 연모하는 감정을 가진 김 씨의 마음을 모르고 있진 않았지만, 그녀의 마음을 받아줄 수는 없는 일이었다. 더군다나 그에게는 아내와 다 큰 자녀 둘이 있었다. 일평생 고된 삶을 살아온 김 씨의 마음을 알면서도 그것은 그저 연민의 정이라고 생각했다. 철호는 찬찬히 김 씨의 얼굴을 살폈다. 고된 삶이 녹아들어 있었다. 이제 쉰을 갓 넘긴 중년의 여인일 뿐이지만, 안타깝게도 그녀는 서방 복도 자식 복도 없다. 그리고 그런 그녀의 궂은 팔자를 철호의 능력으로 바꿀 수도 없는 것이다.

그런 이유로, 철호는 김 씨의 운명을 알면서도 말해 준 적이 단 한 번도 없었다. 물론 김 씨가 신경 쓰이지 않는 것은 아니었다. 그런데도 그녀에게 점을 봐주거나 자신의 속마음을 드러내지 않은 건 모르는 게 약이 될 수 있다고 생각했기 때문이다. 즉 그녀가 하루하루 즐겁기만을 바랄 뿐이다. 초미식당을 즐겁게 운영하며 웃고 사는 것이 훨씬 더 중요한 것이다.

"오늘은 어디 좀 다녀오느라 늦게 나와서 시간이 없어 점도 많이 봐주질 못했으이……."

"그럼, 제 점이라도 봐주시는 건 어때요?"

"내 자네에게 누누이 말했지? 자네의 점을 봐주는 일이란 없을 것이라고."

김 씨는 나이에 걸맞지 않게 입술을 삐죽였다. 혈혈단신으로 이혼만 세 번 한 궂은 팔자를 가지고 있었지만, 아직 소녀 같은 모습이 남아 있었다. 그런 김 씨의 앞날이 예측되었기에 철호는 더욱더 그녀의 마음을 모르는 척할 수밖에 없었다.

"만식 아저씨 점은 봐주면서 저는 왜 안 봐주는 거예요? 제가 미덥지 못해서 그러세요?"

김 씨의 말에 철호는 말없이 막걸리를 들이켰다.

"거, 오늘 전 잘 부쳐졌네. 날이 갈수록 실력이 느는 듯해."

"아니, 제가 식당을 운영한 지 벌써 스무 해가 넘었어요. 그랬는데도 실력이 늘지 않는다면 바보 아니겠어요?"

"그렇긴 하지. 그래도 지난달에 먹었던, 그 버석했던 전보다는 훨씬 나아져서 하는 말이야."

핀잔을 주는 듯한 철호의 말에 김 씨는 살짝 그를 흘겨봤다. 그러나 미움이 담긴 시선은 아니었다. 오히려 애정이 가득했다면 모를까. 가끔 김 씨는 자신의 남편 대하듯 철호를 대하고는 했다. 철호는 나이에 어울리지 않게 세상에 대한 애정이 가득한 그녀를 보면서 신기한 생각이 들었다. 그러다가도 '일생을 소녀처럼 살다 가는 운명이란 것도 있겠구나!' 하는 생각이 들었다. 자신은 그런 인간이 되지 못했다. 김 씨에게서 스물한두 살 언저리의 은하 모습이 그려진 건 그 때문일까?

그 당시 유신헌법은 장기 집권과 함께 단순한 행정명령만으로 언론의 자유, 정치 행위는 물론 국민의 자유와 권리에 대해 무제한 제약을 가할 수 있는 초헌법적 권한이었다. 그렇게 살벌한 유신헌법 치하에서 이를 반대하는 대학생들의 시위는 끊이지 않았다. 철호는 그때 들끓는 피를 가지고 있었다. 학생 운동에서 자신이 한 일은 대자보를 써 붙이는 일이었다. 막 부마항쟁이 시작되었고, 전국이 시끌시끌했다. 그가 할 수 있는 가장 첫 번째 일은 칭찬을 들어온 글솜씨로 대자보를 써서 유신통치를 반대하는 내용을 널리 알리는 것이었다. 그러나 그것이 그의 삶을 송두리째 바꾸는 시발점이 되었다.

"네가 주동자지? 대자보도 네가 써 붙였지? 한국대학교 철학과 놈들이 시위를 주도하고 있잖아! 야, 이 새끼야. 네가 주동자가 아니면 누군지 대보란 말야, 임마!"

욕조 물에 몇 번인지 모를 정도로 머리가 처박혔다. 숨을 쉬지 못해 입과 코로 수돗물이 잔뜩 들어올 때가 되면 고개가 알아서 젖혀졌다. 죽이지는 않았다. 하지만 엄청난 폭력과 고문이 이어졌다. 군화가 철호의 몸을 무겁게 짓이겼다. 몸이 으깨어지는 끔찍한 고통에 입에서는 하얀 거품이 일었다. 이를 악물고 참았다. 모든 꿈이 짓이겨지던 그날의 기억이 술기운으로 온몸에 감돌았다.

스무살 언저리 자신의 운명에 먹구름이 지나간다는 호계사 큰스님의 예언은 정확하게 들어맞았다. 철호는 그렇게 며칠을 형용할 수 없는 고통의 고문을 당한 끝에 결국 각서를 써주고는 밀실에서 풀려났다.

시월의 끝 서늘한 바람이 무릎 관절로 차갑게 스며들었다. 발을 절뚝거리며, 만신창이가 되어 하숙집에 도착하자, 한 여자가 대문 앞에 서 있었다.

"선배!"

철호가 선배라고 크게 부르는 소리에 눈을 치켜뜨고 보니 음대 성악과 백은하였다.

"은하야······."

"이게 어떻게 된 거예요? 도대체 누가 그랬어요?"

은하는 철호가 이틀이나 안 보이자 이상하다고 생각해서 하숙집으로 왔는데 때마침 철호가 기진맥진하며 나타난 것이다.

초췌한 자신을 바라보는 은하의 눈에서 안쓰러움인지, 애정인지 모를 촉촉한 눈물이 떨어졌다.

철호의 기억이 아득한 과거를 헤매고 있을 때였다.

"저기, 저~, 태랑 선생님! 무슨 생각을 그리하셔요? 술 드시다 말고 딴생각하시는 건 여전하시다니까. 뭔 생각을 그리 깊이 하신대요?"

김 씨가 과거를 허우적대는 철호의 어깨를 흔들었다.

"뭐, 그런 거 있잖나. 늙으니 공연히 옛날 생각이 나는구먼."

"무슨 과거 생각을 그리 오래 하세요? 나도 알려 주세요. 그리고 보니 선생님은 단 한 번도 자기 이야기를 한 적이 없어서요. 저는 진짜 알고 싶다니까요. 선생님이 어떤 삶을 살아오셨는지. 만식 아저씨한테 듣기로는 제가 서방이 세 번은 바뀔 팔자라고 하셨다면서, 정작 자기 이야기는 하지 않는 선생님이 얄밉다니까요."

김 씨는 팔짱을 낀 채 철호를 노려보며 이야기하고 있었지만, 그윽한 커피향 같은 말투와 수줍은 듯 샐쭉한 그녀의 표정은 영락없는 은하였다.

철호는 그런 김 씨를 보며 그저 미소를 지을 뿐이었다. 어떤 말도, 행동도 필요하지 않았다. 그녀의 고된 삶에 자신이 살아왔던 이야기의 짐을 하나 더 얹을 필요는 없다고 생각했다. 그런 삶의 무게는 자신만 아는 게 나았다.

"뭐…… 안다고 해서 도움이 되겠나. 다들 비슷비슷한 삶을 살아왔지. 그랬으니 이야기할 거리도 별로 없다네."

"살아온 삶이 다 다른데 어떻게 비슷비슷해요? 말이 되는 소리를 해요, 선생님. 저도 들을 줄 아는 귀가 있다고요. 제가 이 식당을 스무 해 넘게 운영하면서 이 꼴 저 꼴 다 보고 살아왔어요. 선생님 이야기를 듣지 못하는 그런 팔푼으로 보이세요?"

"내가 하고 싶지 않아서 그래. 내가 한다고 하더라도 뭐가 달라지겠나."

"선생님. 저도 들을 줄 아는 귀가 있어요. 생각할 줄 아는 머리도 있고요. 머리는 장식으로 달린 줄 아세요?"

그때였다. 다른 테이블에서 "김 씨!"하는 경쾌한 목소리가 들렸다. 김 씨는 눈을 흘기면서 자리에서 일어났다. 철호는 김 씨가 자리에서 멀어지자 비로소 편안해진 마음으로 따라놓은 막걸리를 벌컥벌컥 들이켰다. 술을 가지러 냉장고로 간 철호는 술병을 잡으려다 내밀었던 손을 내렸다. 다른 테이블에 앉아 활짝 웃으며 이야기하고 있는 김 씨를 보며 철호가 소리쳤다.

"여기 오늘 마신 값 내고 가네. 다음에 만식이가 오거들랑 내가 왔다가 아쉽게 돌아갔다고 전해 주게."

"아니, 오늘은 왜 이리 빨리 가세요?"

"뭐, 이런 날도 있는 법이지."

철호는 밖으로 나와 주머니 속에 처박혀 있던 휴대폰을 꺼냈다. 십여 분 동안 택시를 잡으려고 했지만, 택시가 잡히지 않았다. 아무래도 날이 궂기 때문인 듯했다. 오가는 택시라도 잡아보려고 했지만, 모두 손님이 타고 있었다.

"쯧, 택시도 이리 잡히지 않아서야."

철호는 혼잣말을 중얼거렸다. 그때 전화가 걸려 왔다. 아내였다.

"여보세요."

철호가 살짝 어눌한 발음으로 전화를 받자, 아내는 단번에 그에 대해 눈치를 챈 듯했다.

"당신, 술 마셨죠? 아니, 이 양반이……. 뭔 술을 그리 자주 마셔요? 어디예요, 데리러 갈게요. 나 이제 교사들이랑 모임 끝나서 데리러 갈 수 있어요. 술 냄새 때문에 전철도 못 탈듯한데."

아내의 목소리에는 애정이 담겨 있었다. 톡 쏘는 듯한 말투였지만, 그 안에는 오랜 세월을 함께한 정이 있다는 것을 철호가 모를 리 없었다.

"여기가 어디냐면……."

"나 운전 중이니까 주소 찍어서 보내줘요."

철호는 택시도 잡히지 않는 지금 상황에 아내가 데리러 온다고 생각하니 기분이 편안해졌다. 긴 이야기를 하지 않더라도 아내가 주는 편안함이 있었다.

철호는 위치를 문자 메시지를 보냈다. 30여 분쯤 기다리자, 아내가 도착했다.

아내가 운전하다 손을 잡아 왔다.

"비가 오려나 보네요."

무심한 듯한 말이었지만, 그 안에 배려가 담겨 있다는 것을 철호는 모르지 않았다. 수십 년을 함께한 사람이었다. 날이 궂어 기압이 낮은 날에는 고문 후유증으로 진통제를 몇 알씩 먹는 것을 모를 리가 없다. 집으로 오는 내내 철호는 자신의 삶이 여전히 거센 운명의 소용돌이 한가운데에 있다고 생각했다.

큰스님에게서 가르침을 받던 순간으로 철호의 기억이 거슬러 올라갔다. 아주 오래된 이야기였다. 몇십 년이 지났음에도, 비법서를 처음 전달받고, 한 글자 한 글자 읽어 내려가던 그 순간의 두근거림은 아직도 가슴을 벅차게 한다.

'그래, 큰스님의 말이 시작이었지.'

운명론을 믿게 된 스물둘, 그리고 이십 대 중반을 지나며 큰스님으로부터 운명을 읽을 수 있는 역학을 배우고, 스님이 소장하던 비법 책을 물려받게 된 무렵이다.

이후 교수직을 하면서도 방학을 이용하여 동양권의 여러 나라를 돌아다니며 역술을 배웠다. 그가 배운 것을 한두 줄로 요약할 수는 없었다. 운명을 믿는 이가 되어 곳곳을 돌아다니며 운명을 점치는 비법을 배우기까지, 그리고 오늘날 태랑 선생이 되어 종종 앞날이 캄캄하다고 여겨지는 이들에게 나침반의 바늘이 되어 주기까지는 오랜 시간이 걸렸다.

마포 집까지 가는 동안 두 사람 사이에는 어떤 대화도 필요하지 않았다. 대화가 오가지 않아도 통하는 것이 있었다. 그런 점에서 여러모로 아내는 편하고 좋은 사람이다. 얼마 전 아내와 졸혼을 하기로 했음에도 이런 사이로 지낼 수 있다는 것은, 서로에 대한 애정이 깊게 침전되어 있기 때문일 것이다.

마포 아파트 지하 주차장에 도착하고 나자, 아내는 철호에게 가만히 있으라고 한 뒤 서둘러 내려 조수석 문을 열고 부축해 주었다.

"고마워요."

"새삼스럽긴. 뭐가 고마워요. 얼른 들어가요. 나는 차 트렁크 정리 좀 하고 들어갈 테니까."

집에 들어와 샤워하고 나오니 취기는 말끔히 사라졌다. 그리고 컴퓨터 앞에 앉았다. 그는 최근 아내에게 말하지 않은 결심이 하나 있다. 자신의 교수와 점쟁이로 살아온 드라마틱한 이중생활을 커밍아웃할 겸, 인생 스토리를 소설로 써 보는 것이었다. 머지않아 명예퇴직하고 아내와 떨어져 강화도에 가서 자리를 잡게 되면 천천히 완성할 계획이다.

철호는 지금 컴퓨터 속 하얀 백지에 〈가제 : 운명론자〉를 써놓고, 소설의 주인공 태랑의 운명 속으로 천천히 걸어 들어갔다.

"얘야, 스무 살을 기점으로
네 인생에서 잠시 먹구름이 지나갈 것이다.
만약 그런 순간이 온다면 좌절하지 말고
씩씩하게 앞으로 나아가거라."

"………."

"여러 해를 인내하며 때를 기다리고
오직 학문에 열중하다 보면 네 삶에 환한 빛이 내릴 것이다."

"………."

2

풍랑 속으로

1958년 겨울, 첫눈이 내리고 있었다. 계룡산 자락이 바라다보이는 국민학교 사택에서 아이의 우렁찬 울음이 들렸다.

"아들입니다!"

산파가 아이를 받자마자 아들임을 확인하고 대견하다는 듯 목소리를 높였다.

"아이고……."

"왕자님의 울음소리가 우렁찬 것을 보면 큰 인물이 되려나 봐유. 사모님. 고생하셨어유."

산파의 위로를 받으며 산모는 아기를 품에 안았다. 열 달 동안 품고 있었던 아이를 실제로 본 순간 산모는 흐르는 눈물과 함께 만감이 교차했다.

남편이 들어왔다.

"여보 정말 수고했어요." 아내의 이마를 쓰다듬었다. "이 아이 이름은 미리 절에 가서 받아놓은 대로 철호라고 지읍시다. 최철호."

남편의 말에 산모는 고개를 끄덕였다. 그렇게 1958년 겨울 첫눈이 내리는 날, 태랑 선생 최철호가 태어났다.

그날 철호는 자신의 운명, 첫걸음을 걷기 시작했다.

철호는 체구가 크지 않았다. 집에서 작은 체구를 걱정해 이런저런 보약을 지어 먹였어도 체구에 변화는 보이지 않았다. 성장하면서 더 크기를 바랄 뿐, 약으로도 어찌할 도리가 없어 보였다.

"우리 철호가 벌써 국민학교 1학년이라니."

아버지는 장남이 대견한 듯 환하게 웃으셨다.

"우리 아들 축하한다!"

어머니는 엉덩이를 툭툭 치시며 기뻐하셨다.

교사인 아버지와 어머니의 말을 들으며 철호는 영특한 미소를 지었다. 다섯 살에는 한글을 완벽히 배웠고, 여섯 살에는 천자문을 달달 외울 정도로 머리가 명석했다. 부모 된 입장에서는 기대가 클 수밖에 없었다. 동생들과는 확연히 차이가 나는 똑똑한 머리 때문에 부모는 철호가 훗날 자신들의 뒤를 이어 교육자가 될 것을 기대했다.

그러나 철호는 1학년 2학기가 되자마자 유행하던 장티푸스에 걸려 골골 앓아누웠다.

"철호야, 정신이 드니? 철호야!"

철호의 온몸은 열이 펄펄 끓었다.

"으음. 헉헉!"

철호는 사경을 헤매었다.

약을 지어 먹여도, 병원에 데리고 가도 잠시뿐이었다. 잠시 낫는가 싶으면 얼마 지나지 않아 다시금 앓아누웠다. 그 때문에 부모의 마음은 찢어지고 있었다. 철호 어머니는 아들을 떠나보낼 수는 없기에 무엇이라도 붙잡고 싶었다. 새벽이면 냉큼 절에 달려가서 부처님 제발 내 아들 좀 살려달라고 기도했다. 그렇게 똑똑한 머리를 지닌 장남 철호는 여러 차례 사경을 넘나들며 시름시름 두 달이나 앓다가 정신을 차렸다. 천우신조로 아들이 살아났음에 부모는 천지신명께 한없이 감사했다. 하지만 결석이 많아서 유급되었다.

불자였던 어머니는 철호가 완전히 병마를 떨치던 아홉 살 1월, 아들을 데리고 자신이 다니던 절인 호계사로 향했다.

"엄마, 우리 어디 가는 거예요?"

철호의 해맑은 물음에 어머니는 고개를 천천히 끄덕이며 대답했다.

"너도 알지? 계룡산에 있는 유명한 절 호계사란다. 엄마가 자주 다니는 절이고, 큰스님께서 학문이 깊으시고 통찰력이 대단한 분이시라서 네 앞날을 봐줄 수 있을 게야. 큰스님을 뵙거든 큰소리로 인사해야 한다."

어머니의 신신당부에 철호는 고개를 끄덕였다. 이윽고 철호와 어머니는 버스에서 내렸다. 호계사로 향하는 사람들이 많았다. 철호는 그 풍경을 구경하며 그저 신기해했다.

"옆집 민기네는 교회 다닌다던데……. 예수님께 기도를 드리면 그렇게 좋대요."

그런 철호의 말에 어머니는 물끄러미 쳐다보다가 답했다.

"그분도 그러겠지만, 엄마는 그렇게 생각하지 않는단다. 산 비탈길이라 험하겠지만, 걸을 수 있지?"

"그럼요, 저 이제는 아프지도 않아요."

철호의 명랑한 목소리와 함께 어머니는 손을 꽉 잡고 걸었다. 그렇게 30여 분 비탈길을 올라갔을까? 어머니는 한두 번 와 본 곳이 아니었기 때문인지 숨소리조차 내지 않았다. 그러나 몸이 다 나은 지 얼마 지나지 않은 철호는 거친 숨을 내뱉었다.

그때 점잖은 얼굴을 한 스님이 다가왔다.

"오랜만에 오셨습니다. 아이는 괜찮은지요?"

"큰스님, 아이를 데리고 왔습니다. 그 아이가 바로 이 아이입니다."

어머니와 큰스님의 대화를 듣고 있던 철호는 스님의 모습을 보고 왠지 모를 위압감을 느꼈다. 큰 스님은 자상한 얼굴이었지만 근엄한 느낌이었고 깊이 빛나는 눈은 바라보기가 어려웠다. 그런 이유로, 철호는 그 자리에서 빠지기로 결심했다.

철호가 불상을 보겠다는 핑계로 움직이려는 순간이었다. 큰스님이 철호의 옷깃을 슬며시 붙잡더니 이야기했다.

"얘야, 스무 살 언저리를 조심하거라. 그때가 되어서는 피해 갈 수 없는 먹구름이 잠시 지나갈 때, 네가 원하든 원치 않든 세상은 너를 위험한 곳으로 밀어 넣을 것이다. 지금의 말을 잊지 말거라."

"큰스님! 지금 무슨 말씀……? 철호야, 너 불상 보러 간다고 했지? 얼른 가 보렴. 엄마는 큰스님과 이야기 좀 나누고 있을게."

날벼락이 떨어진 듯한 말을 들으면서도 철호는 자신의 십여 년 뒤 미
래가 그려지지 않았다. 그랬기에 부처님을 보러 가서는 히죽히죽 웃으며
남들을 따라서 절을 올릴 뿐이었다. 그러고는 이내 엄마를 찾아 헤맸다.
저만치서 어머니는 큰스님과 심각한 표정으로 대화를 나누고 있었다. 아
직 끼어들 때가 아닌 듯했다. 철호는 하는 수 없이 흙바닥에 있는 돌멩이
를 발로 차며 놀았다. 그렇게 한창 놀고 난 뒤 큰스님이 멀어지는 것을 보
고 나서야 엄마에게 다가갔다.

"엄마, 저 왔어요."

"그래, 철호야. 큰스님이 아까 하신 말씀은……. 혹시 모르니 꼭 새겨
두고 있거라."

"아, 스무 살 언저리를 조심하라는 그 말씀이요?"

"그래, 꼭 새겨두거라. 경거망동하지 말고, 오만하지 말고……."

말이 길어지자, 철호는 서둘러 집에 가고 싶다는 생각밖에 들지 않았
다.

철호는 집에 돌아오는 길에도 어머니의 신신당부를 들었다. 철호는
이야기를 들으면서도, 자신의 십여 년 뒤 미래를 상상할 수가 없었다.

집에 돌아와 잠자리에 누운 철호는 '에이, 세상에 그런 말 모두가 다
들어맞겠어? 그렇게 잘 들어맞는다면 민기도 예수님 안 믿고 부처님 믿
겠지!' 생각하다 피곤이 몰려와 이불을 덮고 잠이 들었다.

며칠 뒤 1학년부터 다시 시작이었다. 철호는 벌써 3학년 과정까지 다

공부를 마쳤지만, 치열한 경쟁 속에서 살아남으려면 큰스님의 말보다 공부에 집중하는 편이 나았다.

전교 1등은 철호의 몫이었다. 각종 경시대회부터 백일장 등 모든 대회에서 수상을 하며 철호는 부모님의 기대대로 성장했다.

스물하나. 예비고사를 치른 철호는 부모님이 바라던 대로 명문대인 한국대학교에 입시 원서를 제출했다.

심오한 학문을 좋아하는 철호는 철학과에 지원했고, 본고사를 치른 후 기대한 대로 최종 합격 통지서를 받았다.

"철호야, 이 어미가 꼭 바라는 것이 하나 있다면, 지금까지는 무탈하게 지냈지만, 대학은 온갖 사람이 모이는 곳이니 부디 몸조심하거라. 함부로 엮이지 말고, 함부로 설치지 말고, 조용히 학문만 배우다 오거라. 알겠니?"

"어머니, 걱정 마세요. 제가 어린아이도 아니고……. 저도 잘할 수 있습니다."

"네가 못 할 거라고 걱정하는 게 아니란다. 내 품에 품고 있던 스무 해 동안은 아무런 일 없이 지나가긴 했지만, 이 어미는 아직도 네가 걱정된단다. 정말 얌전히 공부만 하다 와야 한다. 알았니? 게다가 집안의 맏이인 네게 무슨 일이 생긴다면 남은 동생들은 어찌 되겠니?"

철호의 집은 3남 1녀였다. 철호는 아직 어린 동생들을 잠시 생각했지만, 자신이 대학에 간다고 해서 별다른 일이 벌어질 것 같진 않았다.

"정말 걱정하지 마세요. 하숙방도 다 구했고……. 정말 공부 열심히 하다가 오겠습니다. 어머니."

서울로 유학을 떠나는 장남을 대견하게 바라보시던 아버지가 한 말씀 하신다.

"맏이야, 방학 때는 내려와서 동생들 공부도 가르치고 해야 한다."

"예, 아버지. 그렇게 하겠습니다."

그렇게 일 년이 지났다. 입학 후 일 년 동안은 이전과는 다른 공부 방식 때문에 도서관에서 살았다. 철학과 공부를 따라잡는 데에는 생각보다 많은 시간이 필요했다. 국내에 들어온 번역서도 있었지만, 외국 서적을 읽어야 하는 일도 많았다. 철호는 과 수석을 놓치지 않기 위해 열심히 공부하고 또 공부했다.

때는 바야흐로 2학년 2학기가 시작되고 한 달이 지나고 있었다. 그때 쯤 슬슬 들려오는 말이 있었다.

"아니, 이 나라가 말이야! 이렇게 자유가 억압된 군사독재 유신통치로 계속 가고 있는데, 이런 식으로 돼도 좋은 건가? 이건 보고만 있을 게 아니라 우리 깨어있는 철학과 동아리도 정권퇴진운동에 나서야 할 문제야. 그렇지 않겠습니까, 철호 형?"

동기 중 하나가 철호에게 이야기했다. 만취한 동기의 말에 철호도 공감하고 있었다. 유신통치는 오랜 기간 이어지고 있었다. 철학을 공부하면 할수록 민주주의에 대한 갈망이 커졌다. 진정한 의미의 민주주의를 생각하던 철호는 다른 이들도 아닌, 우리가 명문대학교이니만큼 나서야 한다는 생각이 들었다. 스무 살 언저리를 조심하라던 큰스님의 말은 잊힌 지 오래였다.

유신통치 군부독재 정부에 대한 원망이 곳곳에서 들려왔다. 장기 집권을 노리는 박정희 대통령 취임 반대운동도 여기저기서 들려왔으며, 정치권에서는 김영삼 야당 대표가 제명되었다. 곧 부산에서 대학생들의 유신철폐 독재 타도의 민주화 항쟁이 시작되었다는 소식이 들려왔다.

지금이야말로 자신들도 합세하여 국민 주권이 강압 당하고 있는 유신통치를 끝내야 할 때였다.

"그래, 그렇다면 우리도 유신헌법 폐지와 군부독재 타도 운동을 타 대학들과 연대해 확장해 나가자. 우리 철학과 동아리가 먼저 똘똘 뭉쳐 강력한 메시지의 대자보를 써서 날리는 게 어때?"

선배 중 하나가 제안한 말에 철호는 손을 번쩍 들었다. 어렸을 때부터 글솜씨는 출중했기에 대자보를 쓰는 데에는 자신이 있었다.

"제가 대자보를 써 보도록 하겠습니다."

"그래, 최철호. 과 수석을 도맡아 하는 너 정도는 나서야 우리 철학과 명분이 살지. 일단 대자보는 철호 너만 믿을게."

그렇게 철호는 술에 취하지도 않은 상태에서 집으로 돌아갔다. 통금이 있었기에 오랜 시간 술을 마실 수는 없었다. 뿔뿔이 흩어진 철학과 동아리 선후배들을 하나씩 챙겨 보내고는 집으로 돌아온 철호는 하숙집 주인의 전화 받으라는 소리에 달려갔다.

"선배! 저 은하예요. 뭐 하세요?"

전화의 주인공은 다름 아닌 은하였다. 은하와는 2학년 1학기 때 듣기 시작한 교양 수업인 서양음악사를 통해 알게 되었다. 철호가 과제에 필요한 자료를 찾으러 도서관에 들렀을 때, 은하가 다가와 책을 찾아준 것을 계기로 친하게 지내는 중이었다.

"어, 방금 철학과 동아리 모임 마치고 들어왔지. 은하, 너는?"

철호는 은하를 대할 때면 기분이 좋았다. 은하에 대한 연심이라기보다, 은하에게는 사람을 편하게 하는 재주가 있었으며, 마음을 녹여주듯 속삭이는 그녀의 목소리가 좋았다. 그랬기에 은하와 전화를 하거나, 이야기를 나눌 때면 심장이 콩닥거리곤 했다.

"저는 이제 연습 마치고 자려고요. 문득 선배가 오늘 술자리에 간다는 것이 생각나서 전화해 봤어요. 저는 이제 잘게요. 선배도 잘 자고요."

"그래, 은하야. 잘 자. 오늘 하루 고생 많았다."

은하와 담백한 통화를 마친 뒤 철호는 하숙집 거실의 전화기를 내려놓았다. 귓전에는 한동안 은하의 목소리가 맴돌았다. 철호는 간신히 은하에 대한 생각을 밀어내고 대자보를 구상했다. 수많은 문장이 떠다녔다. 그중에서도 몇 가지 문장을 종이에 옮겨 적은 철호는 대자보에 어떤 말을 써야 할 것인지 구조를 짜기 시작했다.

이틀이라는 시간이 지나고, 철호는 동아리의 선후배들과 교내게시판, 정문 등에 여러 장의 대자보를 붙였다. 그리고 다른 동기와 선배들은 대자보를 카피하여 타 대학에 전달했다. 살벌한 군부 독재하에서 철호가 쓴 박정희 정부 퇴진에 대한 대자보는 한 문장 한 문장 명문이라는 평가를 받았다.

철호가 써 붙인 날카롭고 설득력 있는 대자보의 문구가 전국의 대학생들에게 깊은 울림을 줬다는 소문이 퍼지기도 했다. 그 철호의 명문 대자보는 유신통치 권력의 폐부를 후비기에 충분했다.

* * *

철호는 여느 때처럼 수업을 마치고 동아리 활동 차원의 인권과 주권 회복에 대해 논의하다가 늦은 저녁에 하숙집으로 향했다. 그런데 골목에서 서너 명의 사내들이 갑자기, "최철호?"하고 불렀다.

철호는 무의식중에 돌아보았다. 사내들은 철호를 붙잡고 얼굴을 살피더니, "오호라, 바로 이놈이군. 최철호, 너는 우리랑 같이 좀 가야겠다."

"제, 제가요. 왜 이러세요?"

순간 철호는 그들이 누구란 걸 직감할 수 있었다. 정보부 요원임이 틀림없었다. 철호는 냅다 달렸다. 이렇게 잡히면 어찌 될 것인지 너무도 뻔한 일이다. 생각할 필요도 줄행랑이 상책이라고 생각했다. 어둠이 깔린 골목길을 내달렸다. 적어도 이 골목은 자신이 그들보다는 잘 아는 길이라고 생각했다. 그러나 아니었다. 좁은 골목으로 숨어들며 그들을 따돌렸다고 생각했는데, 비좁은 골목 안에는 또 다른 요원이 철호를 기다리고 있었다.

"어리석은 녀석. 우리를 뭘로 보고."

어쩔 수 없었다. 철호는 이제 항변하는 수밖에 없다고 생각했다.

"왜 그러세요? 제가 뭘 잘못했다고."

"몰라서 그래? 모르는 놈이 왜 도망가?"

"그냥 무서워서요."

"요 녀석, 따박따박 무슨 변명이야? 네놈이 유신헌법이 자유가 억압된 법이라 폐지돼야 한다고 대자보를 쓰고 학생들을 주동했잖아."

그들은 철호를 차에 밀어 넣고 검은 천을 얼굴에 뒤집어씌웠다.

철호는 지금 이대로 끌려가면 모진 고문이 자신을 기다리고 있음을 알고 있었다. 그럼에도 철호는 사내들의 힘에 제압당해 더는 저항할 수가 없었다. 그의 양팔을 붙잡은 사내들은 알 수 없는 곳으로 철호를 끌고 갔다. 철호는 한 번 더 소리쳐보았다.

"이렇게 하는 거 불법입니다. 저는 따라갈 수 없습니다."

철호가 항변했지만, 사내들은 철호의 뒤통수를 가격해 기절시키고는 끌고 갔다.

철호가 정신을 차린 곳은 아주 좁은 밀실이었다. 입에는 재갈이 물려 있었고, 눈은 가려져 있었다.

'설마, 그 조직결성 계획과 대자보가 문제가 된 건가? 아니, 그중에서 그렇게 입이 가벼운 놈은 단 하나도 없었는데……'

그때 사내는 철호의 귀에 대고 슬며시 속삭였다.

"니네 철학과 동아리 중 한 놈이 말하더군. 그 대자보를 쓴 주동자가 너라고 말이야. 그래, 대자보를 쓸 때까지만 해도 몰랐겠지. 네가 쓴 글은 반정부 빨갱이들이 하는 말인 것을."

"읍, 읍, 읍……."

철호는 무슨 말이라도 하고 싶었지만, 아무런 말도 할 수 없었다. 입에 물려진 재갈과 턱주가리를 가격당하며 혀를 씹는 통에 입안은 고통만이 가득했다. 게다가 자신에게는 발언권도 없어 보였다. 대자보를 쓴 것이 문제라는 생각밖에 들지 않았을 그때, 허벅지 사이로 들어오는 손이 있었다. 불안함을 느낀 것도 잠시, 그 손은 사정없이 사타구니를 비틀었다. 이내 비명이 터져 나왔지만, 물린 재갈 때문에 아무런 말도 할 수 없었다.

그들은 한동안 무조건 두들겨 팼다. 그러고는 의자에 앉히더니 주동자를 대라며 철호의 양다리 허벅지 사이에 긴 각목을 끼우고 짓눌렀다.

"끄으윽……."

재갈 때문에 철호의 입에서는 비명조차 터져 나오지 못했다. 그가 고통스러워하면 할수록 더 뜨거운 불덩이가 그의 허벅지 사이를 파고들었다. 몇 번이나 고문한 것인지 모를 정도가 되어서야 철호는 호계사 큰스님의 말을 아련히 떠올렸다.

"애야, 스무 살 언저리를 조심하거라.

그때가 되어서는 피해 갈 수 없는 먹구름이 잠시 지나갈 때,

네가 원하든 원치 않든 세상은 너를 위험한 곳으로
밀어 넣을 것이다. 지금의 말을 잊지 말거라."

지금이 그 먹구름이고, 그 시련이란 말인가? 하필 왜 이제야 그 말이 생각난 것일까? 철호는 자신의 호기로움이 큰 고초를 불러왔다는 것을 깨우쳤지만 이미 모든 상황이 벌어진 다음이었다. 짐승 같은 사내들은 교대로 달려들었다.

"네 녀석이 반정부 운동을 도모했다며? 그리고 대자보를 쓴 주동자라지?"

질문과 함께 철호의 입에 물렸던 재갈이 풀려졌다. 그러나 턱주가리를 맞으며 혀를 세게 씹어 발음을 똑바로 할 순 없었다. 입안에서는 비릿한 피맛이 느껴졌다. 철호는 도대체 어떤 말을 해야 지금 상황에서 벗어날 수 있을지 머리를 굴렸다.

하지만 마땅히 떠오르는 것이 없었다. 누가 자신을 밀고한 것인지 짐작도 가지 않았다.

"저는 무슨 단체의 주동자가 아닙니다. 시국선언 대자보만······."

혀를 씹힌 상태라 뭉개지는 발음이 겨우 잇새로 새어 나왔다. 그때 어둠 속에서 공기를 가르는 소리가 났다. 공기를 가른 것은 주먹이었다. 다시 한번 턱을 가격한 주먹질에 철호는 끔찍한 고통이 찾아옴과 동시에 정신이 아득해지는 것을 느꼈다.

"야, 이 새끼야. 대학생이면 공부나 할 것이지, 니가 대체 뭐라고 헌법을 운운하고 정부를 비판하고 지랄이야?"

　자신은 잘못된 헌법으로 인권이 억압당하고 장기 집권이 가능한 것을 다시 고쳐야 한다는 대자보를 쓴 일밖에 없고, 지식의 상아탑인 대학에 다니는 학생인 만큼 그것을 쓴 일이 잘못되었다는 생각은 들지 않았다. 오히려 잘한 일이라고 굳게 믿고 있었다.

　그저 자유와 민주주의를 갈망할 뿐이었다. 그런 자신이 운동권에 가담하여 대자보를 써 붙였다는 이유만으로 이렇게 고통스러운 고문이 이어지는 장소로 끌려왔다는 것을 이해할 수 없었다.

　"저, 저는……."

　"변명은 중요하지 않아. 네가 순순히 국가 전복 세력의 배후를 다 불고 반성을 한다면 정상 참작은 해 줄 수 있어. 최철호, 그러면 협상 조건이 좋지 않니? 흐흐"

　"국가 전복 세력이라니요, 저는 대학생이고 자유의사를 표현한 것뿐입니다."

　"야 임마! 네가 쓴 글에 유신헌법은 반드시 철폐되어야 하며 군부독재 타도라고 쓰여 있던데. 그럼 지금 우리는 국가의 반역자라는 거냐? 야, 이 새끼야. 우리도 국가에 충성하느라 밤낮으로 목숨 걸고 일하는 거야? 쌍놈의 새끼 같으니라구!"

　말이 끝나기도 전에 다시 구둣발이 허벅지를 짓밟고 주먹이 가슴으로 날아들었다. 한동안 숨을 쉴 수가 없다.

　"저를 주동자라고 모함한 놈이 누, 누굽니까?"

"왜? 누군지 알면 나가서 복수라도 하려고?"

나지막한 남자의 목소리에는 비웃음이 가득했다. 철호는 자신을 주동자라고 밀고한 자식의 얼굴이라도 보고 싶었다. 어차피 고문받다 죽게 될지도 모르는데, 진실이라도 알고 싶었다.

아마도 그날 파전집에 있던 이들 중 한 명이 분명했다. 대자보가 붙은 지 며칠도 지나지 않아 자신이 바로 지목됐다는 건 그 안에 군부 권력의 개가 있었다는 것이다. 프락치가 있었을 줄은 꿈에도 생각하지 못했다.

철호는 "조직 같은 것은 결코 없다. 그냥 자유의사 표시"라고 소리쳤지만, 원하는 대답이 아니라는 말과 함께 또 주먹이 날아왔다. 눈이 막혀 있으니, 주먹이 어디서 날아오는지 알 수 없었다. 그저 한없는 두려움 속에서 맞고 있기만 해야 했다.

"네놈한테 선택지는 배후를 불던가 여기서 맞아 죽든가 둘 중 하나뿐이야."

철호는 아무런 대답도 할 수 없었다. 독립운동을 하다가 목숨을 잃은 조상들도 다 이런 생각 속에서 괴로워하며 죽음을 맞이했을까. 그것만이 알고 싶을 뿐이었다.

"철호야, 우리나라 국민이 모두 잘사는 세상을 만들어 주려고 우리 각하가 개헌하셨고 지금 경제성장이 잘 되어 국민이 배부르고 등 따시잖니. 그런데 야당 새끼들한테 너희 학생들이 같이 동조하면 안 되잖아. 그렇지?"

생각보다 상대는 친절했다. 하지만 행동은 그렇지 않았다. 이어지는 주먹질에 철호는 정신이 아득했다. 정신을 차릴 만하면 주먹이나 발이 날아왔고, 갈빗대가 부러지는 느낌도 받았다. 숨을 헐떡이는 철호의 모습에 상대는 그제야 눈을 가렸던 천을 풀어줬다. 갑작스럽게 밝아진 시야에 철호는 처음에는 눈도 제대로 뜨지 못했다. 철호가 겨우 주변을 두리번거리는 모습을 보던 야수들은 큰소리로 웃었다.

"최철호. 아직도 유신헌법은 폐지돼야 한다고 생각하나?"

"……."

철호는 아무런 대답도 할 수 없었다. 자신이 어떤 말을 하든 정답은 정해져 있었고, 주어진 답을 말하지 않는다면 끝없는 고통만이 뒤따를 뿐이었다. 그 고통 속에 갇히기 싫었다. 그는 아무런 대답도 하지 않는 철호를 물끄러미 쳐다보다가, "야, 이 개새끼야. 학생이면 조용히 공부나 할 것이지. 감히 권력에 도전해?"

그 말과 함께 구타가 다시 이어졌다.

철호는 큰스님이 이런 일이 벌어질 것을 어떻게 내다본 것인지, 운명이란 정해진 것인지 한없이 알고 싶었다. 하지만 생각이 이어지려고 하면 계속해서 발길질이 돌아왔다. 고문관의 구둣발은 묵직했고, 그것에 밟히는 자신의 몸은 밑도 끝도 없는 고통 속으로 빨려들 뿐이었다. 지금과 같은 상황이 이어진다면, 자신은 살아서 이 좁은 공간을 나갈 수는 없을 것 같았다. 그러나 이렇게 된 이상 그들이 원하는 대답을 하지 않는 것도 한 가지 방법이었다. 자신의 조상들처럼 소신 있게 살다가 죽음을 맞이하고 싶은 욕심이 생겼다.

"유신철폐!"

철호가 용기를 내서 내뱉은 말이었다. 말이 끝남과 동시에 주먹이 꽂혔다. 돌아간 고개를 똑바로 세우며 철호는 다시 한번 외쳤다.

"민주주의는…… 찾아온다!"

"미친 자식이네, 이거? 각하께서 그 말이 불편하시다잖아. 국민을 위해 불철주야 노력하시는 우리 각하만이 잘살게 해 준다니까?"

"너 이 새끼 자꾸 반항하면 선생질하는 네 부모나 동생들에게도 문제가 생길 텐데?"

협박이 가족에게로 향하자, 철호는 오싹했다. 가족 이야기에는 아무런 말도 하지 못했다. 가족에게 피해가 간다면, 그건 절대 벌어져서는 안 되는 일이었다.

"가, 가족만큼은……."

"너 같은 새끼도 가족이 중한 줄은 아는구나? 난 또 발발거리며 유신헌법이 어쩌고저쩌고 짖어댈 줄 알았지. 그런데 말이야. 아까부터 너, 말이 너무 많아."

구둣발이 터걱터걱 앞으로 다가왔다. 철호의 머리채를 쥐어 잡은 손은 욕조에 가득 받아놓은 물속으로 그의 머리를 처박아 넣었다. 잠깐의 숨도 쉴 틈이 없었다. 숨도 쉬지 못하고 욕조 속에 머리를 처박힌 철호는 눈과 코와 귀로 들어오는 차디찬 물 때문에 정신을 차릴 수 없었다. 당장에라도 폐에 물이 가득 차 죽을 것만 같았다. 아등바등했지만, 그런 손짓을 또 구둣발이 짓밟았다.

"그니까, 어디서 까불어?"

조롱 조의 목소리가 가볍게 들리고 철호의 머리가 들어 올려졌다. 철호는 다급하게 숨을 내뱉었고, '콜록콜록'하는 소리를 내며 마신 물을 토해냈다. 그러나 얼마 지나지 않아 다시금 물속으로 철호의 머리가 처박혔다. 그렇게 여러 차례 물고문을 당한 끝에 철호는 정신을 잃었다. 구둣발로 그를 짓밟던 이는 담배를 입에 물고는 성냥갑을 열어 성냥 하나를 꺼내 불을 붙였다.

그때 어디선가 희미하게 전화벨 소리가 울렸다. 누군가 들어와서 "부장님께 전화 왔습니다."라고 하자 책임자쯤 되는 사내가 나가서 전화를 받고 다시 들어왔다.

"박 경사! 이 새끼 배후가 없는 것 같으니 각서 받고 최대한 빨리 입대시켜서 입 닥치게 만들어! 그리고 난 지금 급하게 부장님에게 가봐야 하니 잘 처리해."

철호는 그냥 그들끼리 하는 얘기라 귀담아듣지 않았다.

'이곳에서 나가면 반드시 큰스님을 찾아가 가장 먼저 이야기를……'

철호의 머릿속에는 한 가지 생각밖에 없었다. 이 좁디좁은 밀실을 벗어나야 한다는. 그리고 '왜 큰스님 말을 까먹고 대자보 쓰겠다고 나서서 이리 됐을까?' 하는 생각이 들었다.

하지만 자신의 행동에 대한 후회는 거기까지였다. 이렇듯 가혹한 고문을 당하고는 있지만, 결코 자신의 행동이 잘못된 것이라고는 생각되지 않는 것이었다. 당연한 일을 했고, 그 당연한 일을 고문관의 압력으로 꺾일 수는 없다고 생각했다.

'분명히, 유신통치는 언젠가 벌을 받게 되어 있어. 그러니까 내가 할 수 있는 선택은 하나야. 바로, 버티는 것. 그리고 살아남아야 하는 거야.'

철호는 어떡하든 살아남아야 한다고 생각했다. 철호의 소원은 소박했다. 살아남아서 일단은 '운명이란 무엇인지' 그걸 알고 싶었다. 호계사 큰스님을 만나고 싶었다.

"후우~."

긴 한숨을 내뱉은 철호는 여기서 더 당하면 자신의 몸이 평생 성치 못할 것 같았다. 어떻게 해서든 여기서 빠져나가고 싶은 마음이 굴뚝같았다. 밀실에서 나갈 수만 있다면 거짓을 고할 수도 있을 듯했다. 살아만 나갈 수만 있다면.

"버틴다. 어떻게 해서든……."

그러나 자꾸만 정신이 아득해졌다. 정신을 차리고 난 뒤엔 어느 곳에 있을지 알 수 없었다. 물고문과 함께 자행된 폭행으로 철호는 자신이 몽환적인 이야기 속으로 들어온 듯했다.

어느 날 남몰래 훔쳐봤던 앨리스가 바로 이런 나라에 떨어졌던 것이었을까? 앨리스가 살았던 세상은 앨리스의 크기에 따라 달라지기도 했으며, 거짓된 죽음이 난무하는 곳이었다. 그 속에 들어온 듯한 느낌이 들었다.

'앨리스가 나라면, 충분히 이해가 가는 상황이지. 앨리스가 아니라면야……. 그럼, 무엇이라고 할 수 있을까? 거북이를 믿고 용궁까지 쫓아간

토끼의 마음이 이러한 것이었을까?'

흐릿해지는 의식을 붙잡고 싶었지만, 더는 붙잡을 여력이 되지 않았다. 철호는 결국 눈을 감고 고통 속에 몸을 내맡기는 것을 선택했다. 그것만이 자신이 할 수 있는 전부였다. 그렇게 정신을 차리고 났을 때, '툭툭' 누군가 발로 철호를 건드렸다. 철호는 자신의 몸을 감싼 불쾌한 느낌에 힘겹게 눈꺼풀을 들어 올렸다.

"이 새끼 이거, 깼네?"

철호는 자신이 밀실이 아닌 다른 공간에 있다는 걸 빠르게 알아차렸다.

"여기는?"

끌려와 고문을 받은 다른 학생들도 있었다.

"이 새끼야, 이거 작성이나 해. 이거 잘 쓰면 용서해 주고 군대로 보내 줄게. 학생이니까 딱 한 번만 봐주는 거야. 알겠어?"

철호의 앞에 내밀어진 것은 종이 몇 장과 볼펜이었다. 반성문과 각서, 그리고 우선 징집 신청서를 쓰라는 것이다. 철호가 잠시 망설이는데 순간 가족들 얼굴이 스쳐 갔다.

'그래, 어차피 언제든 군대는 다녀와야 하는 거고, 이깟 마음에도 없는 반성문이나 각서를 써주는 게 무슨 대수냐? 우선 여기서 탈출해야 한다.'

마음에도 없는 반성문과 다시는 정부를 비판하지 않을 것이라는 각서와 우선 징집 신청서를 썼다.

그런 후에야 철호는 풀려날 수 있었다. 밀실에서 벗어나자, 건물 앞 은행나무는 반쯤 남은 노란 잎새를 펄럭이며, 시월 끝자락의 가을을 추억하고 있었다. 바람이 불면 은행잎은 곧장 떨어져 어느 구석진 곳으로 날려버릴 것처럼, 날씨는 몹시 스산하고도 차가웠다. 구둣발로 한없이 으깨어진 몸뚱이에 찬 바람이 몰아쳤다.

어떻게 집으로 돌아왔는지 기억이 선명하지 않았다. 인간은 자신이 견딜 수 없는 고통을 겪으면 기억을 자연스럽게 지운다고 했던가. 그 말대로 철호의 기억 일부는 잘려 나가 있었다.

다리를 절룩거리며 철호는 비틀비틀 걸어 하숙집 문 앞에 다다랐다.

"선배~!"

철호는 깜짝 놀라 눈을 치켜떴다. 은하였다.

"은하야!"

"아니 누가 이랬어요! 그 못된 놈들……."

"은하야, 네가…… 네가…… 왜 우는 거야?"

손을 뻗어 은하의 옷깃을 잡은 철호는 그만 정신을 놓고 말았다.

"선배, 정신 차려요!"

"으음……."

"선배!"

은하는 철호를 부축했다. 입술은 터져 있고, 유독 오른손과 무릎에는 피멍이 짙다. 은하는 흐르는 눈물을 연신 훔치며 철호를 방에 눕히고 물수건으로 닦아주고 찜질을 해줬다. 그래도 안 되겠다 싶어 약국에서 약을 사다 갈아서 수저로 떠먹이고 멍든 곳은 연고를 발라주었다.

"짐승 같은 놈들, 어떻게 사람을 이 지경을 만들어놔!"

은하의 입에서 분노 섞인 음성이 토해졌다.

얼마나 시간이 흘렀을까?

"은하야!"

"네, 선배. 이제 정신이 조금 들어요?"

"오늘이 며칠째니? 얼마나 여기 있었던 거야?"

"오늘이 이틀째예요."

"그렇구나! 은하야, 고맙다. 근데 너 계속 여기 있었던 거야?"

"선배가 이리 아픈데 제가 어떻게 자리를 비우겠어요. 열은 펄펄 나고, 알아듣지 못할 잠꼬대를 지껄이는데……. 제 걱정은 말고 빨리 몸이나 추스르세요."

"고마워. 은하 널 생각해서라도 빨리 나아야겠구나."

은하는 철호의 이마를 짚어본 후 열이 조금 식었다는 걸 확인하고 나직하게 말했다.

"그래야지요. 근데요, 선배. 정보부에 끌려간 사람이 중앙정보부장 덕을 본다는 게 참 아이러니네요."

"응? 무슨 말이야? 중앙정보부장 덕이라니?"

"그렇잖아요. 중정부장 덕에 풀려난 것 맞잖아요?"

철호는 영문을 모르겠다는 듯이 재차 물었다.

"너, 무슨 말을 하는 거야? 누가 중정부장한테 손이라도 썼다는 거야?"

"아, 참. 선배……. 선배는 그걸 몰라요?"

"대체 무슨 말 하는 건지 모르겠어. 빨리 말해봐."

"몰라요? 선배 풀려나기 직전 날 밤에 박정희 대통령이 김재규 중앙정보부장에게 암살당했잖아요."

"뭐? 에이, 장난하지 마. 한동안 떨어져 있다 보니까 그새 너 장난도 늘었구나."

철호는 귀엽다는 듯, 은하의 손을 잡으며 말했다. 그러자 은하가 철호의 손등을 치며 황당하듯 말했다.

"정말 몰랐나 보네. 진짜요, 선배."

은하가 정색하며 말하자, 철호의 눈이 순간 번뜩였다.

"은하야, 그게 사실이야?"

은하는 대답 대신 특보로 발간된 일간신문을 철호 앞에 내어놓았다.

"아니 이걸 왜 이제 말해 주는 거니, 은하야?"

"아는 줄 알았지. 그것 땜에 선배 풀려난 줄 알았잖아요. 게다가 선배가 다 죽어가는데, 저는 선배를 살려야 한다는 생각밖에 없지, 그런 말 할 정신이 어디 있겠어요."

신문을 들여다보던 철호는 대통령이 시해되고 최규하 국무총리가 대통령 권한대행이 되어 있다는 사실에 놀라지 않을 수가 없었다. 반성문 때문에 풀려난 줄 알았더니, 유신 시대가 시해 사건으로 끝나자 모두 풀어주었다는 사실을 그제야 알게 되었다.

'아, 이렇게 유신통치가 끝나다니.'

철호는 기쁨보다는 알 수 없는 허탈함으로 고개를 저었다.

은하는 하숙집 아줌마가 끓여다 놓은 흰죽을 떠먹였다. 방 한켠에 은하가 덮었을 듯한 얇은 여름 이불이 놓여 있었다. 자신을 간호한 은하의 마음을 느끼고, 철호는 자신도 모르게 울컥했다.

"은하야. 미안하다, 미안해."

철호의 말에 은하는 고개를 저었다.

"선배가 미안할 게 뭐가 있어요. 선배, 얼른 일어나요, 응?"

은하의 목소리가 달큰하게 들렸다. 그 목소리를 듣는 순간 철호는 느낄 수 있었다. 자신은 은하를, 백은하를 사랑하고 있다는 것을. 그녀가 일 년 동안 자신에게 줬던 마음도 이와 같으리라는 사실을. 철호는 손을 뻗어 은하의 얼굴을 어루만졌다. 은하의 눈에는 눈물이 맺혀 있었다.

"선배, 이렇게 아프지 말아요. 응? 나는 선배가, 선배가……."

은하가 그 말을 하던 그때, 철호는 은하의 입술에 자신의 입술을 가져다 댔다.

"은하야, 내가 돌아오면, 그땐……."

보드라운 온기와 함께 나지막한 목소리로 속삭인 말이 끝내 지켜지지 못할 것을, 그때의 철호는 알지 못했다.

불과 며칠 전까지만 해도 중앙정보부의 살벌한 폭행이 자신에게 가해졌으며, 두들겨 맞으면서도 유신통치는 반드시 망할 거라고 속으로 외쳤는데, 바로 자신이 풀려나기 전날 밤에 대통령 시해 사건이 일어났다니? 믿을 수 없는 말이었지만 사실이었다.

무소불위했던 박정희의 막강 권력이 아무도 예상치 못한 내부의 반란으로 무너지고 만 것이다. 철호는 은하가 가져온 신문 특보를 다시 한번 자세히 보게 되었다. 특보의 주요 내용은 다음과 같았다.

1979년 10월 26일 밤 궁정동 중앙정보부 안전 가옥에서 총성이 울렸다. 박정희 대통령은 총상을 입고 국군병원으로 실려 갔으나 서거하였고, 경호실장 차지철은 그 자리에서 즉사하였으며, 범인은 중앙정보부장 김재규로 확인되었다. 당시, 김영삼 의원 제명의 여파로 부마 항쟁이 일어났고, 대통령과 경호실장 정보부장 등이 이 사건을 마무리하고 연회를 하는 중이었다. 전언에 의하면 평소 중앙정보부장 김재규와 경호실장 차지철은 사이가 안 좋았다고 전해지는데, 이날 대통령 앞에서 경호실장 차지철이 부마사태 처리가 미흡하다고 중앙정보부장 김재규를 무시하는 말을 여러 차례 반복했다고 한다. 이에 격분한 김재규는 총을 들고 차지철과 박정희 대통령을 저격한 것으로 파악되었다.

철호가 학생 운동에 가담하여 대자보를 쓰고 살벌한 유신독재 정권 정보기관에 잡혀가 아무것도 모른 채 고문을 당하고 나오기 직전에 벌어진 일이었다.

은하의 간호 덕분인지 다행히 철호는 빠르게 회복하였다.

나라는 다시 비상사태로 접어들었고, 전두환이라는 장군이 실세가 되었다는 이야기가 돌았다. 철호는 채 한 달도 안 되는 짧은 기간에 엄청난 일을 당하고 목도하면서 큰스님의 모습이 또다시 머릿속을 맴돌았다.

다행인지 불행인지 곧바로 입대 영장이 날아왔다. 철호는 먼저 학교에 가서 휴학 신청을 했다. 그리고 자신에게 어떤 일이 벌어졌는지 아직 아무것도 모르시는 부모님께 들러 입대한다고 인사를 드렸다.

* * *

철호는 1979년 11월 입대하여 4주간의 군사 교육을 마치고 12월 서울의 수도방위사령부 예하 부대로 배치되었다. 그 사이에 군부 쿠데타, '12.12 사태'가 일어났다. 철호는 행정 주특기를 받아 고참들이나 지휘관들이 시키는 차트 및 서류를 작성해야 했다. 그러다 보니 많은 정보를 접하게 되었다.

결국 전두환 장군의 육군참모총장 체포 작전은 성공했고 정세는 급변하였다. 최규하 대통령 권한대행이 12월 26일 10대 대통령에 취임하였다. 그러나 모든 권력은 전두환에게 있었다. 신군부는 군부정권을 반대하는 시민들과 충돌하였다. 비상계엄은 전국으로 확대되었다.

1980년 5월 18일 급기야 광주에서 시민항쟁이 일어났고 공수부대를 출동시켜 시민들을 향해 발포했다. 수많은 시민, 직장인, 어린 학생들까지 잔인하게 계엄군의 총칼에 죽어 나갔다. 그리고 최규하 대통령은 8월 16일 하야를 선언했다. 8월 27일 전두환은 7년 단임제로 11대 대통령에 취임했다. 철호는 그 모든 과정을 부대 안에서 듣고 보고 있었다. 철호는 내심 자신이 지금 군인인 것이 더 안전하다고 생각했다.

그러나 철호는 광주에서 벌어진 5.18 사태 때의 군대 내의 분위기를 잊을 수 없었다. 북한군이 광주 시민들을 선동해 벌어진 사건이라고 익히 알려져 있었지만, 철호는 그것이 남과 북으로 갈라진 상황에서 북한에 죄를 뒤집어씌우는 행위임을 분명히 알고 있었다.

철호는 잠시 막사의 관물대를 물끄러미 바라보고 있었다. 이등병 때 두 번의 답장을 받은 이후로 은하의 편지는 더 이상 오지 않았다. 마지막 편지에 영영 못 볼 것 같다는 뉘앙스의 문장이 철호의 가슴을 먹먹하게 했다.

"야, 최 일병. 너 한국대 철학과에 다니다가 운동권이라 들어왔다며? 너는 어떻게 생각하냐?"

선임의 질문에 철호는 눈을 질끈 감고 대답했다.

"일병 최철호! 저는 잘 모르겠습니다."

"하여간 멍청한 자식이네. 정말 북한이 내려왔겠냐? 서울도 아니고 광주까지? 제아무리 간첩이 많아도 선동을 거기서 했겠냐고. 내가 원하는 답이 뭔지 몰라?"

선임의 말에 철호는 솔직하게 답할까를 잠시 고민했지만, 솔직한 답을 한다고 해서 돌아올 이득은 없었다. 이미 철호는 많은 것을 잃었고, 더 잃고 싶지 않았다. 이기적으로 살아야겠다는 마음도 한구석에 존재했다. 북한 간첩과 손을 잡았다는 헛소문에 시달리는 광주 사람들을 위해 목소리를 낼 수도 있었겠지만, 철호는 입을 꾹 다물었다. 선임은 일등병이 입을 닫고 아무런 말을 하지 않자, 흥미를 잃은 듯 자기네들끼리 이야기를 주고받았다.

"아무리 봐도…… 이번 사건은 북한 간첩 소행이 아닌데 말이지. 북한 간첩이겠어? 다 대통령이 자기 권력을 잡으려고 그냥 시민들을 몰살시킨 거지."

"그러니까. 그게 아니라면 말이 되지 않는다니까? 혹시 알아? 우리 부대도 감시하에 놓여 있는 건 아닌지?"

그 말에 선임들의 눈빛이 서늘하게 변했다. 구석에 앉아 소위 말하는 짬처리를 하는 철호를 노려보는 눈빛도 있었다. 운동권이었던 철호가 정해진 답을 한 것이, 그들이 보기에는 변절자로 보였기 때문이다. 그들 모두가 광주에서 벌어진 5.18 사건이 거짓이라는 것을 알았다. 그렇기에 철호의 답변은 그들 누구도 만족시킬 수 없었다. 철호의 행동은 자신만 살아서 빠져나가려 하는, 충분히 프락치처럼 보일 만한 것이었다.

이곳 수방사는 철호를 제외하고도 운동권에서 온 사람들이 더러 있었다. 철호의 머릿속에는 그들과 특별히 연대해야 한다는 생각 따위는 없었다. 오로지 쥐 죽은 듯 복무하고 제대해야 한다는 생각뿐이었다. 나가서 꼭 해야 할 일이 있었다. 학교에 복학하는 것도 그 일 중 하나겠지만, 가장 중요한 것은 백은하를 찾아가야 하는 일이었고, 그리고 큰스님을 만나는 거였다. 은하는 만남 자체가 의미이고, 큰스님은 만나서 꼭 여쭈어야 할 일이 이었다. 곧 어떻게 나에게 생길 일을 미리 알고 계셨는지, 그걸 알아야 했다.

* * *

드디어 첫 휴가를 나온 철호는 가장 먼저 학교로 달려갔다. 은하를 만나기 위해 무작정 음대 건물로 향했다. 음대 학생 중 낯이 익은 얼굴을 발견한 철호는 그녀를 붙잡고 물었다.

"혹시 백은하 아시죠?"

"아, 걔 이민 갔어요."

"예?"

난데없는 소식에 철호는 절망했다. 그녀와 연락이 닿을 길이 없나 싶어 다시 다른 음대생을 붙잡고 물었지만, 돌아오는 답은 한결같이 모른다는 대답이었다. 자퇴한 후 동기들도 은하와 연락이 되지 않아, 은하가 어디 사는지, 무얼 하는지 알 길이 없다는 거였다. 철호의 상실감은 크고도 컸다.

'그래, 호계사는 제대하고 가자. 어차피 지금 무슨 말을 듣는다고 해도…….'

버스는 공주에 도착했다. 짧았던 휴가는 끝이 났고, 철호는 허탈한 마음으로 복귀했다.

그렇게 시간은 흘러 봄에서 여름으로 바뀌는 계절, 철호는 교련 3학기 점수로 3개월 감면된 30개월의 군 복무를 마쳤다. 철호는 예비군복을 입고 가장 먼저 호계사로 향했다.

모든 것은 정해져 있었다. 큰스님을 다시 찾아가는 것은 필연적이라고 생각했다. 큰스님은 자신이 언젠가는 찾아올지도 모른다고 예감했을 수도 있다는 생각이 들었다. 호계사로 향하는 길, 철호는 자신의 운명에 대해 깊은 생각이 들었다. 아홉 살에 들었던 말이 그대로 맞아떨어진 그 운명을 스님은 어찌 알고 계셨을까?

호계사에 가까워지며 철호는 상기되었다.

세상의 움직임은 언제나 예측할 수 없는 방향으로 움직였다. 철호의 머릿속에 '나비효과'라는 단어가 떠올랐다. 나비의 날갯짓이 지구 반대편에는 태풍을 일으킬 수 있다는 이론. 철호가 확실히 하고 싶은 것은 그 부분이었다. 큰스님의 말이 있었기에 자신이 그런 운명으로 살게 된 것인지, 아니면 그런 말이 없었다 하더라도 자신이 운명에 휩쓸리게 될 팔자였는지.

큰스님이 자신의 운명을 내다본 것은 무엇이었을까? 과연 사람이 살아가는 데 있어서 '운명'이라는 필연이 존재하는 것일까? 아니면, 불교에서 이야기하는 대로 우연과 필연 속에서 어쩌다 들어맞게 된 것일까? 한 가지 확실한 사실은 큰스님만이 철호의 궁금증을 해결할 수 있다는 점이었다. 어머니에게 큰스님은 아직 살아 계시다고 들었다.

호계사에 도착한 그는 마당을 쓸고 있는 한 노인을 만날 수 있었다. 산길을 단숨에 올라온 터라 살짝 숨이 차올랐지만, 심장이 두근거려 시간을 지체할 수 없었다. 그의 얼굴을 보고 나니, 젊었을 때 자신에게 이야기하시던 이목구비가 남아 있었다. 주름진 얼굴을 보고도 그가 자신의 운명을 점쳤던 이라는 것을 확신할 수 있었다. 빗자루 앞에 우뚝 선 사내를 발견한 그는 고개를 들어 철호의 얼굴을 물끄러미 바라봤다.

"뉘신지요?"

철호가 어떤 말을 해야 할지 몰라 멈칫거리던 그때, 입을 먼저 연 것은 호계사 큰스님이었다.

"아, 얼굴을 보니 알겠구먼, 허허. 명문대에 다닌다는 그 선생님 불자님의 아드님이야."

철호의 예비군복 명찰을 바라보시더니 미소를 지으신다.

"저를 기억하십니까?"

철호의 물음에 큰스님은 먼 곳을 바라보며 고개를 천천히 끄덕였다.

"많은 것이 알고 싶어서 왔을 테지. 그래, 살아보니 어떻던가?"

"저는 실제 큰스님께서 예측하신 대로 스물두 살 때 유신통치 타파 대자보를 썼다가 정보부에 잡혀가 죽도록 고문을 당했습니다. 그 후 인간에게 있어 운명이란 어떤 것인지 알고 싶어서 이렇게 불쑥 찾아왔습니다."

"그래. 그럴 수도 있지. 일단 마당 쓰는 일은 오늘 내가 해야 하는 일이니, 끝날 때까지 저 방에 가서 기다리고 있을 수 있겠나?"

철호는 큰스님이 가리킨 방을 바라봤다. 환기를 시키려던 것인지 문이 활짝 열려 있었다. 철호는 고개를 끄덕인 후 방 안으로 들어가 앉았다. 큰스님이 얼마 후 찻상을 들고 방 안으로 들어왔다. 뜨거운 물에 막 우려 낸 녹차 향이 철호의 뛰는 심장을 고요하게 만들었다. 철호는 당장에라도 질문을 쏟아내고 싶었지만, 무엇부터, 어디서부터 물어야 할지 혼란스러웠다.

그 순간 큰스님이 다짜고짜 신도들의 생시가 적힌 차트 하나를 들고 나오셨다.

그리고 찬찬히 철호의 얼굴을 바라보시더니, "어둠은 빛을 이길 수 없으며 거짓은 진실을 이길 수 없는 법이란다. 네가 직접 밝은 빛이 되어 답을 찾도록 해라."

"네? 제가요?"

"그래, 너에게 빛이란 공부하는 길이다."

"스님, 저는 이미 공부하는 학생인데요?"

"물론 그렇지. 그러나 네가 밝은 빛이 되려면 남들이 존경할 만큼 더 많이 공부해야 한단다."

"네……."

"너는 머리가 비상하지만, 차후 권력이 있는 곳으로 가면 화가 닥칠 수 있다. 그러니 오직 일생 학문으로 수신제가하고 빛이 되어 남을 이롭게 하여야 한다."

철호는 스님의 말씀이란 곧 믿음으로 다가왔다. 그리고 지금 하시는 말씀은 자신의 중요한 진로 문제 같아서 가만히 새겨듣고 있었다.

"스님, 학자가 되라는 말씀 새기겠습니다."

"그리고 너의 긴 인생에 액땜하는 셈 치고, 틈틈이 역학 공부를 하도록 해라."

철호는 스님의 모든 말씀이 진리같이 들렸다. 또한 공부만 했지 실상 자신의 진로 설정은 생각하지 못하고 있었기에 더더욱 그랬다.

"역학 공부는 어디서 해야 합니까?"

"네가 하겠다면 여기 절에서 내가 가르쳐 주마. 그런데 복학해서 학교 다니려면 시간이 되겠니?"

철호는 스님에게 며칠 말미를 달라고 청하고 집으로 향했다.

철호가 중학교 들어갈 즈음 부모님은 그나마 환경이 좋은 읍내 가까운 곳에 단독주택을 마련하셨다. 철 대문을 열고 집에 들어서는 순간 아버지 어머니 동생들이 우르르 나와 반긴다.

"아버지, 어머니. 제대하고 왔습니다. 절 받으세요."

"그래, 고생 많았다."

아버지 말씀에 어머니는 훌쩍훌쩍 울면서 철호를 끌어안았다.

"내 아들 철호야. 그래 얼마나 고생했니, 어디 아픈 데는 없느냐? 우리는 네가 그렇게 잡혀가서 고생했던 줄도 모르고……."

어머니는 철호의 얼굴을 연신 어루만졌다. 뒤쪽에 있던 여동생 미영이가 훌쩍거리고 있다.

"오빠, 얼마나 고생했어? 흑흑."

두 남동생도 소맷자락으로 눈물을 훔쳤다.

"형! 혀엉……."

"그래 성호야, 은호야, 형은 괜찮아. 자, 이리 와."

철호는 동생들을 안아주었다.

어머니가 준비해 놓은 산해진미를 맛있게 먹고 나서 동생들의 이야기를 들어주었다. 세 살 터울인 성호는 부모님의 뜻대로 충남 소재 사범대 국어교육과에 다니고, 성호와 두 살 터울인 은호는 기술자가 되겠다는 고등학교 3학년, 막내 미영이는 간호사가 꿈인 고등학교 1학년이다. 미영이는 큰오빠 철호가 고문당했다는 소릴 듣고 간호사가 되겠다고 결심했다고 한다. 철호는 그런 미영이의 머리를 쓰다듬어 주었다.

그리고 부모님이 계신 안방으로 가서 물었다.

"아니, 어머니가 그걸 어떻게 아셨어요?"

"그게 말이다, 네가 제대하고 다시 복학하려면 하숙집을 구해야 하잖니. 마침 서울 결혼식에 갔다가 그때 그 하숙집이 밥도 잘해주고 한다기에 방이 있나 들렀단다. 하숙집 아주머니가 네가 학생 운동하다가 잡혀가서 심하게 고문받고 피투성이가 돼서 왔다고 말해 주더구나. 그 소리를 듣고 아버지도 엄마도 가슴이 무너지는 줄 알았단다."

"별거 아니었어요. 다 지난 일입니다. 걱정하지 마세요. 그리고 어머니 저는 곧바로 가을학기에 복학하는 것보다 좀 쉬고 내년 봄학기부터 복학하려고 합니다."

어머니는 고개를 끄덕이며 마치 아픈 몸을 추스르라는 눈빛이었다. 아무 말 없으시던 아버지도 네가 하고 싶은 대로 하라셨다.

"그리고 아버지 어머니, 그동안 호계사에 가서 공부를 할까 합니다."

"그렇담 큰스님에게 말씀을 드려야겠구나."

"네, 제가 가서 말씀드릴게요. 어머니는 시간 될 때 한번 들르세요."

그렇게 철호는 호계사에 머물렀다. 가끔 집에 다녀오는 일 말고는 철학과 교재들을 읽고, 한편으로는 역술 공부에 흠뻑 빠져 있었다. 그렇게 반년에 가까운 시간이 훌쩍 흘렀다. 그동안 철호는 큰스님의 밑에서 밤낮으로 공부하며 많은 가르침을 받았다.

인간의 운명이라는 것에 대해서는 명확히 알 수 없었지만, 운명을 가늠하고 예측해 보는 역술의 대략적인 이론들은 모두 이해할 수 있었다. 나아가 사람은 저마다 자신의 삶이 있다는 것. 그것에서 완벽히 벗어난 삶을 살 수 없다는 것. 그러나 때때로 운명은 예측할 수 없는, 예측대로 되지 않는 방향으로 변화하니, '선택'의 문제로 이어진다는 것. 그것이 철호가 깨달은 것이었다.

"스님. 이제 학교에 복학해야 해서 절 공부는 못할 것 같습니다. 주말에 자주 와서 더 공부하겠습니다."

"그래, 알았다. 네가 워낙 명석해서 삼 년 배울 것을 반년 만에 터득했구나."

집에 들른 철호는 짐을 챙기고 부모님과 동생들과 작별 인사를 하고 상경하여 하숙집으로 향했다.

복학한 첫날, 봄빛이 교정에 내려앉고 있었다. 철호는 은하 생각이 났다. 자신의 첫사랑이었던 백은하. 백은하는 도대체 어디로 사라졌단 말인가? 눈치를 살피며 음대 조교실에 찾아가 물었지만, 자퇴했다는 이야기만을 들을 수 있었다.

그 이후로도 종종 은하의 소식을 아는 이들이 없나 찾아봤지만, 아무도 은하가 어디로 갔는지, 왜 자퇴를 했는지 알 수 없었다. 철호는 이것 역시 운명이라는 생각이 들었다. 허망한 마음에 캠퍼스를 걸었다. 곳곳에서 은하의 목소리가 들려올 것만 같았다.

1983년 봄, 그곳에 백은하는 없었다. 그리고 철호는 깨달음을 얻은 듯 성숙해졌다. 정을 붙일 수 있는 것이라고는 공부밖에 없었다.

"그래, 최철호. 공부나 하자."

은하와의 추억이 수놓인 도서관에는 결코 발을 들이지 않았다.

'선배, 이 책 찾고 있죠? 저는 백은하라고 해요. 선배랑 같이 서양음악사 듣는 성악과 백은하.'

은하의 목소리가 곳곳에서 들려오는 것만 같았다. 그러나 교정 어디에서도 그녀의 흔적을 찾을 수는 없었다. 야속한 세월이 흐르고, 복학한 학교에서는 공부만이 유일한 살길이었다. 운명이라는 것은 야속할 뿐이었다.

"스님, 제가 스무 살 언저리에
큰 고초를 겪게 될 것을 어떻게 아셨습니까?"

"네가 가는 운명의 길이 그렇게 보였단다.
운명을 읽는다는 것은, 깜깜한 어둠 속에서 달빛이나 별빛을 따라
어렴풋이나마 길이 난 곳을 가늠하는 것이란다."

"그렇다면 스님, 운명의 길이 잘 안 보이면 어찌해야 하는지요?

"걱정할 필요 없느니라.
열심히 공부하여 내공이 쌓이면 보일 것이다.
방향만 알고 가도 죽음을 면할 수 있단다."

3

인연과 운명

철호는 복학한 뒤에도 가급적 토요일이 되면 큰스님을 찾아갔다. 그 시간은 매번 같았다. 큰스님과 마주 앉아 큰스님과 진로에 관한 이야기와 역술 공부를 시작하였다.

"철호야. 다시 말하지만, 너는 학자가 되어야 한다. 그것이 네가 가야 할 길이다."

"제가 꼭 학자가 되어야 하는 이유가 있을는지요?"

"그래, 너의 타고난 운명은 비바람이 많은 날씨 같다. 그러니 오직 학문으로 몸과 마음을 수양하고 많은 사람에게 공덕을 베풀며 살아야 한다."

"스님, 역술 공부도 공덕을 쌓는 일일까요?"

"너에게 있어서 역술 공부란, 비바람이 많은 너의 운명에 우산과 같단다. 그러니 역술 공부를 하여 사리사욕 없이 남을 이롭게 하면 된다."

매번 듣는 큰스님의 말은 진리와도 같았다. 철호가 잠깐 생각에 잠긴 사이 큰스님은 종이에 글을 쓰시고 입을 열었다.

'忘己利他'

"이 한자의 뜻을 말해보거라."

"나를 잊고 남을 이롭게 하라는 뜻 같습니다."

"그래 맞다. 역술을 공부하여 삿되게 활용하면 구업을 짓게 되어 그 화가 다시 자신에게 돌아오는 법, 너는 역술을 익히며 이 사자성어를 항상 교훈으로 삼거라."

"네, 스님."

* * *

큰스님은 불교계의 어른으로 호계사라는 큰 사찰의 주지스님이었다. 불교 경전과 철학적 지식도 대단하신 데다가 역술의 모든 분야 대부분을 꿰뚫고 계신다는 게 신기하고 존경스러웠다. 그러나 철호는 감히 그것을 물어볼 수는 없었다.

철호는 큰스님에게 배우면서 돈을 내밀었던 적도 있었다. 가르침에 대한 대가였다. 하지만 큰스님은 불같이 화를 냈다. 속세의 돈과는 무관한 가르침이기에 배움을 받을 땐 겸허한 마음으로 받아야 한다는 것이 큰스님의 말씀이었다.

그 당시 큰스님은 산스크리스트어 '아함(阿含)'에 대하여 말씀해 주셨다. 아함의 뜻은 '전승된 가르침과 그 모음'이라고 하셨다. 즉, 스승에게서 제자에게로 전해지는 가르침이라는 의미다. 큰스님은 자신이 통찰하신 불경과 철학 외에도 역학을 꿰뚫고 계셨으니, 그 역학을 철호에게 전승해 주신다는 것이었다. 시간이 갈수록 깊은 감명을 받게 된 철호는 큰스님을 존경하지 않을 수가 없었다.

철호는 또 주말이 되어 새벽 첫차를 타고 공주로 향했다. 그렇게 토요일에 가서 공부하고 일요일에 본가에 들렀다가 월요일 일찍 서울로 오는 일과가 지속되었다.

"그래, 오늘 공부는 어디쯤인고?"
"지난번에 9장까지 했으니 마지막 10장을 할 차례입니다."
"그래. 그럼, 여기를 펴면 되겠구나."
큰스님이 책을 펼치며 설명을 시작하였다.

철호는 그동안 스님이 가르친, 삼라만상의 이해와 음양오행의 원리, 주역의 학과 점, 육효점, 관상과 수상의 기본과 풍수지리 적용의 원리, 사주명리학 등의 역학의 원리 대부분을 다 이해하고 있었다.
특히 세상의 모든 유무형의 존재는 에너지로 이루어져 있으며 인간도 그중에 하나로서, 거대한 에너지 속에서 살아가기에 하루도 같은 기분이나 같은 정서로 삶을 살아갈 수가 없다는 가르침은 철호에게 커다란 깨우침을 주었다.
그러나 지금 마지막 장의 내용은 몇 차례 연습하며 풀이해 봐도 잘 이해가 안 되는 부분이 있었다.

"스님. 제 능력으로 이해할 수 없는 내용이 있습니다."

"어떤 점이 이해되지 않는단 말이더냐?"

"스님, 여기 동일 사주가 다른 삶을 사는 것이 이해가 안 됩니다. 같은 시간에 태어난 사람이 다른 삶을 산다면 운명이 안 맞는 것 아닙니까?"

"좋은 질문이다. 출생 시간을 적용하여 운명을 묘사하고 예측하는 학문은 두 가지가 있다. 하나는 사주명리학이고, 또 하나는 자미두수란다. 그중에 사주명리학에는 '팔자'가 등장하는바, 이것은 너도 알다시피 천간의 십진법과 지지의 십이진법으로 구성된다. 이를 모두 구성하면 518,400개의 팔자가 구성되느니라. 그리고 남녀가 대운이 다르게 진행되니 2을 곱하면 총 1,036,800가지의 팔자가 있다고 보면 된다."

"스님, 그렇다면 지구 내 인구가 모두 그 숫자의 팔자 범주 안에 있는 것이고 같은 팔자는 엄청 많겠군요?"

"그렇지. 그러나 모두 같은 삶을 살 수 없는 이유를 말해 줄 터이니 잘 기억하거라."

철호는 노트에 부지런히 기록하고 있다.

"첫째, 부모와 유전자가 다르며, 둘째, 태어난 장소가 다르고, 셋째, 가족구성이 다르며, 넷째, 만나는 친구들과 가르침을 받는 스승이 다르다. 다섯째, 시진을 두 시간으로 나누지만 이를 분으로 계산하면 120분으로 이를 적용하지 않은 것도 있으며, 마지막으로, 보고 듣는 총체적인 성장 환경이 다르니 모두가 같은 삶을 살 수가 없는 이유란다."

"네, 스님. 이해가 갑니다. 하지만 그렇더라도 팔자가 같은 사람들은 어디에서든지 작은 동일점이라도 있지 않을까요?"

"음. 그렇지. 쌍둥이를 보면 모습이나 언행들이 비슷하잖느냐? 그렇다고 그들이 똑같이 살지 않는 것은 앞에서 말한 이유 때문이란다. 또 같은 팔자를 가진 전혀 다른 사람들도 찾아보면 취미든 습관이든 기호식품 등등 동일점이 있을 확률은 매우 높다고 보면 된단다."

"네, 스님. 제 생각에 분류학적으로 보면 명리학에서 팔자의 종류가 그 정도인 것은 대단한 성과 같습니다."

"암만, 지구상에 있는 식물의 종류가 약 삼십오만여 종인 것을 참고해 보고, 지구상에 존재하는 인구와 팔자의 수를 비교해 보면 이해가 될 것이다."

"네, 스님."

"단 명심해야 할 것은, 팔자를 분석할 때는 많은 자료를 수집하고 관찰과 비교를 통하여 대입해야 하며, 거기에 더하여 반드시 묻고 답하는 문진법으로 상담하고 판단해야 한다는 것이다. 네가 공부한 학문적 이론이나 경험은 통계적인 것으로 현실에 대입하는 확률적인 것에 불과함을 잊지 말거라."

호계사에서 공부가 끝나고 본가에 온 철호는 열심히 복습해 보고 있는 중이었다. 사람의 팔자가 어떤 식으로 작용할 수 있는지, 역사 속 인물의 삶과 대조해 보며 하나씩 풀이를 해 나가고 있었다. 그때 방에 들어온 어머니가 걱정에 가득 찬 얼굴로 철호에게 말했다.

"철호야, 너 요즘 호계사 출입이 잦은 거 아니니?"

그러나 철호의 얼굴에는 굳은 의지 같은 것이 담겨 있었다. 어머니는 말을 잇지 못하고, 잠시 머뭇거리다 방문을 닫았다.

철호는 자기 때문에 부모님이 마음고생한 것을 알지만, 지금 큰스님으로부터 배우는 것이 무척 재미있었다. 두 번 다시는 이러한 학문을 배우지 못할 듯했다. 주역, 명리학, 상학, 풍수, 기문 등과 큰스님이 간직하고 있던 비천기라(飛天氣拏)라는 비법서에 이르기까지, 모든 것이 다 다른 이야기를 하는 것처럼 보여도 결국 하나로 연결되어 있었다.

'운명', 바로 여러 가지 학문을 아우르는 단어였다. 철호는 운명으로부터 벗어날 수 없는 삶임을 깨달은 뒤부터 이를 미리 아는 것이 자신의 팔자에 어떤 영향을 끼칠지 궁금했다.

그렇다. 누구보다 빠르고 쉽게 확인할 수 있는 운명 정보가 바로 자기 자신에 대한 것이었으니 철호는 자신의 팔자를 풀이하고 공부했다.

큰스님이 왜 권력이 있는 곳으로 가면 안 되고 오직 학자가 되어 가르치라고 하셨는지도, 액땜하는 셈 치고 역술을 공부하라고 하신 것도 대략 알 수 있었다. 조용하고 고요하게 살 팔자가 아니었으니.

대운을 살펴봤다. 이십 대 중반 이후 대체로 좋은 대운을 만난다. 특히 40대가 넘어가는 순간부터 명예가 뒤따라온다는 해석이 계속 나왔다. 명예가 있는 자리에는 재물도 따라오니 먹고살 걱정은 없을 것 같았다. 비록 20대까지는 힘들지 몰라도, 중장년에 접어들면서부터는 대운이 밝게 빛나는 쪽으로 향한다는 것을 알게 되자, 철호는 마음속으로 부디 그때까지 부모님이 살아 계시기만을 바랐다. 그리고 그때부터 더욱 학문에 심취하게 되었다.

* * *

"철호야. 환경이 의식을 지배한다는 것을 말해줬었는데 기억하느냐?"

"네, 스님. 저는 그 말씀에 너무나도 공감하고 있습니다."

"의식이 있는 인간뿐만이 아니다. 모든 생명체는 환경에 영향을 많이 받게 된단다. 하여 네게 가르쳤던 풍수학도 바람길과 물길을 통해서 지세 지형을 살피고 인간이 사후나 생전에 가장 머물기 좋은 곳을 찾는 것이다. 즉 환경이 좋은 곳을 찾는 것이지."

"네, 스님 말씀을 듣고 있자니 문득 맹모삼천지교(孟母三遷之敎)가 생각납니다."

"허허. 바로 그거란다. 네게 가르쳤던 마의상법이나 유장상법 등 사람의 관상을 살피는 것도, 손금을 살피는 수상학도 결국 그런 이치에서 벗어나지 않는 것이란다. 더하여 이름을 짓는 성명학도 자연의 형상에 따라 만들어진 한자를 활용해야 한다. 즉 자원(字源)의 에너지를 타고난 팔자에 따라 조화와 균형을 맞추는 것이 가장 중요한 것이다."

"예. 명심하겠습니다."

"앞으로 살아가면서 환경의 지배를 받기보다는 맹자의 어머니처럼 환경을 잘 선택하고 활용하는 지혜를 가지도록 하거라."

"예, 스님."

"그래서 말인데, 너는 겨울 생으로 물기가 많은 사주이니, 불기운이 성한 일본 오사카를 한번 다녀오너라. 내 예감이 맞는다면, 그곳에서 좋은 기운이 네게 닿을 수도 있다."

"그 말씀은?"

"불기운이 성한 나라를 다녀옴으로써 네 운명의 기운을 바꿀 수 있다. 또 너의 좋은 인연을 만날 수도 있을 것이다."

"인연이라뇨? 무슨 인연을 말씀하시는 건지요. 저는 욕심이 없습니다. 결혼한다고 하더라도 솔직히 잘해줄 자신도 없습니다."

큰스님의 말에 철호는 어리둥절하기만 했다. 한때는 결혼해서 아이를 낳고 좋은 가정을 꾸리는 생각은 했었다. 하지만 그 생각이 뒤바뀌게 된 것은 은하와의 무기력한 이별에 대한 상실감으로부터였다.

군 입대 전 잡혀가서 희생당할 뻔한 자신의 목숨, 구사일생으로 세상 밖으로 나왔지만, 늘 어두운 길과 사람들이 두려웠다. 누군가와 함께한다는 건 그의 인생 계획에서 지워져 있었다.

그런데 오사카에 다녀오라는 큰스님의 말에 철호는 깊은 고민에 잠겼다.

"스님. 인연이 저를 만나면 오히려 앞으로 제게 남은 풍파 속에서 괴로워하지 않겠습니까?"

"아니다."

큰스님은 고개를 저으며 이야기했다.

"오사카에서 만날 인연은 네 삶이 불행해진다고 하더라도 네 곁에 있을 사람이다. 이제는 너도 성인이고 최씨 집안의 장남이니 생각을 달리해야 할 것이다. 너도 외로운 삶 속에서 기댈 사람 하나 있으면 좋지 않겠느냐?"

그 말에 철호는 잠시 고민했다. 지금껏 자신이 마음을 열고 기댈 사람이 있었던가? 아니었다. 지금까지 가족에게조차 기대어 운 적이 없었다. 오로지 그가 기댈 수 있는 건 자신뿐이었다.

철호는 자기 때문에 누군가의 삶이 망가질까 염려하며 경계하고 살아왔다. 키가 큰 편은 아니었지만, 제법 준수한 외모와 학벌 때문인지 자신에게 다가왔던 사람들이 있었다. 그런데도 그때마다 거절하고 공부에 매진하고 살아왔던 것은 바로 그런 이유 때문이었다. 자신이 누군가의 삶에 짐이 되진 않을까 하는 걱정.

복학하고 다시 공부할 수 있는 기회가 주어졌다고는 하지만, 세상은 또 언제 바뀔지 몰랐다.

"고민하지 말고 기분 전환도 할 겸 여행을 다녀오너라."

간곡한 큰스님의 말씀을 거역할 수는 없는 노릇이었다. 아니, 그도 그렇지만 자신의 운명의 에너지가 바뀐다니 다녀와야 한다고 생각했다.

"알겠습니다. 다녀오겠습니다."

"그래, 좋은 인연을 만난다면 너에게 큰 버팀목이 되어 줄 것이다. 그러니 딱 한 달 뒤, 오사카로 떠나라."

"큰스님, 그런데 그 인연을 제가 알아볼 수 있겠습니까?"

"만나면 알게 될 것이다. 이 사람이 바로 나의 인연이라는 것을."

"그 사람을 만나면 저는 받아들여야 합니까?"

"네가 알아서 하게 되어 있다."

큰스님은 더 할 말이 없다는 듯 고개를 돌리셨다. 오늘의 공부는 여기까지였다. 철호가 일어서려는 순간, 큰스님의 말씀이 이어졌다.

"철호야, 더는 공부 때문에 나를 찾아오지 않아도 된다. 그동안 내가 가지고 있는 역학지식은 모두 너에게 가르쳤으니. 앞으로의 공부는 네가 알아서 할 일이다."

"아니, 스님. 제가 어찌 스님의 도움 없이 이 공부를 이어가겠습니까?"

"네 인연을 만나고 나면 답은 정해질 것이다. 걱정할 일은 생기지 않을 테니 네가 해 왔던 대로 하거라. 가끔 찾아와 네 이야기를 들려다오. 나는 그거면 충분하다. 그 이상은 내가 건드려선 안 될 것이니⋯⋯. 정 안 되겠으면 전 세계 곳곳을 돌아다니며 공부하거라. 어차피 네 팔자에는 역마살이 끼어 있어 한곳에 머무르진 못할 것이다. 오래 전 선조들은 역마살이 좋지 않은 것으로 봤지만, 나는 다르게 생각한다."

"스님, 저 역시 역마살이 되레 앞으로 가지게 될 제 가정과 삶에 영향을 줄까 우려가 큽니다. 제가 여태 방황하는 것 역시 역마살 때문이라는 생각을 지울 수가 없습니다."

철호의 이야기에 큰스님은 고요한 얼굴로 대답했다. 그토록 고요한 바다와 같은 큰스님의 얼굴을 보는 것은 오랜만이었다.

"역마살은 분명 시대가 지나며 다른 방식으로 평가가 이뤄질 게야. 한 곳에 머물러 살아야 했던 선조들과는 달리 지금의 세계는 서로에게 호의적이고, 개방되어 있다. 이러한 삶 속에서 네가 택할 수 있는 것은 하나뿐이다. 시대의 흐름에 몸을 맡기거라. 즉 역마살로 네가 힘들어하지 말고 오히려 돌아다니며 활용하라는 의미란다."

그 말을 들은 철호의 머릿속에는 세계화로 선진국이 되자는 정치인들의 말이 떠올랐다. 전쟁과 민주화 운동을 겪은 대한민국이 과연 세계화를 잘 이뤄낼 수 있을지 의문이긴 했지만, 큰스님이 했던 말 중 틀린 것은 없었다. 큰스님의 말대로 무역 개방이 되고, 조금 더 잘 사는 나라가 된다면 자신의 팔자에 낀 역마살은 다른 식으로 작용할 수도 있었다. 전 세계 곳곳을 둘러보며, 성공적인 삶을 이뤄내는 사람이 될 수도 있단 생각이 문득 머릿속을 스쳤다.

"알겠습니다. 오사카로 가겠습니다."

"그래. 다시 말하지만, 앞으로는 너에게 더 가르칠 것이 없으니 더는 오지 말거라."

"스님, 그럼 방학 때마다 찾아뵙겠습니다. 그동안 가르침에 감사했습니다. 절받으세요."

철호는 마음속으로 큰스님은 자신의 영원한 스승님이라고 생각했다.

"철호야, 내 너 같은 천재에게 얕은 지식이나마 전수해 줄 수 있어서 참 고맙구나. 그리고 이거 받아라."

스님이 주신 종이에는 클 태(太), 밝게 빛날 랑(烺) 이라는 두 글자가 쓰여 있었다. 크고 밝은 빛으로 살라는 의미의 아호였다.

"큰스님, 감사합니다. 평생 태랑으로 살아가겠습니다. 또한 '아함(阿含)'의 의미를 꼭 실천하겠습니다."

철호가 일본 오사카로 간 것은 큰스님의 말이 있은 뒤로 정확히 한 달이 지난날이었다. 해외로는 처음 나가보는 것이었기에 철호는 짐을 바리바리 챙겼다. 비행기가 이륙하던 순간에도 철호는 자신의 생이 혹시나 죽음에 다다르지는 않을까? 하는 걱정에 휩싸이기도 했다. 그럴 일이 없음에도 말이다. 그는 자신의 생이 언제쯤 끝날지 자점을 쳐봤기에 모르지는 않았다. 천수를 누리다 갈 것이 자신의 운명이었다. 예정대로라면 천수를 누리며, 세상의 사랑과 이별의 슬픔을 모두 맛보다 죽음을 맞이할 거라는 것이 그의 예측이었다.

철호는 비행기 안에서 자신의 손을 내려다봤다. 손바닥에 새겨진 손금은 정말 굵고 길게 뻗어 있었다. 누군가는 자신의 짧은 명줄을 걱정해 칼로 그어 손금을 이었다는 이야기도 들어본 적 있었다. 하지만 자신은 그럴 일이 없었다. 선명하고 굵게 뻗은 생명줄은 명줄이 길고, 잔병치레조차 하지 않고 오래 살다 갈 것임을 나타내고 있었다. 비행기 바퀴가 '쿵쿵' 하고 착륙하는 순간이 되어서야 철호는 자신의 손금을 내려다보는 일을 그만뒀다.

간사이 공항에서 입국 심사를 마치고, 수많은 캐리어 속에서 자신의 캐리어를 찾아낸 철호는 오사카 난바에서도, 도톤보리 끝자락에서 한참을 더 걸어가야 하는 숙소로 향했다. 철호가 묵을 숙소는 한인이 운영하는 민박집이었다. 일찍이 일본에 자리를 잡은 한인들은 일본에서 눈을 감아주는 대신 암암리에 한인 민박을 운영 중이었다. 철호가 모은 돈으로는 호텔에 묵는 것은 사치였다. 애초에 호텔보다 한인 민박을 더 가고 싶었다.

도톤보리로 향하던 길 수많은 이가 도톤보리 앞에서 기념사진을 촬영 중이었다. 그 모습을 보며 철호는 그들의 모습을 자신이 가진 필름 카메라로 담아냈다. 어설프게 배운 일본어는 지리를 물어볼 때 큰 도움이 되었다.

묻고 물어 도톤보리 끝자락에 있는 한인 민박에 도착한 철호는 "여기가 '우리집 민박'이 맞나요?"라는 질문에 돌아온 "맞아요."라는 답변을 듣고는 안심했다. 당연히 호텔보다는 형편없었다. 언젠가는 호텔에 묵어보리라는 생각을 하며, 철호는 주인이 열쇠를 내어준 방으로 올라갔다. 한인 민박에는 없는 것이 없었다. 한국인들이 일본의 단맛 나는 음식을 먹은 후에 꼭 찾곤 하는 김치마저 한국식으로 담가 차려져 있었다.

철호는 도착하자마자 훅 끼친 단내 나는 음식 향에 질려 민박집의 묵은지와 라면으로 후루룩 끼니를 때웠다. 그렇게 한 끼를 먹은 철호는 아직 낮이라는 것을 생각하고는 옷을 갈아입었다.

한국인에 대한 차별이 심한 나라가 일본임을 너무나도 잘 알고 있었기에, 일부러 일본 사람처럼 옷을 꾸며 입었다. 거울 속 자신이 낯설게 보였다. 처음으로 꾸며보는 것이었다. 그동안 공부만 하느라, 대학교에 입학해서도 유행이라는 시류의 흐름을 타지 않으려 부단히 노력했던 그였다. 그래서 꾸미는 법을 몰라도 너무 모르긴 했다. 일본의 패션은 한국보다 훨씬 앞선 상태였다. 거리에 다니는 사람들 모습만 봐도 그러했다. 그런 모습을 보며 자신이 가져온 옷 몇 벌로 어설프게 꾸미긴 했지만, 아무래도 어색한 느낌은 지울 수 없었다. 남의 옷을 훔쳐 입은 것처럼 꼴 보기 싫었다.

"옷 입는 연습이라도 할걸. 운명을 공부하느라, 정작 중요한 걸 모르고 살았네."

철호는 혼잣말을 중얼거리며, 가지고 온 구두에 발을 밀어 넣고 뚜걱뚜걱 집을 나섰다.

"아이고, 오자마자 라면 한 그릇 먹더니 그냥 나가네. 일본인들 조심해요. 아직 한국에 대한 감정이 안 좋은 사람들이 많으니까. 그런데 옷은 일본인처럼 보이려고 그리 입은 거예요?"

민박 주인이 그릇을 치우다 말고는 철호에게 오지랖을 부렸다. 철호는 자신이 봐도 어설픈 패션이니, 현지에 사는 한국인이 보면 얼마나 웃길까 싶었다. 아니나 다를까. 민박 주인은 큰소리로 웃으며 이야기했다.

"어디 가서 일본어 쓰지 마요. 누가 봐도 한국 사람인 것 같으니까. 특히 그 큰 안경. 여기 사람들은 날렵한 무테안경이나 쓰고 다니지, 그렇게 큰 안경 안 쓰고 다녀요. 한국에서 왔다고 홍보하는 거 같으니까 얌전히 구경만 하다가 들어와요. 괜히 신사이바시스지 뒤쪽으로는 가지 말고. 거기는 유흥가라 죄 몸 파는 애들밖에 없어요. 갔다가 호구 잡히지 말고.

그런 거 불법인 거 알죠? 학생이라서 주의하라고 말하는 거예요. 내 다른 사람 같았으면 말을 안 해. 학생이 워낙 순진하고 준수하게 생겨서 이런 말 하는 거예요."

"아. 알겠습니다. 그쪽 근처로는 얼씬도 하지 않도록 하겠습니다."

신사이바시스지가 어느 쪽인지는 지도를 확인해야 했는데, 도톤보리 근처였다. 도톤보리 뒤쪽으로 다니는 것을 조심하라는 뜻으로 철호는 이해했다.

도톤보리 끝자락에서 잘 정돈된 산책로를 따라 걸었다. 도톤보리 한가운데 와서야 철호는 필름 카메라 롤을 돌려 사진을 한 컷 한 컷 찍었다.

"스미마센……."

그때였다. 한창 사진을 찍는 철호에게 어설픈 일본어 발음으로 말을 거는 여자의 목소리가 들렸다. 철호는 사진을 찍다 말고는 뷰파인더에서 눈을 떼고 여자를 쳐다봤다. 그 순간 철호의 머릿속에 쌔 하는 느낌과 함께 큰스님이 떠올랐다.

"아가씨 한국 사람이죠?"

철호는 용기를 내서 물었다. 그러자 여자는 당혹스러운 얼굴을 감추지 못했다.

"어, 어떻게 알았어요? 제 발음이 일본인 같지 않았어요?"

"그냥, 직감입니다. 근데 무슨 일이시죠? 저도 일어는 조금 하는데요."

"아, 다름이 아니라 일행을 도톤보리 근처에서 만나기로 했는데 잃어버렸어요. 혹시 길을 찾아줄 수 있을까요? 도톤보리 에비스스지 상점가에서 만나기로 했는데……."

철호는 주변을 두리번거리다 지도를 펼쳤다. 도톤보리 한가운데 있었으니 에비스스지까지는 조금만 걸어가면 되는 일이었다.

"제가 모셔다드리겠습니다."

"아니에요. 마음은 감사하지만……. 저 혼자서도 찾아갈 수 있는 걸요."

"타지에서 길 잃은 분이 하실 말은 아니라고 생각합니다. 에비스스지 상점가는 코앞인데, 그 앞에 두고 길을 잃어버렸으니 모셔다드리는 게 맞죠. 그리고 해외에 나와서는 한국인만큼 믿을 만한 사람이 어디 있다고 그래요."

철호가 툭툭 내뱉는 말에 여자의 얼굴이 살짝 붉어졌다. 부끄러움이 많은 듯했다. 철호는 개의치 않고 앞장서서 걸음을 내디뎠다. 여자가 여전히 머뭇거리자, 철호는 뭐 하고 있냐며 따라오라고 이야기했다. 그제야 여자는 철호를 따라 움직였다.

"그러면 모셔다 말고 데려다만 주세요."

"허허. 그럽시다, 그럼."

철호는 그녀와 함께 에비스스지 상점가 앞까지 도착했다. 쇼핑하러 나온 이들이 많았다. 철호는 행여나 사람 많은 번화가에서 차별당하면 어떡하나 싶었지만, 일본인들은 생각보다 타인에게 관심이 없는 듯했다.

"여기에서 만나기로 한 거 아니에요? 여기가 에비스스지 상점가인데."

무뚝뚝한 철호의 말에 여자는 얼굴을 붉히며 시계를 가리켰다.

"아직 만나기까지 시간이 조금 남아서요. 감사한 마음에 제가 저기 커피집에서 차라도 한 잔 사드리고 싶은데요."

"차는 무슨……."

철호는 큰스님이 이야기한 여자가 맞는지 알고 싶어 일부러 더 무뚝뚝하게 대했다. 그러나 여자는 물러서지 않았다.

"은인에게 차 한 잔 대접할 정도의 기회는 주시죠?"

생각보다 당찬 목소리에 철호는 피식 웃음이 새어 나오는 걸 막을 수 없었다.

"그럽시다, 그럼."

이번엔 여자가 피식 소리를 내며 웃었다.

"왜 웃죠?"

"아까도 '그럽시다, 그럼' 하셨잖아요."

"아, 그랬던가요?"

에비스스지 상점가 근처 붐비는 커피집 안으로 들어간 철호는 이곳이 오래된 일본의 프랜차이즈 카페라는 여자의 설명을 들으며 얼떨결에 아이스커피를 골랐다. 계절은 가을이었지만, 일본은 한국보다 아래에 있는 데다 섬나라여서 그런지 나라여서 한국보다 훨씬 습하고 더웠다. 반팔 셔츠를 입었어도 얼굴을 타고 땀이 흘렀다.

"땀 닦아요."

여자는 자신의 손수건을 꺼내 철호에게 건넸다. 철호는 고개를 살짝 숙여 인사하고는 땀을 닦았다. 한국대학교 앞 카페와는 사뭇 다른 느낌이었다. 커피가 나오는 데까지 걸린 시간은 고작해야 2분이었다. 그사이 땀을 닦은 철호는 여자가 쟁반을 들고 계단 위로 올라가자, 그 뒤를 쫓아 갔다. 철호로서는 신기한 마음이 들기도 했다. 수많은 이 중에서 그녀만 이 눈에 들어왔으니까. 오사카에서 만난다기에 일본인을 만날 수도 있을 것이라고 생각했다. 하지만 아니었다.

자리에 앉자마자 여자가 철호에게 물었다.

"몇 살이에요? 아, 이런 거 물어보면 실례이려나⋯⋯."

"먹을 만큼 먹었고, 군대는 다녀왔습니다. 지금은 대학생입니다."

"그럼, 졸업 전에 여행하러 온 것이로군요? 나도 그래요. 나는 신화여 대 사범대에 다니고 있는 학생이에요."

신화여자대학교라면 명문이었다. 일제 강점기 시절 지어져 대한민국 애국부인회 활동과 한국 혁명 여성동맹 활동을 통해 많은 여성 독립운동 가를 배출한 학교이며, 해방 이후에도 수많은 여성 리더를 배출한 대학 이란 걸 철호는 잘 알고 있었다. 그녀의 소개를 먼저 듣게 된 철호는 머쓱 해하다 자신을 소개했다.

"저는 한국대학교 철학과에 다니고 있습니다."

"아 네, 미팅이나 이런 건 안 해 봤어요? 한 번도 안 해 본 말투네. 나는 4학년이에요. 군에 다녀오셨으니 나이는 얼추 비슷하겠네요."

"아, 그것이⋯⋯. 제가 아파서 학교를 조금 늦게 다녔어요. 유급되어 서 1년 뒤에 다시 학교를 다녀야 했거든요. 당시에 장티푸스로 죽을 뻔했던 기억이 납니다."

철호는 선을 보는 듯한 어색한 분위기 속에서 어렵게 말을 꺼냈다. 처음에는 자신이 이끄는가 싶었는데, 어느새 그녀의 말에 이끌려 다니고 있었다. 그녀에게선 여유가 넘쳐흘렀다. 그러면서도 기품이 느껴졌다. 여자는 나긋나긋한 목소리로 자신을 소개했다. 그녀는 자신의 이름이 한설경이라고 했다.

"눈 설(雪)에, 풍경할 때 경(景)을 써요. 제가 겨울에 태어났거든요. 설경이 참으로 아름다웠던 날이라서 아버지께서 그리 이름을 지으셨대요. 그래서인지 몰라도, 제가 겨울을 좋아해요."

여자는 묻지도 않은 말까지 툭툭 내뱉었다. 철호는 "나도 첫눈이 오는 날 태어났는데." 하고 말했다. 은하와의 사랑이 전해지지 못한 것이었다면, 이번에는 다른 느낌이었다. 따뜻한 겨울이 될 것만 같은 기분 좋은 예감이 들어 심장이 두근두근 뛰었다. 그동안 연애할 기회가 있었어도 피해 왔지만, 설경은 사뭇 달랐다. 오밀조밀한 이목구비와 함께 눈빛이 선하고 아름다웠다. 또한 당찬 말투가 그를 사로잡았다. 운명이라는 생각이 들었다.

"나보다 오빠겠네요. 한 학년 늦게 들어갔고 군대까지 다녀왔으면……."

설경의 말에 철호는 고개를 끄덕였다.

"편하게 설경이라고 불러요. 혹시 전화번호 물어봐도 돼요? 아, 여긴 일본이라서 다시 만나긴 어려우니까, 한국에서 고마운 은인에게 밥이라도 사려고 해요."

"아니, 이미 커피를 사 주신 것만으로도 충분한데요."

"철호 씨, 부끄러움이 많구나."

설경이 놀리는 목소리로 이야기하며 웃었다. 하얀 이를 쪼르륵 드러내는 설경의 미소는 아름다움 그 자체였다. 철호는 이성을 보며 이토록 아름답다는 생각이 든 것이 처음이었다. 목석같은 그의 성정 때문에 철호의 부모는 넌지시 일찍 선을 보라고 권유하기도 했다. 집안의 장남이니 졸업하고 일찍 장가가기를 바랐다.

부모는 철호가 호계사에 자주 들락거리는 것을 반기지 않았다. 3남 1녀 중 맏이인 철호가 출가라도 할까 싶어서이다. 걱정하던 부모의 모습이 눈앞에 선했다.

"설경 씨."

"네. 근데 오빠라고 불러도 돼죠?"

당찬 설경의 목소리에 철호는 얼굴로 열이 몰리는 것을 느꼈다. 그러면서도 설경이 부르는 오빠 소리는 어떤지 알고 싶어서 고개를 끄덕이고야 말았다.

"오늘 일정이 어떻게 돼요? 오늘 도착했어요?"

설경은 철호에게 궁금한 것이 많아 보였다. 철호는 머뭇거리다 입을 열었다.

"사실, 도톤보리 구경 외에는 신사이바시 구경 정도……."

"그럼, 저희랑 같이 다닐래요? 오빠."

설경이 내뱉은 '오빠'라는 단어는 막냇동생이 하던 '오빠'라는 호칭과는 느낌이 달랐다. 심장이 튀어나올 듯이 두근거리는 것을 느꼈다. 설경의 예쁘장한 모습과 당찬 성정 또한 퍽 마음에 들었다. 철호의 부모님이 알면 기절하실 듯했지만. 철호의 부모는 자고로 여자란 조신해야 한다며, 동네에서 조용조용하기로 소문난 여자아이들을 은근슬쩍 입에 올리기도 했다. 하지만 철호는 그중에 눈에 차는 아이가 없었다. 아버지가 친구 딸이라며 소개를 시켜준 아이들도 조용하기만 했고, 철호 앞에서는 얼굴을 붉히며 말을 잇지 못했다. 그러나 설경은 달랐다. 당당한 모습이 철호가 상상하던 제 짝의 모습과 딱 들어맞았다.

"좋아요. 같이 다닙시다."

철호가 큰 결심을 한 듯 말을 내뱉자, 설경이 까르르 웃었다. 마음에 드는 모양이었다.

"여기 와서 한국 사람이랑 같이 다닐 수 있다고는 생각해 보지 못했어요. 사실 여자 둘이서 다녀야 하는데, 조센징 소리나 듣지 않을까 걱정했어요. 그런데 오빠 덕분에 마음 편히 다닐 수 있게 되었네요."

설경은 아무렇지 않게 철호를 오빠라고 불렀다. 철호는 오빠 소리를 들으며 자꾸 낯이 화끈해지는 기분이었다.

"아, 그……."

"왜요? 오빠라고 부르니까 수줍어서 그래요?"

설경은 다 알고 있다는 듯 당당한 목소리로 말했다.

"그 목소리 좀 줄이면 안 될까요? 여기 있는 사람들이 모두 우리만 쳐다보는 것 같은데……."

"아, 그랬나요? 이렇게 멋진 오빠를 만나게 되니, 너무 좋아서 목소리가 절로 커졌나 봐요. 그런데 오빠, 친구 올 시간 다 됐어요. 이제 나가요."

그 말에 자리에서 주춤하며 일어선 철호의 팔에 설경이 팔짱을 껴왔다. 철호가 깜짝 놀라 팔을 내려다보니 설경이 빙긋 웃으며 이야기했다.

"오빠, 편하게 끼고 다녀도 되죠? 나, 길 잃어버리면 안 돼요. 내일은 공항에 가야 한단 말이에요. 오늘 관광하다가 길이라도 잃어버리면, 내일 간사이 공항에 못 가요."

"아. 그, 그래요. 그렇게 해요."

"오빠는 바로 말을 못 놓는 성격인가 봐요? 나는 오빠라고 편하게 부를래요."

철호는 그때까지만 해도 몰랐다. 오빠라고 부른 것은 그저 철호에게 적극적인 마음을 드러내기 위한 것이었음을. 한국에 와서 다시 만난 설경은 자신도 사실은 어린 시절 병치레 때문에 학교를 다니다 말다 해서 철호와 똑같은 해에 태어났다는 이야기를 털어놓았다.

철호는 남자의 출입이 어려운 신화여자대학교 정문 앞에서 종종 설경을 기다리곤 했다. 설경은 강의가 끝나면 똑 부러진 모습으로 철호 앞에 나타났다. 철호와 만나면서도 단 한 번도 과 수석을 놓치지 않은 것이 설경이었다. 사범대학교의 전설이라고 불린다는 이야기를 들으며, 철호는 설경이 대단하다고 느꼈다. 당찼지만 반듯했고, 타인을 배려하는 마음이 대단했다.

특히, 굳은 날씨에 몸이 불안해지는 철호를 위해 느릿하게 걷는 모습을 본 날, 철호는 그녀의 손을 처음으로 잡았다. 그것을 시작으로 두 사람의 연애는 빠르게 진전되었고, 졸업 후 임용고시에 합격한 날, 프러포즈는 설경이 먼저 했다. 없는 살림이라도 당신과 함께라면 같이 살아갈 수 있겠다는 이유였다.

철호는 그녀의 프로포즈에 약지에 반지를 끼워주는 것으로 대답을 대신했다. 설경은 그런 철호에게 입을 맞췄다. 언제나 그녀가 먼저였다. 손을 잡던 것도, 팔짱을 끼던 것도, 입맞춤을 하던 것도……. 막상 여자를 대하는 것에 있어서 모든 것이 처음이었던 철호는 숙맥이었다.

1년 뒤 철호가 졸업을 앞두자, 양가 상견례를 하였고 곧바로 결혼식을 올렸다. 신혼여행은 둘 다 한 번도 안 가봤던 제주도로 다녀왔다. 두 칸 방이 있는 집을 세 얻고 시작된 오순도순 신혼살이에 둘은 행복했다.

철호는 늘 상상으로만 그려오고, 잠시라도 마주했던 이들과는 확연히 다른 그녀가 좋았다. 당차면서도 선을 넘지 않고 자신을 존중해 주는 모든 것이 좋았다. 자신이 유신통치 반대 대자보를 쓰게 되면서 고문을 당했다는 이야기를 듣다가 눈물 흘리던 설경의 모습에서는 진정한 사랑을 엿볼 수 있었다.

철호의 부모님도 큰스님도 학자의 길을 가야 한다고 했지만, 설경이 먼저 철호에게, 자신이 교직에 있으니 아이 없을 때 곧바로 대학원에 지원하라고 하였다.

"여보, 그래도 되겠어?"

"네, 당신은 박사까지 해서 교수가 되세요."

"고마워, 학비는 부모님도 보탠다고 하셨으니 걱정하지 마."

"아니, 학교 다니는 동생들이 셋이나 되는데, 어떻게 부모님에게 받아요?"

"아버지 어머니 두 분 다 교사시니까, 조금은 도움을 주실 수 있을 거야. 그리고 동생들이 고맙게도 모두 국립대 다니고 장학금 받으니까."

"알았어요. 암튼 제가 있으니, 당신은 열심히 해서 학자가 되세요."

굳은 날씨면 아프지 않더라도, 설경은 밖으로 나가는 대신 철호의 오른쪽 무릎을 주물러주곤 했다. 철호가 치료를 받았음에도 아직 흔적이 남아 어설프게 아픈 것이라며 밀어내면, 그녀는 웃으며 계속 주물러야 괜찮아진다고 응수했다. 정말 그런 것일까? 그녀의 가냘픈 손길이 닿을 때마다 철호의 삶의 굴곡도 아무렇지 않은 듯 지워지는 기분이었다. 그런 그녀의 모습 하나하나가 사랑이었다. 철호의 인생에 잠시 백은하가 있었지만, 이제 진정한 사랑은 바로 설경이었다. 잊을 수 없는 사랑으로 자리 잡은 그녀를 철호는 운명처럼 사랑했다. 그리고 그럴 때마다 큰스님이 생각나곤 했다.

결혼 후 아이가 생기기 전까지 둘 사이에는 아무런 문제가 없었다. 철호는 대학교수를 꿈꾸며 대학원에서 학업을 이어갔다. 다만, 한 가지가 철호의 신경을 건드렸다. 바로 수학 교사인 설경의 머리는 수학적으로 돌아간다는 점이었다. 집안 살림을 하는 일에 있어서도, 집에서 머무르는 시간조차도 수학적으로 계산했다. 아니, 엄밀히 말하면 수학적이라기보다는 현실적이었다.

홀몸도 아닌 데다가, 학교를 그만둘 만큼 경제적 여유를 가진 것도 아니어서 남편과의 가사 분담은 반드시 필요한 일이었다. 그럼에도 철호는 여전히 알 수 없는 앞날을 배우고 싶었기에 유명한 철학원이며, 어디며를 찾아 쏘다니기를 거듭했다. 아내는 자주 늦게 들어오는 철호를 이해하지 못했다. 몇 번 참던 그녀는 기어코 분노를 터뜨렸다.

"당신, 집에 일찍 오는 게 그렇게 힘들어요? 내가 이제 홀몸이 아니라는 걸 잘 알면서도……."

"아니, 그게 아니라……, 나도 내 나름대로 사정이 있어서……."

설경은 임신 중이라 한껏 예민해져 있었다. 첫아이였지만, 두 번의 유산을 겪은 뒤 가진 아이라 더욱 애착이 가는 듯했다. 그런 설경의 마음을 이해하지 못하는 건 아니었다. 철호의 장인과 장모는 설경을 볼 때마다 아이 이야기를 꺼냈고, 설경은 그때마다 들어서지 않는 아이가 다 자기 탓이라며 자책하곤 했다. 그땐 그런 게 당연한 줄 알았다. 철호가 설경과 함께 위기를 극복해 가야 했음에도, 설경이 자책하고 있을 때면 그저 묵묵히 술을 따라 주는 것으로 그쳤다. 그것이 설경의 마음을 온전히 이해하는 것이라는 생각에서 비롯한 행동이었다.

"알겠어요. 당신도 당신대로 바쁘겠죠. 그래도 집에 있는 시간은 지켜 줘요."

설경은 차분한 목소리로 이야기했다. 철호는 알지 못했다. 그녀가 무언가를 포기할 때면 다른 순간보다 더 차분해진다는 것을. 설경은 철호와의 오붓한 시간을 포기하고 있다는 것을 그때의 철호는 몰랐다. 첫 딸아이가 무사히 태어나고, 둘째인 아들까지 태어난 다음이 되어서야 설경은 나긋한 목소리로 철호에게 이야기했다.

"우리가 끝까지 같이 살 수 있을까?"

"무슨 말이야? 빈말이라도 그런 말은 하지 말아."

"그냥 하는 말 아니란 말이에요. 갈수록 자유로운 영혼이 발동되는 당신을 보면……."

처음에는 그저 아내의 푸념쯤으로 넘겨짚었다.

"여보, 아무리 그래도 그건, 애들이 한창 자라고 있는데 같이 못살 것 같다는 건……."

하지만 설경의 의지는 어느 때보다 굳건해 보였다. 설경은 철호에게 다시 한번 강조했다.

"암튼 아이들이 스무 살이 될 때까지만 울타리 역할을 해 줘요. 당신이라면 그 정도는 해 줄 수 있을 거라고 생각해요. 그 이상은 바라지 않으니까요."

아버지로서 존재해 달라는 말이었다. 남편으로서는 원치 않는다는 말로 이해했다. 그런 설경을 철호는 머릿속으로는 이해할 수 없었다. 하지만 알 것 같기도 했다.

"알겠어. 내 아비로서 속 좀 차리지. 그럼 된 거지?"

연애와 결혼은 천지 차이였다. 연애가 뜨겁게 불타오르는 사랑이었다면, 결혼은 서로의 차이를 발견하고 좁혀 나가는 과정이었다. 철호는 자신에게 부족했던 것이 바로 이 좁히는 과정이었음을 인정할 수밖에 없었다. 아이들이 자랄수록 철호는 자신이 있는 '집'이라는 공간이 편치 않게 느껴졌다. 아이를 돌보는 것은 기쁨이었고, 자신을 닮은 아이들을 보는 것은 행복했다. 하지만 속에서 들끓는 무언가가 있었다. 그것은 타인에 대한 욕망이 아니었다. 지금까지 공부해 왔던 것들에 대한 갈망이었다. 그 갈망은 자연스럽게 철호의 마음에 틈새를 넓히고 자리 잡았다.

* * *

아내와 어색한 듯하면서도 표면적으로는 균형이 깨지지 않는 삶을 유지하며 살고 있던 그즈음의 어느 날, 어머니께 전화가 걸려 왔다. 큰스님이 타계하셨다는 소식이었다. 불과 얼마 전에 큰스님을 찾아뵐 때까지만 하더라도 야위긴 하셨어도 정정하셨었다. 그런 큰스님이 세상을 떠나셨다고 하니, 자신의 인생 전반에 자리 잡은 스승의 빈자리가 오롯이 느껴지는 그 허탈함과 공허함이란, 이루 형용할 수 없는 슬픔이었다.

그 길로 공주로 떠난 철호는 사흘 내내 자리를 지켰다. 큰스님이 쌓은 공덕 때문인지 불자들이 많이 찾아왔다. 철호는 큰스님의 상주를 자처했다. 큰스님의 다비식이 끝나고 나서야 철호의 눈에서는 그동안 억눌렀던 감정이 흘러나왔다.

"스승님, 단 한 번도 스승님이라 불러본 적이 없지만, 제가 어찌 당신

없이 살아갈 수 있겠습니까. 한 번이라도……, 단 한 번만이라도 제게 당신에 대한 은혜를 갚을 기회가 주어졌더라면……."

원망은 하늘에 가 닿지 않았다. 그 뒤로 철호는 마음이 울적하거나 외로운 날이면 늘 큰스님의 유골 가루가 묻힌 나무를 찾아 자신의 서툰 삶의 방식에 관해 이야기하곤 했다. 큰스님은 이제 세상을 떠나 윤회의 굴레로 들어가셨을 텐데도, 철호에게는 언제나 듬직한 바람막이였다.

* * *

철호는 박사 과정에서 동양 철학 가운데 장자와 노자의 가르침을 선택했다. 그들의 가르침을 토대로 동양 철학에 심취한 그의 논문은 세 번의 심사 만에 정식으로 통과됐다. 그리고 지도교수님의 배려로 곧바로 시간강사 자리를 하나 얻었다.

첫 강의에서는 겨우 학생 열다섯 명만 데리고 강의를 진행했다. 보증되지 않은 강사의 빡빡한 수업계획서를 보고 강의를 들으려 한 학생이 없었기 때문이었다. 그러나 강의를 듣고 난 학생들은 최철호 교수를 칭찬하며 또 수업을 듣기를 원했다. 마침 퇴직하는 교수가 있어 실력을 인정받은 철호는 곧바로 공개 교수 임용 공고에 응했고 전임강사로 임용되었다. 철호는 기뻤고 설경도 기뻐했다. 부모님에게도 정식으로 교수가 되었다고 말씀드렸다. 교사가 되길 희망하셨던 부모님은 맏이가 자랑스럽다고 하셨다. 이후 조교수를 거쳐 부교수로 올라가는 데까지 6년의 세월이 걸렸다. 연구 실적이 좋았기 때문이었다.

그동안 두 아이 때문에 철호는 종종 꿈꾸던 일탈도 하지 못했다. 이제 교수 생활도 안정되고 아이들도 잘 자라고 있으니, 뭔가 해 보겠다는 충동이 일었다.

철학과 교수들 사이에서는 '누가 철학관을 차렸다더라' 이런 이야기가 돌았다.

철학에 심취한 이야기뿐만 아니라, 어디에서는 '누가 점 보는 것으로 유명하다더라' 같은 이야기도 나누곤 했지만 철호는 그 사이에서 알은체하진 않았다.

이제는 유명한 역학자들을 만나러 갈 수도 있을 것이다. 특히, 홍콩에서 알음알음 유명하다던 점쟁이의 이야기는 철호를 혹하게 했다. 그 점쟁이를 찾아가서 앞날을 점치고 배우는 것이 철호의 오랜 꿈이기도 했다.

기회는 우연히 찾아왔다.

"최 교수, 자네 말이야. 이번에 홍콩에서 동양 철학 관련 학회가 열리는데 한번 가 보지 않겠어? 원래는 내가 가려고 했는데, 그 학회에 참석할 시간이 안 돼서 말야. 다른 학회랑 겹치거든. 그래서 최 교수에게 기회를 주려고 하는데, 최 교수 생각은 어떠한가?"

철호는 기다리던 기회가 찾아왔다는 생각에 들었다.

"네, 알겠습니다. 제가 다녀오겠습니다."

이번 학회에 반드시 참석하겠다는 의지를 드러냈다. 철호는 자신이 드디어 바라고 바라던 홍콩의 그 역학자를 만나러 갈 명분이 생겼음에 기쁨을 만끽했다. 기뻐하는 철호의 모습을 보며 노교수는 어리둥절한 표정을 지었다.

"아니, 그렇게 좋아할 일인가?"

"예. 홍콩에는 전에 한 번 가 본 적이 있는데, 꼭 다시 한번 더 가 보고 싶었습니다. 학회에 가서 좋은 말들을 새겨듣고 오겠습니다."

"자네, 중국어는 좀 할 줄 알지?"

"그럼요. 대만어까지도 가능합니다. 일어는 물론이고요. 동양 철학을 배운 사람이 그 정도도 못 한다면 말이 되겠습니까. 최선을 다해서 좋은 모습 보여드리고 오겠습니다."

"그래, 그렇다면 이번 학회에는 나 대신 최 교수 자네가 참석하는 것으로 전달하겠네. 학회에 가서는 어떻게 해야 하는지 잘 알지? 한국대학교의 이름을 걸고 최선을 다하고 와야 하는 것만 기억하게나."

노교수의 뒤를 따라다니며 단 한 번의 사고도 친 적 없음에도, 그는 마흔이나 되는 철호에게 신신당부를 했다. 이번에 열리는 학회가 동북아시아를 아우르는 모든 대학교 철학 관련 교수들이 참석한다는 점에서 더욱더 그런 듯했다.

하지만 철호의 머릿속 한편에는 소문으로 알게 된 홍콩의 유명한 점쟁이를 이 기회에 꼭 한번 만나야겠다는 생각이 더욱 컸다. 이건 신이 주신 기회라고 여겨지기까지 했다. 그는 싱글벙글 미소가 새어 나오려는 것을 겨우 참아야 했다.

철호는 홍콩에서 만나게 될 점쟁이에 대한 정보를 샅샅이 모았다. 어디에서 주로 점을 보는지, 어디에 사는지 등등 자신이 알아낼 수 있는 정보는 모두 끌어모았다. 그렇게 끌어모으고, 그와 무슨 대화를 할 것인지 숱한 중국어 연습을 한 다음에 기다리던 학회를 맞이했다. 학회는 예상보다 훨씬 지루했다.

그런 철호의 마음을 아는지 모르는지 오후 6시 끝날 예정이었던 학회는 오후 8시까지 이어졌다. 끝난 다음에는 조촐한 식사 자리가 있다는 안내를 들을 수 있었다.

호텔로 돌아오자마자 철호는 곧바로 뻗었다. '씻고 자야지'하고 생각했지만, 눈을 뜨니 어느새 조식 먹을 시간이었다. 조식을 먹으러 갈까를 고민하던 철호는 모자와 안경을 푹 눌러쓰고는 호텔에서 벗어났다. 그가 갈 곳은 정해져 있었다.

택시 기사는 한국에서 온 손님은 오랜만이라며, 어설픈 한국어로 말을 건넸다. 철호는 몇 마디 주고받으며 혹시 구룡반도의 점쟁이에 대해 아느냐고 물었다. 그러나 그는 구룡반도의 점쟁이가 무슨 말이냐며 되물었다.

택시 기사는 유창한 중국어로 계속해서 말을 건넸지만, 철호는 대충 대답했다. 구룡반도 인근에 도착하고 나서야 철호는 값을 지불하고 택시에서 내렸다. 구룡반도 인근에 출몰한다는 것만 자세히 알고 있었다. 어디에서 점을 주로 보는지는 알고 있긴 했지만, 오늘도 그러리라는 법이 없었다.

'이럴 줄 알았으면 조금 더 알아보고 오는 것인데……'

입에서 입으로 전해지는 구전에 가까운 점쟁이에 대한 정보를 조각처럼 끼워 맞춰서 그를 찾아 나섰다. 점을 보는 사람들은 길가에 많았지만, 자신이 전해 들은 얘기와 맞아떨어지는 사람은 없었다. 머리는 질끈 동여매고, 허리까지 오는 긴 머리에 수염도 길다고 했다. 두꺼운 테의 안경을 쓴 사람이라는 이야기를 들었다. 하지만 점이라는 한자를 붙이고 있는 사람들을 아무리 살펴도 그렇게 생긴 사람은 없었다. 샅샅이 뒤지고 다니며 "혹시 '가오쥔셴'이라는 선생님을 아시나요?"라고 물었지만, 아는 이가 없었다.

'내가 잘못 찾아온 건가? 주로 구룡반도 근처에서 가오쥔셴이라는 이름으로 활동한다고 들었는데. 그럴 리가 없는데……, 아니면 오늘은 가오쥔셴 선생님이 나오지 않는 날인 건가? 매일 나와서 점을 보다가 들어간다고 들었는데? 너무 일찍 온 건가?'

철호는 하는 수 없이 인근 공원으로 가 털썩 주저앉았다. 오가는 사람들을 유심히 관찰했지만, 가오쥔셴처럼 보이는 사람은 없었다. 긴 머리를 질끈 동여맨 남자는 발견할 수 없었기에 철호는 깊은 한숨을 내뱉었다.

오후 3시부터는 다시 학회가 열릴 예정이었다. 그전에는 호텔로 돌아가야 했다. 그리고 내일은 한국으로 귀국하는 일정이었다. 공항에 도착하는 시간까지 고려한다면, 아침 일찍 일어나 움직여야 했다. 그랬기에 철호는 조급함을 넘어 다급하기까지 했다. 이번 기회가 아니라면, 그의 이야기를 들을 기회가 또 언제 찾아올지 몰랐다.

"하~, 이를 어쩌지?"

철호는 깊은 한숨을 내뱉었다. 그러던 찰나였다. 저 멀리서 걸어오는 걸인 같은 사람 하나가 보였다. 누가 봐도 누추한 행색이었지만, 긴 머리를 질끈 동여맨 것이 눈에 들어왔다. 게다가 검정색 굵은 뿔테 안경은 자신이 찾던 가오쥔센 선생의 생김새와 너무도 닮아 보였다. 철호는 자신이 가오쥔센 선생을 만났다는 것을 직감했다. 철호는 빠른 걸음으로 다가갔다. 가오쥔센 선생은 세상만사에 관심 없다는 표정으로 땅을 보며 걸었다.

"저……, 가오쥔센 선생님이십니까?"

철호가 정중한 말로 인사를 건넸다.

"누구십니까?"

그는 경계심이 가득한 얼굴로 철호를 바라봤다. 그 말에 철호는 자신은 한국에서 왔으며, 가오쥔센 선생처럼 인간의 앞날에 관심이 있어 찾아온 것이라고 솔직하게 털어놓았다. 하지만 그는 고개를 저었다.

"내가 가오쥔센은 맞지만, 누구를 가르칠 실력은 되지 않으니 돌아가시오. 나 먹고살기도 바쁜데, 나의 비법을 알려달라? 어디서 무슨 소리를 듣고 왔는지는 모르겠지만, 나는 그런 사람이 아니올시다."

가오쥔센 선생은 매정했다. 큰스님처럼 가르침에 적극적인 성격이 아닌 듯했다. 오히려 사람을 경계하는 축에 속했다. 그러나 철호는 자신이 지금까지 얼마나 사람의 앞날에 관심이 있었으며, 운명의 소용돌이 끝에 지금의 자리에 오게 되었는지 구구절절 연습한 대로 내뱉었다. 그러자 가오쥔센 선생의 눈썹이 꿈틀거렸다. 그 찰나의 모습에 철호는 자신이 가오쥔센 선생의 마음을 움직였다고 확신할 수 있었다.

"흐음, 내 그렇다면 몇 가지만 알려 주겠소이다. 더 깊은 가르침은 어렵고, 나 역시도 항상 정진하는 입장이다 보니, 일부만 가르쳐 줄 수 있다는 것을 아시오."

가오쥔센 선생은 철호를 데리고 구룡반도의 한구석에 있는 공원 깊숙한 곳으로 갔다. 사람이 오가지도 않는 공간에서 가오쥔센 선생은 책을 펴고서는 이야기를 이어갔다. 철호는 그가 빠르게 말할 때면 천천히 말해 달라 요청하면서 그의 가르침을 받았다. 호계사 큰스님의 비법서를 읽을 때와 같은 짜릿함이 온몸에 넘쳐났다. 철호는 가오쥔센 선생만의 점 보는 비법을 하나하나 손으로 기록했다. 가오쥔센 선생만의 비법은 바로 사람의 관상을 보는 데 집중되어 있었다. 철호는 지금까지 여러 사람의 점을 보면서도, 그 사람이 태어난 날짜와 시각 등에 집중했지만, 기운이 움직이는 것과 생김새 하나하나까지 새겨봐야 한다는 가오쥔센 선생의 말은 기억에 강렬하게 남았다.

"당신의 얼굴을 보아하니, 오랜 시간 마음고생 많이 했겠소."

가오쥔센 선생의 말에 철호는 약 스무 해 전 자신을 괴롭혔던 권력이 생각났다. 대자보를 썼다는 이유만으로 끌려가 권력의 개들에게 당했던 수모는 잊을 수가 없다. 철호는 자신의 과거를 짤막하게 이야기했다. 민주화 운동에 가담했다가 고문당했던 이야기를 하자, 가오쥔셴 선생은 조금 전보다 편안한 얼굴로 철호를 보며 이야기했다.

"그렇군요. 당신의 그 잘난 얼굴에 쓰여 있습니다. 당신이 어째서 그런 삶을 살아야 했는지…….."

"어떤 이유라고 쓰여 있습니까?"

"잘난 것도 때로는 죄요. 늘 조심하시오. 자신의 능력을 과시하지 말고, 길 가는 이의 미래를 함부로 보지 마시오. 미래를 엿보고 이야기해 주는 것에는 그만한 대가가 따르기 마련이라오. 나 역시도 당신에게 가르침을 주고는 있지만, 앞으로 어떤 일이 생길지 모르니 많은 것을 이야기할 수는 없소. 알겠소? 여기까지만 듣고 가시오. 그리고 기억하시오. 남을 위해 재주를 부리는 것은 좋으나, 무작정 미래를 봐주는 일에 대해서는 당신이 큰 대가를 치를 수밖에 없을 것이오."

가오쥔셴 선생은 할 말을 다 끝냈다는 듯 자리에서 일어났다. 철호는 그가 일어나서 터벅터벅 걸어가는 모습을 보면서도 아무런 말도 할 수 없었다. 가오쥔셴 선생의 말이 머릿속에 깊숙하게 남았기 때문이었다. "큰 대가를 치를 수밖에 없다."라는 말이 그의 뇌리에 강하게 박혔다. 지금까지 자신이 점을 봐 왔던 상대들을 떠올렸다. 큰스님으로부터 비법서를 전달받고 배우고 난 뒤 그는 여러 일을 행했다.

그중에서도 특히, 그가 행했던 일은 바로 자신의 점괘가 맞는지 확인하기 위해 아무나 점을 봐준 일이었다. 점을 볼 수 있다는 철학과 교수의 말에 솔깃하지 않은 사람이 없었다. 그들은 때때로 자식의 이름을 지어 달라고 하기도 했고, 자신이 미래에 거머쥘 부에 대해서 이야기하곤 했다. 그런 것들을 들으며 철호는 어떤 식으로 해야 할지 조언을 마구 퍼줬던 것을 떠올렸다.

자신의 잔재주로 사람들을 욕심이 그득한 존재로 만들었음은 부정할 수 없는 사실이었다. 잔재주를 부리는 것이 신이 나서 사람들의 미래에 혼란을 주고 괴롭혀 왔다. 가오줴센 선생의 말로 인해 철호는 자신이 저지른 실수가 얼마나 큰 것인지 깨달았다. 사람이 가진 역량을 자신이 멋대로 건드려 왔다는 생각에서 벗어날 수 없었다.

"아, 내가 지금까지 얼마나 사람의 대소사에 크나큰 간섭을 해 왔던 것이던가. 타인의 미래를 알 수 있는 재주로 오히려 그들의 삶을 엉망이 되게 하진 않았는가?"

그제야 깊은 깨달음이 밀려왔다. 자신에 대한 반성이 이어졌다. '내가 지금껏 뭐 하고 살아온 거지?' 철호는 자신이 행했던 모든 일이 되레 사람들에게 긍정적인 영향을 미치기는커녕 반대의 역할도 해 왔음을 알았다.

사람들의 운명을 건드리는 것을 너무나도 쉽게 생각했다는 것에 죄책감을 느꼈다. 큰스님이 비법이 담긴 책을 전달해 준 이유는 철호 자신이 이렇게 오만하리라는 생각은 하지 않으셨기 때문이었을 것이다. 오히려 가르침을 받아 세상에 유용하게 쓸 것이라 생각하셨을 텐데…….

머리를 한 대 두들겨 맞은 듯한 기분에 철호는 호텔로 급하게 돌아와 학회에 참석하였다.

이후 방학을 이용하여 몇 차례 더 홍콩을 다녀왔다. 홍콩을 다녀오는 날이면, 집에서 아이들과 함께 머무르고 있었을 아내 생각에 홍콩서 유명하다는 디저트 가게에 방문해 선물을 사 들고 돌아왔다. 아이들은 좋아했지만, 아내가 밖으로 나도는 철호를 그리 좋아할 리가 없었다.

아이들과 아내가 있는 가정의 울타리는 견고했지만, 철호는 가정의 울타리 밖에서 지내는 것이 더 만족스러웠다. 설경을 만나면서 가정이라는 공간의 안락함을 느끼게 되었음에도 가정 밖에서 자유롭게 공부를 이어가는 자신을 스스로도 이해할 수 없었다. 가정이라는 공간이 주는 편안함은 인정할 수밖에 없지만, 인간에 대한 탐구와 궁금증을 해결하는 일은 그에게 해결할 수 없는 갈증으로 남았다. 그랬기에 더욱더 바깥 생활을 멈출 수가 없었다.

종종 커피숍이나 식당에 앉아 사람 구경을 하곤 했다. 인간의 대소사를 알 수 있는 공간이었다. 오래된 가게라면 일부러 더 다녔다. 을지로부터 낙원상가 밑 노포까지 들렀으며, 때로는 탑골공원에 들러 노인들의 점보는 이야기를 엿듣고 그의 얼굴을 관찰하기도 했다. 그런데도 해갈되지 않는 갈증이 끊임없이 이어졌다.

젊은이들이 앞으로 어떻게 살아갈 것인지에 관한 것부터 다양한 운명을 분석하고 싶었다.

그렇다. 철호는 자신이 가진 능력을 함부로 사용하지 않으면서도, 타인의 인생에 도움을 주고 싶었다. 가오쥔셴 선생과의 만남은 그런 뜻에서 자신의 인생을 여러모로 바꿔놨다.

가오쥔셴 선생은 정말 난처해 보이는 이들에게만 알 수 없는 그들의 미래에 대한 가르침을 주었기에, 자신 역시 그러한 삶을 살고 싶었다. 그러나 대놓고 누군가의 미래를 예측하기에는 철호에게는 사회적인 지위가 있었다. 교수직을 달고 있었기에 경거망동할 수 없는 입장이었다. 수많은 날을 고민했다. 설경과의 사이에서 낳은 아이들의 미래를 점치면서도, 때로는 신문에 실린 이들의 삶을 돋보기를 댄 듯 들여다보다가도, 길거리로 뛰쳐나가고 싶은 마음을 억누를 수 없었다.

철호는 국내는 물론 학술대회가 있든, 일부러 찾아가든 기회만 되면 일본, 홍콩, 대만 등의 역술가들을 만나고 다녔다.

인간의 미래에 함부로 참견하지 말라는 가르침이 있었지만, 자신은 인간에게 도움이 되는 존재이고 싶었다. 앞날에 대한 사소한 깨달음이라도 줄 수 있다면, 수많은 인간의 삶을 바꿀 수 있지 않을까? 하는 생각이 그의 머릿속을 맴돌았다. 결국 그가 택한 것은……

"철호야, 남의 운명을 봐준다는 것은 업을 짓는 것이란다.
공부하다 보면 어설픈 자신감이 생기고
맞는 말을 할 때 사람들이 미래를 읽는 나를 신비주의로 대하니
거만해지거나 오만해지기도 한단다."

"네 스님, 오만해지지 않도록 노력하겠습니다.
그런데 업을 짓는 것을 알면서도
남의 운명을 봐주는 이유는 무엇입니까?"

"그것은 첫째가 그 길을 걷게 되는 자신의 팔자소관이요.
둘째가 돈을 벌기 위한 직업으로 삼는 것이요.
셋째가 사람들에게 희망과 용기를 주고자 하는 것이니라."

"스님, 셋째가 첫째가 되면 좋을 것 같습니다."

"그건 사람을 대하는 마음의 수양이 되어야 가능한 것이니
나는 네가 꼭 그렇게 될 것을 믿는다."

4

실습시간

"이 가발 얼마입니까?"

철호는 가발 전문점에 들러 백발의 가발을 하나 골랐다. 가게 주인은 의아한 듯 물었다.

"아니, 머리털도 멋지게 난 양반이……, 굳이 백발을 골라서 뭐 하시게요?"

"……."

"삼만 원입니다."

철호는 지폐 석 장을 올려놓고는 가게 밖으로 나왔다. 인근 상가 화장실에 들러 가발을 뒤집어쓰고 나오려는 욕구를 참았다. 아직 변장하기에는 일렀다. 게다가 가발 가게는 그가 다니고 있던 대학교와 무척 가까운 곳이었다. 가발을 쓰고 두꺼운 안경과 도포 자락을 덧입는다고 하더라도 교수인 철호를 알아볼 눈은 많았다.

'어디가 좋지? 그래, 거기로 가자.'

철호의 머릿속에 떠오른 장소는 대학교와 제법 먼 거리에 있는 청량리 굴다리였다. 다양한 인생을 엿볼 수 있는 곳이라는 생각에서였다. 사창가에서 일하는 여자들, 사창가를 이용하는 남자들, 그리고 비교적 다양한 연령대의 사람들을 볼 수 있는 곳. 청량리 588을 철거한다는 정부 정책이 계속해서 방송을 타고는 있었지만, 아직 홍등가의 불은 꺼지지 않았다. 그곳은 철호의 욕심을 자극하기에 딱 좋은 곳이었다.

주중에는 교수로서 정상적인 시간을 보내고, 주말을 이용해야겠다고 생각했다.

철호 자신의 앞날을 점친 결과 딱 여드레만 버티면 자신의 운이 트였다. 그 시기에는 뭘 해도 좋을 시기였다.

그렇게 여드레의 시간이 흘렀다. 철호는 가벼운 운동복 차림과 등산용 가방을 둘러메고 집을 나섰다. 설경이 주말 아침부터 어디에 가느냐고 묻자, "가까운 산에 운동 좀 다녀온다"고 간결히 대답하고는 집 밖으로 나왔다.

맑은 공기가 상큼하게 콧속을 후볐다. 간밤에 서리가 내렸는지, 길가엔 새털 같기도 하고, 바늘 같기도 하고 부채 모양 같기도 한 여러 가지의 하얀 풀들이 막 솟아오른 햇빛에 반짝였다. 철호는 아마도 곧 겨울이 오려나 보다 생각했다. 지금껏 겨울이 오는 것이 지독하게 싫었던 기억이 났다. 겨울은 그에게 있어 최악의 계절이었다.

'잊어야 할 것은 다 잊어야겠지. 언제까지 슬픔을 품고 살 수만은 없는 거잖아. 게다가 오늘은……'

자신이 '최철호'가 아닌 다른 사람이 되는 날이었다. 큰스님이 지어준 크고 밝은 빛으로 살라는 의미의 아호 태랑(太烺)! 태랑 만큼이나 자신에게 어울리는 호는 없었다. 청량리 역사에 도착한 철호는 아무도 자신을 신경 쓰지 않는 것을 보고는 두리번거리다 화장실로 들어갔다.

등산 가방에 들어 있던 흰 도포를 덧걸쳐 입고 가발을 뒤집어쓴 철호는 화장실의 거울을 들여다봤다. 천상 길거리 도사였다. 게다가 혹여라도 누가 자신을 알아볼까 염려하며 커다란 뿔테 안경까지 썼다.

철호가 화장실에서 나오자, 역 광장에 앉아 있던 이들이 그를 쳐다봤다. 철호는 자신을 쳐다보는 시선을 느끼면서도 모르는 척했다. 그는 청량리 뒷골목으로 걸었다. 굴다리에 다다르기까지 그에게 말을 거는 이는 없었다. 심지어 아무나 붙잡는다는 사창가의 여자들조차 철호에게는 한 마디 말도 걸지 않았다. 철호는 자신의 분장이 완벽했음을 깨닫고는 뿌듯했다. 이제 지나가는 이의 사주만 봐주면 될 일이었다.

[점 봐 드립니다]

간결하게 쓴 문구를 옆에 놓고 철호는 책과 종이를 펼쳐 글자를 끼적이고 있었다. 그때 지나가던 여자와 아이가 있었다. 철호는 아이의 관상을 보고는 사뭇 놀랐다. 찰색에 병마의 기운을 두르고 있었다. 잠시 생각에 빠져 있는데, 갑자기 그 여자가 아이와 함께 철호 쪽으로 돌아서며 물어왔다.

"저 혹시……, 아이 점도 봐주시나요?"

철호는 질문을 받고 숨이 턱 막혔다. 오래 살지 못할 이의 운세를 처음으로 마주하게 될 줄은 상상도 하지 못했다. 아이의 운명을 궁금해하는 어미의 심정을 알았기에 철호는 좋은 쪽으로 이야기를 해 주고 싶었지만, 아이의 얼굴 가득 드리운 기운은 산 자의 것이라고 할 수 없을 정도였다.

"점 안 봅니다."

"아니, 여기엔 점 봐준다고 쓰여 있어서요. 우리 아이의 병이 언제쯤 나을지 알고 싶은데요."

인간에게는 아름다운 미래만 있을 수는 없는 일이지만, 그렇다고 해서 죽음을 예언하고 싶지는 않았다. 그때 가오쥔셴 선생의 말이 머릿속을 스쳐갔다. 가오쥔셴 선생이 흘러가듯 한 말이었다. "운명에 죽음이 쓰여 있다고 해서 반드시 목숨을 잃는 건 아닙니다."

그 말이 머릿속을 스치자, 철호는 다른 쪽으로 생각을 바꿔 보기로 했다. 만약 아이가 죽는 것이 아니라면, 아이의 운명이 크게 바뀔 징조였다. 가오쥔셴 선생의 가르침을 잊을 뻔했다. 거기까지 생각한 철호는 잠시 고민한 끝에 아이 엄마에게 고개를 끄덕였다.

"그럼, 아이가 태어난 시각과 날짜를 알려 주시오."

"혹시 돈은 얼마일까요?"

여자는 매우 공손했다. 철호는 돈 따위는 받지 않는다며 재미로 보라고 이야기했다.

"그래도 원래 이런 건 대가를 치러야 후에 탈이 없다고 들어서요. 아이와 산책 나온 김에 한번 보고 싶은데……, 돈 받아주세요."

아이 엄마는 주머니에서 꼬깃꼬깃한 지폐를 꺼냈다. 하지만 철호는 이를 거절했다.

"그럴 돈 있으면 아껴서 아이에게 맛있는 것을 사 주시오. 얼른 태어
난 시각과 날짜를 알려달라니까. 내 관상과 손금까지 봐 드리리다."

"감사합니다, 선생님! 제 아이 이름은 다운이예요. 정다운. 이름도 참
정겹죠? 다운이가 태어난 시각은……."

여자가 이야기한 것을 받아적은 철호는 머릿속으로 떠오른 것을 써
내려갔다. 정다운이라는 이름과 태어난 에너지가 역행하고 있다. 아이의
팔자를 잡아먹고 있었다. 이름을 개명하는 것이 아이의 팔자에는 좋을
듯했다. 하지만 이를 어찌 받아들일지 몰라 철호는 잠시 고민했다.

"아이의 이름을 바꿀 생각은 없으시오? 아이의 이름이 이 아이의 병마
를 더 키우고 있소만."

철호의 말에 아이 엄마는 깜짝 놀란 표정을 지었다.

"아, 안 그래도 다른 선생님들께서도 아이 이름을 바꿔야 한다고 하셔
서, 저는 아이 이름을 어떻게 바꿔야 할지 고민하고 있었거든요. 아이의
이름이 팔자에 좋지 않은 영향을 끼친다고 하셔서……."

"한자 이름으로 바꾸시오. 개명이 쉽지 않다는 건 알고 있지만, 아이는
이름으로 팔자의 상충하는 기운을 소통시켜야 합니다. 또한 강한 어감으
로 지으면 팔자에 깃든 병마를 억누르고 장차 큰일을 해낼 것입니다."

그러자 아이 엄마는 눈물을 글썽였다.

"안 그래도 아이가 소아암으로 계속해서 고생 중인데, 호스피스로 가
라는 이야기까지 들었거든요. 그런 아이라 하더라도 이름을 바꾸면 팔자

를 바꿀 수 있게 될까요? 저는 그걸 너무나도 알고 싶어요. 아이에게 얼마를 쏟아부어도 좋아요. 인생사를 바꿀 수만 있다면…….”

아이는 엄마의 손을 꼭 잡으며 울지 말라고 속삭였다. 희미한 목소리에서 철호는 이 아이의 이름이 바뀌게 된다면, 운명을 뒤집을 수도 있다는 예감이 들었다. 몇 가지 글자를 써 본 뒤 철호는 아이의 이름을 지어줬다.

“정 씨라고 했지만, 다소 어울리지 않을지도 모르겠소. 하지만 일부러 이름에 쓰인 한자의 획을 비틀어 운명을 바꾸는 방법이 있습니다. 정찬호. 아이의 이름을 이렇게 바꿔 보세요. ‘찬’ 자는…….”

철호는 아이 이름에 어떤 한자를 써야 할지 친절하게 가르쳐줬다. 아이 엄마에게 철호는 한자가 적힌 종이를 북 찢어 내밀었다. 그러자 아이 엄마는 정말 감사하다며 고개를 연신 꾸벅였다. 그리고 그의 필체가 예사롭지 않음에 신뢰가 갔다.

“최대한 빠른 시일 안으로 아이의 이름을 바꾸세요. 개명하는 것도 좋겠지만, 지금부터라도 찬호라고 부르기 시작하시오. 아이가 적응하는 데 시간이 걸릴지라도 그 이름이 훨씬 좋을 겁니다.”

철호는 몇 가지 말을 덧붙일까 했지만, 아이 엄마가 어련히 잘하겠나 싶었다. 이미 수많은 점쟁이를 만나본 듯하니 어떤 식으로 해야 할지 아이 엄마는 잘 알고 있으리라는 생각이 들었다. 아이의 팔자를 바꾸기 위해 안 해 본 노력이 있을 리 없을 터였다.

“그리고 아이가 물 가까이 가지 않게 하세요. 이미 아이 자체로도 물이 많아요. 물이 많은데 불이 부족하여 꺼질 지경인데 불을 살려줄 나무

기운도 부족한 아이란 말입니다. 찬호는 나무와 불기운을 가진 이름입니다. 여기서 말하는 불은 화(火)를 의미하는 것인지는 알지요?"

"예, 예. 알고 있습니다."

아이 엄마가 고개를 연신 꾸벅였다. 철호는 말을 이었다.

"물이 많은 중 불이 적은 팔자라 끊임없이 상성이 부딪히게 돼 있습니다. 오행이 균형에 맞아야 하는데 좀 특이한 팔자라……. 그리고 덧붙인다면, 아이 방이 어둡거나 물이 보이는 집에 사는 것보다는 빛이 잘 들어오고 흙과 나무가 많은 곳으로 이사를 가세요."

철호가 해 줄 수 있는 최대의 조언이었다. 아이 엄마는 안 그래도 호스피스로 가라는 의사의 말에 시골집을 알아보고 있었다고 털어놓았다. 하지만 철호의 이야기는 거기까지였다. 아이 엄마가 어떤 식으로 해결해야 할지 스스로 잘 알고 있었기에 철호가 할 수 있는 말도 적었다.

"선생님, 혹시 만약에라도……."

"그런 가정은 하지 마시오. 아이의 팔자는 한 번 죽었다 살아날 팔자이니."

"그게 무슨?"

"아이는 자신의 운명을 알고 있습니다. 소아암이라고 했소? 그리고 아이더러 호스피스에 들어가야 고통을 줄일 수 있다고 의사는 이야기했겠지. 그렇지만 말이야. 이 아이는 한 번의 죽음을 겪고 나면 큰일을 하게 될 인물이에요. 내가 이야기해 줄 수 있는 건 여기까지니 그만 가 보세요. 아이에게 찬바람은 해로우니."

철호가 어수룩한 가발을 뒤집어쓰고 길거리에 나가게 된 것은 그때부터였다. 아내는 아무리 주말 등산이라지만 지나치게 자유로운 철호의 성향을 이해하지 못했다. 그건 아내뿐만 아니라 아이들도 마찬가지였다. 아이들은 자신들의 아버지가 때때로 주말이면 어딘가로 떠났다가 돌아오는 것을 원치 않았다. 어린이였을 때에도, 청소년이 된 다음에도 아이들은 주말이면 없는 아버지에 대한 불만을 털어놓았다. 그러나 철호는 과연 사람의 운명이란 어디까지일지 알고 싶었다. 그랬기에 아이들과 아내가 자신이 가정으로 돌아오길 바란다는 것을 알면서도 길거리에 나앉아 사람의 앞날을 점치곤 했다. 큰스님의 가르침을 시작으로 홍콩, 중국, 일본 등에 가서 알음알음 소문난 점쟁이들에게 배운 지식은 사람의 운명을 점지하는 데 매우 유용했다.

"아이고, 글쎄다. 이 운수로 과연 어찌할까 싶네."

철호는 빚이 많은 데다, 가족이 암으로 투병 중이라며 찾아온 한 여자에게 점을 봐주는 중이었다. 여자의 팔자는 억셌다. 갈대처럼 부드럽게 흔들리지 못하고 대쪽처럼 꺾일 팔자였다. 여자의 앞날을 점치는 데 있어서 철호도 많은 고민이 들었다. 과연 이 사람의 운세를 자신이 보는 것이 맞나 싶을 정도였다.

"제 운세가 많이 안 좋나요?"

여자의 목소리는 나뭇잎처럼 떨리고 있었다.

"집 안에는 큰 병을 치르고 있는 환자가 있고, 또 이혼은 두 번 이상 할 팔자로다."

"허억, 선생님. 그걸 어떻게 아셨어요? 제가 지금 두 번째 이혼을 앞둔 상황인데……."

"팔자에 그리 쓰여 있네. 차라리 포기하는 게 나을 수도 있어. 포기하면 기대감도 없어지니 말이야. 다른 사람을 만난다고 해서 팔자가 달라지지도 않아. 이건 어쩔 수 없어. 자네의 운명이 그렇게 타고났기 때문이라네."

그러자 여자의 눈가에 눈물이 맺혔다. 철호가 흔히 보는 모습이었다. 사람들은 대개 자신의 운명을 듣고 나면 눈물을 보이곤 했다. 자신의 과거와 현재를 어떻게 이리 잘 아냐며 신기해하는 모습이었다. 철호는 대수롭지 않게 생각하려고 했지만, 여자의 기구한 삶을 보니 앞으로도 만만치 않을 듯했다. 죽을 때까지 여유롭지 않은 삶이 남아 있었다. 살이란 살은 다 들어 있었다. 살이라고 해서 부정적으로만 작용하는 것은 아니지만, 여자의 팔자는 악수가 앞에 있어 그 악수를 건너가면 또 다른 악수가 기다리는 형국이었다. 철호도 이 정도로 무거운 삶의 무게를 지닌 사람은 처음 볼 정도였다.

"제가…… 어떻게 해야 이걸 해결할 수 있을까요? 선생님, 제발요. 제발, 도와주세요. 혹시 귀하신 분의 성함이라도 알 수 있을까요?"

성함이라? 지금까지 누구도 철호의 이름을 궁금해한 적이 없었다. 철호는 그저 점쟁이 중 하나일 뿐이었다. 한 번 철호를 찾았던 사람이 다시 찾아오는 일은 있었지만, 그때마저도 호칭은 '선생님'이었다. 처음으로 자신의 이름을 궁금해하는 여자를 보며, 철호는 죽음을 생각했던 스물두 살 고초를 겪은 이후 큰스님께서 커다란 빛이 되어 살라고 지어준 아호를 떠올렸다. '그렇다. 이미 태랑이라는 이름으로 살아가기로 작정한 마당에 군이 이름을 숨길 필요가 어디 있겠나?'

"태랑."

"예?"

"태랑 선생이라네."

"아, 태랑 선생님. 그럼, 제가 앞으로 어떻게 헤쳐 나가야 할지 알려 주실 수 있을까요? 제가 가진 건 몇 없지만, 정말 지금 집안 사정도 좋지 않고, 어떻게 해서든 어려운 고민을 해결하고 싶어서 그래요. 제가 지금 딱 이만 원밖에⋯⋯."

"그런 푼돈은 안 받네."

"예?"

여자가 눈을 동그랗게 떴다. 이만 원이 푼돈이라니? 그렇다면 눈앞에 있는 태랑 선생은 몇십 혹은 몇백만 원을 쥐여줘야 점을 봐준다는 것인가? 여자는 걱정 가득한 얼굴로 철호를 바라보며 손발을 싹싹 빌었다.

"태랑 선생님, 제발요. 한 사람의 목숨이 달린 일입니다. 저 진짜 희망도 뭣도 없다고 하면 죽어요. 예? 이만 원이라도 받으시고는⋯⋯."

"돈 안 받고 봐주겠단 걸세. 살풀이를 해 보자면?"

철호는 여자의 천기와 살을 샅샅이 분석했다. 머릿속으로 여자가 억센 팔자를 이겨낼 방법을 떠올렸다. 그러나 아무리 생각해도 답은 정해져 있었다. 가족들과 연을 끊을 것. 그리고 타지에 나가서 홀로 살 것.

"자네, 내가 말한 대로 할 수 있겠나?"

"무엇이라도 할게요. 제가 여태 여기저기 신점이니 뭐니 보러 다녔지만, 선생님처럼 정확하게 맞힌 분은 처음이라서 그래요……."

"홀로 살게."

그러자 여자가 깜짝 놀란 얼굴로 되물었다.

"네?"

"홀로 살라고……. 가족과도 연을 끊고, 남편과도 연을 끊고, 저 먼 곳으로 떠나서 살게. 누군가와 다시 맺어질 수 있다는 가능성조차도 품지 말고 살라 이거네."

"어떻게…… 그런 일이! 정말, 정말로 그래야만 하나요?"

"무엇이든 할 수 있다고 대답하지 않았나? 그럼 이 정도 각오는 했어야지. 자네 설마 이 정도 각오도 하지 않고 나에게 비법을 알려달라고 하는 건가? 자네 팔자가 억세기에 그 기를 누르려거든 홀로 살면서 기운이 정제되길 기다려야 하네. 그렇게 10년이 지나면 모든 기운이 맑아져서 뒤늦게 제 짝을 만날 수 있을 것이네."

철호의 말에 여자의 얼굴은 슬픔으로 가득 찼다. 이혼을 두 번째로 한다는 것보다 암에 걸린 가족과도 연을 끊으라고 하는 철호의 냉정한 말때문인 듯했다.

"하지만 다른 사람은 몰라도 어떻게 암 걸린 가족을 두고 타지로 떠나요? 선생님, 제발 다른 방법도 알려 주세요."

"후~, 내가 알려 줄 수 있는 것은 이게 다일세. 오히려 가족이 자네의 억센 팔자 때문에 암투병하고 있는 것일세. 자네가 먼 곳으로 떠나게 된다면 상황은 달라질 수도 있을 것이야."

그러자 여자의 눈빛이 흔들렸다.

"선생님, 정말 제가 떠나면 아픈 저희 어머니도 나을 수 있을까요? 저는 남편과 헤어져도 상관없어요. 제가 걱정되는 건 형제자매들도 다 버린 저희 엄마, 제가 떠나면 불쌍해서 어떻게 살아요. 엄마 팔자도 말이 아니었는데, 딸마저도 그런 팔자라고 하니 너무 속이 상해요."

철호는 깊은 생각에 잠겼다. 어떤 말을 해야 여자가 납득할 수 있을지 고민했다. 하지만 어떤 말을 하더라도 여자는 쉽게 이해하지 못할 듯했다. 철호는 여자의 팔자와 여자 어머니의 팔자가 서로 심하게 맞부딪혀 있음을 알고 있었다. 그렇기에 여자가 제 가족을 버리고 나온다면, 오히려 여자 어머니의 팔자는 상극에서 벗어나기에 목숨을 살릴 수 있었다.

"형제자매가 버린 것도 왜인 줄 아나?"

"그것들이 다 못돼 먹어선……."

"아닐세."

"예?"

"다른 게 아니라, 자네는 불의 기운이 너무나도 강하고, 자네 어머니는 쇠의 기운이 너무 약해. 둘의 팔자가 상극이야. 형제자매들은 어떨지 몰라도 자네와 어머니는 오행의 합이 맞지를 않아. 자네가 산을 집어삼

킬 정도로 큰 화마라면, 자네 어머니는 숟가락만 한 쇠라네. 그렇기에 태양과 조약돌처럼 서로 떨어져 살아야 오히려 서로를 살릴 수 있어. 내 말이 이해가 되나?"

철호는 결국 긴긴 설명을 했다. 여자는 곰곰이 생각에 잠긴 모습이었다. 철호는 여자가 올바른 선택을 하기만을 바랐다. 자신과 상극인 어머니에게서 떨어져 나오는 것, 게다가 여자에게 말하지 않았지만, 여자의 팔자에는 어머니가 없었다. 어머니가 살아 있긴 하나 팔자에 없다는 것은 애초에 연이 아니라는 뜻이었다. 그 말까지 한다면 너무나도 잔혹한 말일 듯해 철호는 말을 아꼈다.

"그럼, 제가 떠나면 되는 거죠? 그러면 우리 엄마, 나을 수 있는 거죠?"

여자는 무언가를 결심한 목소리로 이야기했다. 철호는 천천히 고개를 주억거렸다. 여자는 철호에게 얼마를 주면 되는지 다시 물었다. 그 말에 철호는 으름장을 놨다.

"아까 말하지 않았남? 그냥 봐주겠다고 말야. 어서 가게."

"아니, 태랑 선생님. 돈은 받으셔야지요. 이것도 천기를 누설하는 일이라 반드시 대가를 치러야 한다고 들었……."

그녀는 말을 마무리 짓지 못하고 표정으로 애원했다.

"가족과도 이별 수가 잔뜩 낀 사람의 돈을 받아서는 되레 나만 화를 입게 되네. 그러니 그 돈은 아껴두도록 하게."

"선생님……."

여자의 목소리는 촉촉하게 젖어 있었다. 철호는 오늘 할 일은 다 했다는 듯 주섬주섬 펼쳐놨던 자리를 접고 일어나려 했다. 여자가 그를 붙잡았다.

"선생님, 마지막으로 하나만……. 딱 하나만 부탁드려도 될까요?"

"뭔가?"

철호는 살짝 귀찮은 마음이 들기도 했지만, 드센 여자의 팔자를 알기에 매정하게 뿌리칠 수는 없었다. 자신마저도 뿌리친다면 여자는 상처를 입을 것만 같았다.

"다름이 아니라……."

"뱃속에 자리 잡은 아이 이야기인가?"

"그, 그걸 어떻게?"

철호는 여자가 임신할 해라는 걸 알고 있었다. 그런데도 입 밖으로 꺼내지 않은 것은 여자가 태어날 생명에게 기회조차 주지 않을까 봐서였다.

"그 아이를 자네 어머니께 보여드리고 싶어서 떠나지 못하겠다고 하는 것이지 않나?"

"엄마가 제 아이를 오랜 시간 기다려 왔어요. 그렇기에 저도 오랜 시간 기다려 왔던 아이를 가지게 되었다는 사실을 이혼 소송 중에야 알게 돼서, 당황스럽지만 꼭 보여드리고 싶어요. 엄마가 언제까지 살 수 있을지 모르겠지만요."

"자네 어머니는 자네와 멀어지게 되면 기력을 회복하게 돼 있어. 그러니 얼마나 오래 살지 예측하는 건 무의미하네. 자네와 천기가 상극이라

기운끼리 자꾸 부딪힌 결과가 병으로 나타나게 된 것이거든. 그러니 이건 어떨까?"

"아. 그렇다면?"

"뭐 어려울 게 있나. 다른 것도 아니고 먼 곳에 살면서 1년에 딱 한 번, 어머니의 생신 전날에만 찾아뵙도록 하게. 다른 날은 안 돼."

"다른 날은 안 되는 이유라도 있을까요?"

"자네 어머니가 태어난 날로 따져봤을 때 어머니 기운이 성할 때라 그렇다네. 그래야 자네의 화마 기운이 해를 끼치지 않으니까."

철호는 여자의 드센 팔자가 조금이라도 편안해지길 바라는 마음으로 상세히 알려줬다.

노상에 앉아 점을 봐주면서도 지금처럼 상세히 가르쳐 준 적이 없었다. 다만 이대로 있다가는 어머니도, 뱃속의 아기도 잃게 될 여자의 팔자가 안쓰러운 나머지 줄줄 읊은 것이었다.

"감사합니다, 선생님. 정말 감사합니다. 그런데 멀리라고 하심은 어디로 가란 말씀일까요? 외국에 가야 할까요?"

"외국은 아닐세. 차로 한 시간 이상 떨어진 곳으로 가게. 외국까지 가봤자 자네의 기운은 오히려 활활 타오르기만 할 것이야. 그 끝에 자네의 목숨을 잡아먹히게 될 걸세."

철호의 말에 여자는 한숨을 푹 내쉬었다.

한두 마디 더 보태준다는 것이 그만 여자의 팔자에 대해 구구절절 대답해 주고 있었다. 철호는 너무 많은 것을 여자에게 알려 주면 오히려 독이 된다는 것을 알았다. 그렇기에 잠시 입을 꾹 닫았다.

"선생님, 저는 아이를 포기해야 할까요?"

"한 가지 분명한 건 말일세. 다른 복은 없어도 자식 복 하나는 타고났다는 게야. 게다가 천만다행으로 그 아이가 태어나는 시점의 기운은 자네와 상성이 잘 맞네. 태어나면 단단한 모습을 보여줄 수 있을 것이야. 그러니 깊은 걱정하지 말게나. 생명이 태어나는 것은 축복이지 않겠나? 일단 내가 말한 대로 하고 나면 자네는 어머니와도, 다른 가족과도, 그리고 새로운 세상을 맞이하게 될 아이에게도 좋은 쪽으로 영향을 줄 수 있을 것이라네."

철호는 이제 여자가 붙잡는다 하더라도 더는 말하지 않을 생각으로 자리에서 일어났다. 그러자 여자가 주머니에서 꼬깃꼬깃한 지폐를 꺼내 철호의 주머니에 욱여넣었다. 철호는 그 돈을 마다했지만, 여자는 자신의 운세를 점친 만큼 그 대가를 반드시 치르고 싶다는 말과 함께 빠른 걸음으로 멀어졌다. 철호는 멍하니 여자의 뒷모습을 바라봤다.

'사람에게 운명이란 무엇인가? 어찌하여 저리 가혹한 운명을 타고나는 사람도 있는 것일까?'

* * *

자리를 정리하고 있을 때 철호의 눈에 한 사람이 들어왔다. 행색을 보아하니 평범한 사람은 아니었다. 묘한 사람이라고 생각했다. 한 번도 본 적이 없는 기이한 기운이 그를 감싸고 있었다. 작은 얼굴에 다소 이마가 좁고 하관이 약했으나 광대가 솟아있었다. 헝클어져 있지만 세련됨이 느껴지는 머릿결과 앞뒤짱구로 평범하지 않은 두상이요, 우뚝한 코에 다소 콧구멍이 드러나 있고 검고 길게 뻗은 눈썹, 황소같이 커다란 눈을 가졌다. 그는 구겨진 헐렁한 면바지에 등짝 실밥이 터진 낡은 카키색 양복을 걸치고 있는 데다가 작업화는 뒷굽이 절반도 넘게 닳아 있었다. 그럼에도 그 사내에게 느껴지는 고독과 순수함이 철호의 눈길을 마치 담배 연기처럼 깊이 빨아들였다.

철호는 자신도 모르게 짐 정리를 멈추었다. 그러고는 짐을 그대로 놔둔 채로 그에게 다가갔다.

"저 실례지만……."

"왜 그러슈?"

"잠깐 이야기 좀 나눌까 합니다만."

"나 바빠요. 거, 보던 점이나 보쇼."

남자는 쌀쌀맞은 목소리로 대답했다. 손에는 막걸리 한 병이 쥐여 있었는데, 남자의 남루한 행색에도 막걸리 한 병이 그리 맛있어 보일 수가 없었다.

"아니, 거 술 한 잔만 달라고 하려고 했수다."

철호는 태연하게 대답했다.

"뭐, 이런?"

남자는 어이가 없다는 듯 막걸리 한 병을 품으로 감쌌다.

"이보쇼. 하루에 1,300원 모으기가 얼마나 힘든 줄 아쇼? 폐지를 팔아 봐야 얼마 못 벌어. 파지값이 다 떨어졌거든. 이제 킬로당 얼마 되지도 않아서 이 한 병 살 돈 모으는 게 굉장히 힘든 게 됐단 말이여. 그런데 이 귀하디귀한 걸 한 잔 달라고? 양심도 없는 놈이로다."

남자의 말투는 철호의 취향이었다. 처음엔 존칭어를 쓰는 듯하더니, 그는 대뜸 하대하며, 핀잔을 주었다. 그런데도 철호는 왠지 이 사람과 연을 맺는다면 좋을 듯했다. 철호가 살면서 만난 사람 중에 가장 편안한 기운을 가진 사람이었다.

"거, 이름이 뭐요?"

"내 이름? 점이라도 쳐주게? 점 볼 돈 없으니 저리 물러가시게나."

"내 이름은 최철호요."

"내 이름은, 허허. 내가 알려 줄 성싶으냐? 알려 준다면 내가 등신이지."

그러더니 남자는 막걸리 뚜껑을 열고는 살짝 흔들어 벌컥벌컥 들이켰다. 막걸리가 꼴딱꼴딱 넘어가는 목구멍을 본 철호는 입맛을 다셨다. 남자는 막걸리 한 병을 그대로 비우고는 철호에게 물었다.

"내 이름이 정말 알고 싶은 겨?"

남자의 반말에도 철호는 기분이 나쁘지 않았다. 자신을 편견 없이 바라보는 사람이라는 생각이 들자, 마음이 한결 편안해졌다.

"그럼, 나 따라오게. 내가 자주 가는 식당이 있거든. 거기 가서 막걸리 사 주면 내 이름 알려 주도록 함세."

그렇게 해서 알게 된 곳이 바로 초미식당이었다. 남자는 살짝 비틀거렸지만, 완전히 취하지는 않은 모양인지 청량리 시장 골목 뒤편에 자리 잡은 초미식당으로 철호를 데리고 들어갔다. 식당에 들어서며 남자가 "김 씨!"하고 부르자, 동년배보다 어려 보이는 얼굴의 여자가 등장했다. 그 순간 철호의 심장은 일렁였다. 오랜만에 느끼는 감정이었다. 오사카에서 아내를 처음 만났을 때 느꼈던 감정과는 사뭇 다른 감정이었다. 철호는 자신과 기운이 맞는 여인이라는 느낌을 받았다.

"아이고, 만식 아저씨. 또 취해서 오셨네. 내가 그만 좀 취해서 오라고 몇 번이나 말을 해요?"

그러자 '만식 아저씨'라고 불린 남자는 검지를 입가에 가져다 대며 "쉿!"이라고 말했다. 철호가 물끄러미 쳐다보자, 남자는 고민하던 눈빛으로 입을 열었다.

"내 이름은 정만식이라네. 올해로~, 내가 몇 살이더라? 김 씨, 내 나이 기억나는가?"

만식이 김 씨를 보며 묻자, 김 씨는 고개를 저었다.

"아유, 제가 아저씨 나이를 어떻게 알아요. 아저씨 나이를 알 정도면 벌써 도가 터도 상당히 텄겠죠. 아저씨 나이는 궁금하지도 않으니까 됐고요. 뭐 시킬 거예요? 사람들 없을 때 얼른 만들어서 나와야 곧 있을 저녁 시간에 미리 대비를 해 놓죠."

"늘 먹던 것으로 줘."

"오이무침이랑 두부전이랑 파전이요? 만식 아저씨는 그게 지겹지도 않으세요?"

철호의 시선은 김 씨에게서 떨어질 줄 몰랐다. 맑고 순수한 기운이 담긴 사람은 오랜만에 보는 것이기도 했다. 맑은 기운이 뿜어져 나왔다. 보는 이로 하여금 미소를 짓게 하는 매력이 있었다. 만식은 김 씨에게서 시선을 떼지 못하는 철호를 발견했는지 속닥거렸다.

"점쟁이, 자네도 김 씨에게 관심이 가는가? 이 동네에서 김 씨에게 고백했다가 차인 놈들이 한둘이 아니야. 점쟁이도 관심 끄는 것이 좋을걸. 점쟁이 팔자에 무슨……. 허허, 그리고 말야. 보아하니 나하고 자네하고 같은 연배쯤 되는 것 같으니 자네도 그냥 말 놓게."

철호는 자신이 흰 가발로 위장하고 있음에도 다 아는 듯 말하는 게 신기했다. '혹시 이 사람이 진짜 도사인가?'

철호가 생각한 대로 만식은 상대를 어렵게 하는 사람이 아니었다. 만식이 속삭인 말에 철호는 웃으며 대답했다.

"그럴까? 그럼, 나도 말을 놓지. 하지만 김 씨를 바라본 건 사실 그게 아니라네. 간만에 기운이 맑은 사람을 봐서 신기해서 쳐다본 것이었다네. 정식으로 소개하지. 내 이름은……."

말이 끝나기도 전에 만식이 입을 열었다.

"아, 알어. 최철호라고 혔잖여. 기억하고 있다고. 김 씨가 나더러 술 취했다고 해서 정말 내가 취한 줄 아는 것인가?"

"비틀거리는 것만 봐도 취한 것같아 보이네만."

"아닐세. 원래 술이란 것은 자고로 말이지. 들어가면 비틀거려야 제맛이라네. 아니 그런가?"

"맞네. 아무렴. 맞지 그래. 비틀거려야 제맛이지."

"여기 초미식당에 오면 안주가 널려 있어. 김 씨 솜씨가 얼마나 좋은지 말이여. 벌써 동네 사람들에게는 소문이 나서 지금 시간이 아니면 사람이 북적여서 발을 내디딜 틈도 없다네. 그러니 지금이라도 와야 해. 자네, 초미식당에 반하고 말 걸세. 아, 그리고 내 이름은, 정만식."

철호는 만식의 나이를 물을까 했지만, 길에서 만나 갑작스럽게 맺게 된 연에 나이가 무엇이 중요한가 싶었다. 나이를 묻는 대신 철호는 청량리 굴다리 인근의 현재 상황에 대한 이야기를 들을 수 있었다.

"왜 그······. 저기 588 있지 않은가? 그거 단속하느라고 요새 경찰이 골머리를 앓고 있다네. 저기를 싹 다 밀고 청량리를 개발하겠다나? 자네도 알겠지만, 우리 같이 늙은이들에게는 저런 곳이라도 있어야 적당한 재미도 보고 살 거 아닌가. 그렇지 않아?"

그러나 철호의 생각에 사창가는 윤리적이지 않은 곳이었다. 만식의 생각과는 정반대인 것이다. 만식이 그런 쪽으로 자유로운 생각을 가지고 있다면, 철호는 도덕과 윤리 면에 있어서는 절대 어긋나는 삶을 살지 않아야 한다고 믿었다. 자유는 방임과 방조와는 전혀 다른 개념이었으니까.

"자네 말이 없는 걸 보니 나와는 생각이 다른가 보구먼. 그건 좀 아쉽게 됐네. 아무튼 그렇다 하더라도 뭐 늙은이들 심심하지 않게 보는 재미라도 있어야 하지 않겠어? 내가 들어가서 뭘 한다는 게 아니라······."

이어지는 만식의 변명에 철호가 손을 휘휘 저었다.

"굳이 내게 변명할 필요는 없어. 내게 변명한다고 해서 무엇이 달라지긴 하려나……. 사창가는 사창가인 것이고, 우리가 연을 맺게 된 건 연을 맺은 것이지. 자네의 그런 쪽 취향에는 일절 관심 없으니 그만 말하게."

철호의 말에 만식은 쩝 소리를 내며 입맛을 다셨다. 무언가 마음에 들지 않는 듯한 눈치였다.

"샌님 냄새가 난단 말이지. 자네, 솔직히 말해봐. 그 티 나는 가발부터가 수상쩍어."

"티가 난다고?"

아닌 게 아니라 그는 처음부터 알고 있었던 것 같았다. 나름대로 티 나지 않게 정교한 가발을 쓰고 다닌다고 생각했고, 지금까지 이를 지적한 사람은 아무도 없었고 알아보는 이도 없었다. 하지만 만식의 이야기를 듣고 벽면에 붙은 거울을 보니, 누가 봐도 백발을 흉내 낸 가발처럼 보였다.

"어색한 도사님 행세를 하는 이유가 뭐야? 뭐, 그렇게라도 하면 돈이라도 벌리나? 파지 줍는 것보다 그게 돈이 더 된다면 자네에게서 어설픈 점쟁이 흉내라도 배우고 싶네만."

만식의 말에 철호는 큰소리로 웃었다. 가까이서 만식의 관상을 보아하니 학문과는 연이 약하고 써먹지 못하는 상이었다. 눈이 크지만 이미 빛을 잃은 안광과 눈 밑 살이 도톰하게라도 남아 있다면 모를까, 역학을 공부할 상은 아니었다. 그리고 고독한 상이다. 철호는 솔직하게 다 이야기할까 싶었지만, 아직 만식과 알게 된 지 얼마 되지 않았기에 상처를 주고 싶지는 않았다. 술을 한두 잔 걸치면 만식이 알아서 제 삶을 술술 읊을 테니 그것이나 기다려야겠다는 생각이었다.

"자네, 설마……. 내 관상이라도 읽은 것인가? 왜 말이 없어? 아니, 김 씨, 여기 막걸리 두 병만 주쇼!"

"만식 아저씨! 한두 번 오는 것도 아니고 알아서 꺼내다 드세요. 나 계산 잘하는 거 알잖아요."

주방에서 한창 전을 부치던 김 씨가 큰 소리로 응답했다. 그 말에 만식이 흐느적거리는 몸짓으로 일어나 냉장고에서 막걸리 두 병을 꺼내왔다. 막걸리를 살짝 흔들고는 기포가 가라앉을 때까지 기다리더니, 뚜껑을 딴 채 입으로 막걸리를 쏟아부었다.

"아니, 이 사람아. 누가 막걸리를 그리 정신 놓고 마시나."

철호는 사발에 따라서 마실 줄 알았던 막걸리를 병째 마시는 모습에 깜짝 놀랐다. 그러자 만식이 낄낄대며 웃기 시작했다.

"왜? 이렇게 마시면 안 되는 겐가? 내 하나 물어봄세. 내가 공부를 하려고 해 봤지만, 밤을 새워가며 공부를 하더라도 결과는 늘 똑같더라고. 내 얼굴에 쓰여 있지? 학문과 거리가 있다고 말이야."

철호는 잠시 고민하다 입을 열었다.

"자기 관상을 자네만큼 정확하게 보는 사람은 처음이라네."

"크하하……. 내 그럴 줄 알았으이. 김 씨! 방금 들었어? 내 관상에 공부가 없단다. 그러니 내 학창 시절 코피를 흘려가며 공부했어도 늘 같은 성적이었지. 내 관상을 조금 볼 줄 안다네. 사실 관상보다는 그냥 느낌으로 볼 줄 아는데, 자네는 평범한 사람은 아닐 듯하이. 범인의 기운이 넘쳐 나네."

"어떤 뜻의 범인을 가리키는 것인가? 설마, 나를 사기꾼 범죄자쯤으로 보는 것은 아닌 게지?"

철호의 말이 웃겼는지 만식은 나물을 삼키다 캑캑거리면서도 웃었다. 경쾌한 웃음소리였다. 듣는 사람으로 하여금 기분 좋아지게 하는 웃음이었기에 철호는 참된 인연을 만났다는 생각이 들었다. 자신에 대해 편견 없이 바라보고 편안하게 대하는 사람은 정말 오랜만이었다.

"그 범인인 걸 들켰나? 아니, 아까 점 보는 모습을 스을쩍 보는데 너무나도 수상쩍지 뭔가? 여자는 눈물을 쥐어짜고 있고, 자네는 그 앞에서 근엄한 척을 하고 있으니, 누가 봐도 돌팔이가 사람 하나 울린 것 아닌가 싶었지. 그런데 지금 와서 자네의 얼굴을 유심히 들여다보니, 나이에 걸맞지 않게 안광이 번쩍번쩍하는 것…… 대단한 사람이다 싶네."

"내가 뭐 그리 대단한 사람은 아니고, 그냥 평범한 사람 중 하나일세."

"아닌데? 자네처럼 안광이 깊게 살아 있는 사람은 처음 보네."

만식의 눈빛에는 철호를 동경하는 듯한 마음이 담겨 있었다.

"내가 짐작하기에 자네는……. 아니다, 자네 진짜 정체를 알아서 뭐 하겠나. 그래 봤자 청량리 굴다리 밑에서 점이나 보는 길거리 도사일 뿐인데. 아니다, 무당이라고 해야 하나?"

"내가 무당처럼 신기가 있는 건 아니고, 그냥 공부해서 잡다한 지식으로 보는 것이라네. 그런데 말야. 자네 말을 듣다 보니 나보다 자네가 진짜 도사 같네그려. 아무래도 청량리 굴다리 밑 내 자리는 자네한테 양보해야 되는 거 아닐까?"

"허허허허, 그리하겠는가? 그러면 내일부터 내가 거기에 자리를 깔면 되겠는가? 허허."

"그럼 그럼, 기꺼이."

철호와 민식은 서로 술잔을 부딪히며 웃음을 멈추지 않았다.

"하여튼 말이야. 공부 머리 있는 게 부럽다니까? 김 씨, 파전은 멀었어?"

만식은 이야기를 하다 말고는 주방에 재촉했다. 그러자 김 씨가 전을 뒤집는 소리와 함께 소리를 빽 질렀다.

"만식 아저씨, 나 혼자 여기서 전 부치는데 도와나 주지 그래요? 그리 빨리 드시고 싶으면……."

"손님이 도와주는 식당이 어디 있나?"

만식은 투덜거리면서도 주방 쪽으로 슬슬 걸어갔다. 분명 막걸리 한 병을 더 마셨는데, 오히려 걸음이 멀쩡해졌다. 철호는 참으로 신기한 이가 있다는 생각이 들어 만식이를 바라보았다. 그리고 고개를 옮겨 김 씨의 얼굴도 바라보았다. 아무리 보아도 저 두 사람은 오늘만 만날 그저 그런 사람들이 아니었다. 어떤 연이 닿아서인지는 모르나. 자신에게 운명적으로 다가온 사람들임이 분명했다. 필연적인 것은 감내하는 것이라고 했던가? 철호는 생각했다. 오늘 이들은 자신의 인생 속으로 파고든 운명적인 이들이며, 이들은 철호가 필연적으로 감내해야 할 사람들이다. 살면서 오늘 같은 날이 어디 있으랴. 오늘 운명적인 이들을 둘이나 만난 것도 그렇고, 그들이 지금 이 순간 바로 자신 앞에 있다는 것이 신비로울 뿐이었다.

철호가 자신들을 바라보건 말건 만식은 익숙하게 프라이팬으로 파전을 여러 차례 뒤집었다. 그러고는 완성된 파전을 쭈욱 찢더니 뜨겁지도 않은지 자기 입으로 밀어 넣었다.

"아이고, 손님 데리고 왔으면서 절반이나 뜯어 먹음 어떡해요! 아저씨!"

김 씨는 안절부절못하며 철호의 눈치를 살폈다. 철호는 김 씨를 진정시키기 위해 여유로운 목소리로 말을 건넸다.

"아닙니다, 사장님. 그냥 나물이나 좀 주세요. 나물만 있어도 막걸리 뚝딱이니까……."

"아이고, 죄송해요. 파전은 금방 더 부쳐드릴게요."

그 말을 끝낸 김 씨는 만식의 등짝을 퍽퍽 때렸다. 소리는 퍽퍽 났지만, 막상 두들겨 맞는 만식은 하나도 아프지 않은 듯 히히 웃기만 했다.

"아, 역시 파전은 뜨끈할 때 먹어야 맛있다니까."

"진짜 손님이 아니고 웬수라니까."

김 씨의 중얼거리는 소리에 철호 역시 웃음이 터졌다. 그렇게 김 씨가 분주히 홀과 주방을 오가며 반찬과 전을 부친 지 삼십여 분이 지나서야 한 상 가득 차려졌다. 천천히 김 씨의 요리를 맛본 철호의 두 눈이 동그랗게 떠졌다.

전 세계 곳곳을 돌아다니며 산해진미를 모두 맛본 그였지만, 그 어느 음식보다 맛있었다. 미슐랭 몇 스타니 하는 식당에서 먹었던 것보다 차진 맛이 더했다. 입에 착착 달라붙는 식감이 마음에 들었다. 얼핏 보기에는 대충 무친 듯한 나물과 약한 불로 부친 흐물거릴 것만 같은 파전이었다. 그런데 파전은 겉은 바삭하면서도 안은 촉촉한 식감이었고, 계절에 맞는 나물에서는 향긋함이 느껴졌다.

"자네, 맛있어서 말을 못 잇는구먼?"

철호가 그저 음식을 주워 먹기만 하자 만식이 말했다. 만식의 말에 철호는 고개를 끄덕일 수밖에 없었다. 세상의 어떤 요리를 가져다준다고 하더라도, 김 씨의 요리와는 견줄 수 없을 듯한 느낌이었다. 청량리 시장 골목 사이에 파리나 날릴 것 같은 식당 중에 이런 맛을 내는 곳이 있을 줄은 꿈에도 몰랐다.

"아니, 이런 곳이?"

"척 보니 이런 곳을 좋아할 듯했지. 어설픈 도사님 흉내나 내는 놈이 이런 진미를 맛봤을 리 있겠나? 여기 초미식당 이름도 내가 지어준 걸세. 원래는 김 씨네 식당이었는데 그런데 센스가 없어도 너무 없지 뭔가. 초미식당으로 이름을 바꾸자고 반년을 졸랐지."

만식은 묻지도 않은 초미식당 이름의 유래를 알려줬다. 알고 나니 만식이 왜 이름을 바꾸자고 제안했는지 납득할 수 있었다. 정말 세상 모든 것을 초월한 맛이었다. 혀끝에 감도는 감각이 식욕이 많지 않은 철호의 젓가락을 분주히 움직이게 했다. 만식은 먹다 말고는 빤히 철호를 쳐다봤다.

"자네, 이런 음식이라고는 먹어보지도 못하고 자랐구만?"

"정확히는 처음 맛본다네. 아니, 이렇게 단순한 재료를 가지고 이런 맛을 낼 수 있다는 게 믿기지 않아."

"와하하, 내 남루한 행색을 하고는 있지만, 입맛만은 고급이라네. 초미식당이 이래 보여도 생긴 지 몇 년 됐다네. 처음에는 근근이 장사를 이어가다가 지금은 아예 자리를 잡았지. 나 말고도 단골손님들이 몇 있는데 고놈 자식들은 초미식당의 진수를 몰라."

"그건 또 뭔 소리인 건가?"

"자네와 같이 여인을 연모하는 마음으로 오는 녀석들이지. 척 보아하니 제 짝이 없는 사람 같구먼. 그렇다 하더라도 초미식당 주인은 넘보지 말어. 내가 아끼는 식당을 잃고 싶지 않으니까 하는 말이야."

그 말을 들은 철호는 미소를 띠면서 다른 테이블로 찬을 나르고 있는 김 씨의 얼굴을 유심히 들여다봤다. 얼굴만 본다면 제 취향은 아니었다. 그럼에도 김 씨의 맑은 기운에서 소녀 같던 백은하가 겹쳐 보였다. '자신과 짝이 되는 연은 아닐지라도, 어떻게든 만남의 연이 잇닿은 사람이다' 생각하며 다시 보니, 철호의 마음이 스산해졌다. 관상에서 느껴지는 그녀의 명 때문이었다. 세월을 따라 파고든 팔자 주름이 입꼬리 끝에서 꺾인 모습에서 철호의 눈길이 멎었다. 철호는 다른 것보다 자신이 보는 관상을 믿었다. 저렇게 꺾인 팔자 주름을 가진 이 중에 주어진 명을 다 살다간 이는 없었다.

'쯧, 고독한 삶이었겠으나, 죽은 뒤로도 고독하겠구나.'

철호는 김 씨를 보는 것만으로도 깊은 고독이 밀려오는 듯해 고개를 돌렸다. 외면에 가까웠다. 여인에게 여지를 조금이라도 주지 않으려는 노력의 일환이었다. 그것을 눈치챈 것인지 만식이 말을 걸어왔다.

"왜? 너무 마음에 들어서 그런가?"

"아닐세. 무엇보다 난 가정이 있는 사람이야."

"아이쿠. 도사님한테도 가정이 있구먼. 이보게, 김 씨! 여기 이 도사님이 가정이 있는 사람이라고 사기를 치고 있다네. 누가 봐도 가정이라고는 없게 생겼구먼."

"안 되겠네. 굴다리 밑 내 자리 양보는 취소함세."

"아이쿠, 내 관상 보는 실력 들켜 버렸남? 돗자리 깐다는 말은 그만 거두겠네."

만식이와 철호가 주고받는 농담에 김 씨가 깔깔 웃으며 말했다.

"쉰 소리는 그만하고 어서들 먹던 술이나 비우세요."

그러고는 냉장고에서 막걸리 두 병을 더 꺼내다 줬다. 철호는 김 씨와 눈을 마주치지 않으려고 하며, 막걸리를 사발에 따랐다. 살짝 걸쭉하게 목을 타고 넘어가는 막걸리 맛이 마음에 들었다.

"여기 맛있지? 자네는 날 알게 된 것이 인생 최고의 행운일 걸세."

만식이 당당한 웃음을 지으며 이야기했다. 그 말에 철호가 답했다.

"오늘이 최고의 날로 기억될 수 있을 거라는 생각이 드네. 좋은 말벗을 만나기도 했고 말이야."

"그런데 말이야. 자네 아까 걷는 걸 보니, 실례인 줄은 알지만 궁금해서 묻네."

"아, 내 오른발 말하는가? 내 젊었을 때의 흔적이지. 치료를 받았지만 나이 들면서 자꾸 통증이 더해 가네그려. 특히 오늘같이 비가 내릴 듯 흐린 날이면 더 쑤시는구먼."

철호가 거기까지 이야기하자 만식은 더는 말하지 않아도 된다고 못을 박았다.

"뭐 누구에게나 사정은 있는 법이니까. 고생 많았네."

만식은 함께 있는 사람을 편안하게 해 주는 재주가 있었다. 어떤 말을 하더라도 가볍게 흘려들었으며, 꼬치꼬치 캐묻는 성향이 아니었다. 철호는 만식의 그런 면이 더욱 마음에 들었다. 어수룩한 가발을 쓰고 점을 봐 주는 사람에 대하여 궁금해할 법도 한데, 만식은 여느 이들과는 다르게 욕심이 없었다. 보통 아무리 예의를 차린다 하더라도, 자신의 팔자가 어떤지 물어보는 것이 정상이었다. 만식은 자신의 삶에 관해서도 관심이 없었다. 초미식당 김 씨와 정만식, 철호는 둘 다 퍽 마음에 들었다.

"이보시게, 정만식이. 일어나야지. 이렇게 취해서야 쓰겠나?"

만식은 만취해 테이블 위에 늘어져 있었다. 태랑도 제정신은 아니었다. 태랑은 이미 세상이 핑핑 도는 것만 같은 느낌을 받고 있었다. 식탁에 놓인 빈 막걸리 병이 열네 병이었다. 둘이서 가볍게 마신다는 것이, 사람을 편하게 해 주는 만식의 입담에 반해 열네 병이나 마시고 만 것이었다.

"이보시오, 사장님. 이 친구 집을 아시오?"

발음은 꼬일 만큼 꼬였지만, 제대로 발음하려고 애를 쓰며 철호가 김 씨에게 물었다. 김 씨는 한숨을 푹 쉬었다. 이런 일이 벌어질 줄 알았다는 사람처럼 반응했다.

"그냥 여기서 재우세요. 어차피 몇 시간 뒤에는 언제 취했냐는 것처럼 일어나서 집으로 잘 돌아가는 분이에요. 저도 집이 어딘지 정확히는 모르고요."

"민폐가 될 것 같아서 그렇습니다."

철호의 말에도 주인의 의지는 굳건했다. 김 씨는 식당 안쪽에 작은 방이 있다며, 만식이 취할 때면 그 방에서 잠을 자다 간다고 털어놓았다. 이야기를 들은 철호는 그 방으로 만식을 옮겼다. 그나마 다행인 것은, 두 사람이 만취한 지금 가게에 남은 손님이 자신들밖에 없다는 점이었다. 다른 이들까지 있는 상황에서 이런 일이 벌어졌으면 굉장히 부끄러울 법했다. 그런 상황이 벌어지지 않은 것만으로도 다행이었다. 철호는 괜히 신경 쓰이는 오른발 때문에 낑낑거리며 만식을 작은 방으로 옮겨놓고는 술값을 계산하려고 했다.

"거, 얼마요."

"태랑 선생님이라고 하셨죠?"

"그렇습니다만……."

"술값 대신 내 부탁 하나만 들어주세요."

철호는 술이 확 깨는 기분이었다. 자신이 무엇을 할 수 있다고 판단한 것인지 김 씨의 생각이 궁금했다. 김 씨의 눈빛은 결연에 차 있었다. 그런 김 씨를 보던 철호는 그녀가 자신의 앞날에 대해 알고 싶어 한다는 것을 금세 알 수 있었다.

"앞날을 알고 싶어서 물어보는 겁니까?"

철호의 말투에 김 씨는 고개를 끄덕였다. 하지만 눈빛에서 읽을 수 있었다. 김 씨는 제 삶이 언젠가는 명을 다하지 못하고 꺾이리라는 것을 알고 있다는 걸. 아마도 바꿀 수 없는 삶에 대한 갈망 같은 감정으로 지금의 눈빛을 하고 있는 것이 아닌가 하는 생각이 들었다.

"먹은 값은 치러야겠습니다. 점을 봐줄 수는 없소. 난 취한 사람이고, 취한 사람이 보는 점이 얼마나 신통방통하다고……. 그냥 모르는 척했으면 합니다. 나는 맨정신으로만 점을 봐주는 사람이에요."

에둘러 말했지만, 김 씨의 눈빛에는 간절함이 담겨 있었다. 하지만 철호는 모르는 척했다. 김 씨가 이미 운명처럼 철호 자신의 마음속 깊숙하게 들어왔다는 게 문제였지만. 섣불리 그녀의 미래를 들추었다가는 자칫 어떤 일이 벌어질지 모를 일이었다. 철호는 애써 그녀와의 거리를 두며, 지갑을 꺼내고는 만 원짜리 열다섯 장을 끄집어내어 김 씨에게 내밀었다.

"한 병당 얼추 계산해 보니 십오만 원어치는 될 듯한데, 더 달라면 더 드리리다. 앞으로도 이곳을 찾았을 땐 점쟁이로서가 아니라, 그냥 사람 대 사람으로 생각해 주시오. 내 아무리 점으로 누군가의 미래를 봐준다 하더라도 사람은 가려 받습니다."

철호는 단호하게 말했다. 김 씨는 단념한 눈빛으로 십오만 원을 세어

보고는 오만 원을 되돌려 줬다.

"우리 가게 그리 안 비싸요. 오만 원은 돌려받으세요. 만식 아저씨 숙박비까지 딱 십만 원만 받을게요."

김 씨의 말에도 철호는 오만 원을 김 씨 쪽으로 밀었다.

"그래도 받으세요. 그냥 주는 돈이 아닙니다. 만식이 저 녀석이 저렇게 민폐를 끼치게 되었으니, 그냥 받으세요. 어차피 이 가격에 이문이 남는 장사를 하는 것도 아닐 텐데, 이 정도는 받아도 됩니다."

그제야 김 씨는 머뭇거리는가 싶더니 돈을 받았다. 철호는 만식을 잘 부탁한다는 말과 함께 밖으로 나왔다. 나와서 초미식당 뒤편으로 이어진 골목으로 들어갔다. 아무도 없는 골목 끝에 다다른 뒤에야 철호는 '태랑'이 아닌 철호로 돌아왔다. 덧입었던 흰 도포와 가발을 벗자 시원한 바람이 머리로 스몄다. 경계에 있는 계절은 늘 시원한 느낌을 주기 마련이었다. 오랜 시간 가발을 쓰고 움직였더니 머리를 꽉 조이는 듯했다.

머리카락을 가리기 위한 망까지 제거하자, 남들이 보기엔 어수룩한 도사님 같았던 몰골이 비교적 정상적으로 돌아왔다. 흐트러진 머리카락은 둘째치더라도, 봐줄 만한 인간 꼴이 되니 마음이 편안했다. 등산 가방 안에 도포를 돌돌 말아 넣고 가발을 욱여넣었다.

술에 이 정도로 취했으니, 택시를 타고 가야 했다. 청량리 굴다리 밑 사창가 쪽으로 나오자 차는 많이 다녔지만, 자신을 유혹하는 사창가의 여자들이 있었다. 그러나 철호는 그들이 말을 걸어도 시선 한 번 두지 않았다. 제 또래들이 사창가에 관심을 보일 때도, 욕구를 풀기 위한 심심풀이로 여자를 상품으로 선택했을 때도, 철호는 자신의 양심에 벗어날 만한 짓은 한 번도 하지 않았다. 소신껏 살아야 한다는 것이 그의 생각이었다.

교수가 되기 위해서는 술자리 접대를 해야 한다는 우스갯소리가 들렸을 때도 단 한 번도 그 길에는 들어서지 않았다. 그런데도 철호는 뛰어난 연구 실적을 낼 수 있었고, 시간강사로부터 시작한 그의 삶을 빠르게 정교수 자리까지 오르는 데 성공하게 했다.

아내인 설경은 그런 철호의 입장을 알고 있는 듯했지만, 단 한 번도 티낸 적이 없었다. 현명한 사람이었다. 설경을 아내로 택한 것은 신이 정한 운명일 뿐만 아니라, 자신의 인생을 관통하는 기가 막힌 선택이었다. 설경의 이해심과 배려심은 존경받아 마땅했다. 자신이 운명론자로 살아오며, 여기저기 공부하러 불쑥 떠날 때도 아내는 언제고 불만의 말을 내비친 적이 없었다. 어쩌면 단념했나 싶기도 했다. 그러나 설경은 궁금한 것이 있어도, 철호가 굳이 이야기하려 들지 않는 것은 묻지 않았다. 그런 점에서 오랜 시간이 지났음에도 설경이 좋았다.

설경이라는 사람 자체가 주는 편안함은 초미식당 김 씨 같은 여인을 두고도 비교할 수 없는 감정이었다. 오사카 도톤보리 에비스스지에서 처음 만나던 그때부터 두 아이를 낳아 기른 지금에 이르기까지 앞으로 어떠한 세월이 흐른다고 하더라도 자신에게는 영원히 이 사람밖에 없을 것이라 여겨졌다. 그 순간 까맣게 잊고 있던 은하 생각이 머리를 스쳤다. 백은하, 너는 지금쯤 어디에서 지내고 있을까.

"어휴, 사장님, 막걸리 좀 많이 드셨나 보네요."

한참 뒤에야 잡힌 택시에 올라타자, 택시 기사가 창문을 내리며 이야기했다.

"기사님. 마포아파트 가주세요. 죄송합니다."

죄송하단 철호의 말에 택시 기사는 짧은 거리를 가서 다행이라고 말했다. 철호 역시 그 점에 있어서는 다행이라는 생각이었다.

"죄송합니다. 친구 놈이랑 한 잔 두 잔 기울이다 보니 좀 많이 마셨습니다."

"그래도 발음이 멀쩡한 것을 보니, 술이 세신가 봅니다."

택시 기사의 말을 흘려들으며 철호는 물끄러미 창밖을 바라봤다. 입을 열어봤자, 술 냄새밖에 나지 않으니 시끄럽게 구는 것보단 입을 닫고 창밖이나 보고 있는 것이 맞았다. 주말인 데다, 막히지 않는 시간대였다. 철호는 금세 마포의 집 근처에 도착했다. 철호는 가지고 있는 지폐 몇 장을 택시 기사에게 건넸다. 택시 요금보다 훨씬 많은 금액이었다. 택시 기사는 "뭘, 이렇게 많이?" 하면서도 넙죽 돈을 받았다.

철호는 정신을 부여잡고는 아파트를 올려다봤다. 아내와 아이들은 이미 잠들었을지도 모른다. 아니면, 철호 자신을 제외하고 외식을 나갔을지도 모른다. 아이들은 주 양육자가 아닌 자신을 어려워했고, 늘 아내의 편이었다. 그런 것을 알고 있었기에 섭섭한 마음은 들지 않았다. 오히려 설경이 모든 권한을 쥐고 있는 편이 좋았다. 설경은 똑 부러지고 바른 사람이었으니까. 아이들을 잘 가르치고 있다는 확신도 있었다.

"당신, 이제 들어와요?"

엘리베이터를 기다리고 있는데, 설경의 목소리가 들려왔다. 뒤를 돌아보니 아들과 딸이 어색하단 표정으로 서 있었다.

"어유, 술 냄새……. 오늘 많이 마셨나 보네요. 얼른 올라가요. 내가 꿀물 타 줄게요. 우리는 외식하고 오는 길이에요. 막내가 피자 먹고 싶대서 피자 먹고 왔어요. 조금 남아서 포장해 달라고 했는데 당신도 먹을 거예요?"

설경의 물음에 철호는 갑자기 피자 한 조각 먹고 잠들어야겠다는 생각이 들었다. 불현듯 스친 생각에 철호는 엘리베이터가 서둘러 집으로 데려다주길 기다렸다. 엘리베이터 안에서 설경과 아이들이 오늘 있었던 이야기를 하는 동안 철호는 아무 말 없이 입을 꾹 다물었다. 아이들에 대한 미안함 때문이었다. 가족의 테두리 안에서 자신은 때때로 이방인이었다. 아이들은 한 사람으로서의 철호를 존경했지만, 아버지로서의 그것과는 별개였다. 아이들과 교감을 나눴어야 할 시기, 그때의 철호는 여기저기 떠돌아다니며 앞날을 엿보는 일에 집중해 있었으니까. 그러나 철호는 아이들을 무척이나 사랑하는 속마음을 갖고 있었다. 단지 그것이 겉으로 표현되지 않고, 또 표현한다고 해도 곧이곧대로 받아줄 것 같지도 않다는 게 괴로웠다.

집안에 들어온 철호는 손을 대충 씻고는 박스 안에 담긴 피자 한 조각을 꺼내 우적거리며 씹었다. 식은 피자였지만, 허기를 달래기엔 충분했다. 막걸리와 나물 반찬, 파전으로 채웠던 배에 약간의 포만감이 드는 것을 확인한 철호는 양치하러 욕실로 들어갔다.

　술 냄새를 싹 제거하고 침대로 돌아온 철호를 보는 설경의 표정은 늘 있던 일처럼 아무렇지 않아 보였다. 군소리를 하지도, 철호가 어디에서 무엇을 하고 다녔는지도 묻지 않았다. 그러려니 하는 모습이었다. 철호는 설경이 아무것도 묻지 않는 것이 좋았다. 부부라 하더라도, 말하고 싶은 것과 말하고 싶지 않은 것은 존재하기 마련이었다.

　설경은 그 선을 정확히 알았다. 이유 없이 해외로 며칠씩 훌쩍 떠났다가 돌아올 때도 늘 그러려니 했다. 그런 설경을 보니 자신이 그녀를 이렇게 만든 것 같아 미안한 마음이 들기도 했다. 철호 역시 사람이었다. 프러포즈도, 첫 입맞춤도 모두 설경이 했고, 결혼식 준비에 열과 성을 기울이던 것도 설경이었다. '결혼'이라는 인연으로 맺어진 뒤 모든 것을 설경에게만 맡기고 있다는 생각에 미안한 마음이 불쑥 치고 올라왔다.

　"미안해."

　"미안할 게 뭐가 있나요?"

　설경의 목소리는 고요했다. 철호는 그런 덤덤한 목소리가 마음에 이는 풍랑을 수도 없이 다스린 후에야 나온다는 것을 알기에 더욱 미안한 마음이 들었다. 그녀의 곪아버린 마음을 치유하기에는, 자신이 무언가를 이루고 싶은 욕심이 컸다. 그 욕심을 달래기 위한 일탈을 그녀도 눈치채고 있는 듯했다. 자신이 점을 보러 다닌다는 것을 설경이 모를 리 없었다. 설경은 늘 철호에 대해서는 모든 것을 알고 있는 사람이었으니까.

　"그냥, 문득 당신에게 모든 것을 내맡기고 있는 기분이 들어서 하말이야."

철호의 머뭇거리는 대답에 설경은 편하게 웃어 보였다.

"신경 쓰지 말아요. 당신이 허튼짓 안 하고 다닌다는 거 아니까. 나는 말이에요, 당신이 하는 모든 것을 알고 있지는 않지만 적어도 한 가지 믿음은 있어요. 당신이 아무 데나 씨를 뿌리고 다닌다거나, 이런 짓을 하진 않을 거라고 생각해요."

"걱정 마요. 내 밖으로 돌아도 그런 일은 없으니."

"내게 말하지 않고 기이한 행동을 하는 것도 당신이 큰스님과의 인연을 말해 준 이후로 나름대로 사연이 있을 거라고 생각하고요. 그러니 난 괜찮아요."

믿어줘서 고맙다고 답해야 하는데, 말이 나오지 않았다. 머뭇거리던 철호는 이불을 덮고 누웠다. 설경을 바라보고 누웠지만, 이내 등을 돌린 것은 그녀였다. 설경의 등을 보며 잠들기 어색했던 철호는 다시 돌아누웠다. 맞댄 등이 어느새 멀어진 두 사람의 사이를 대변하고 있었다. 누구보다 가깝지만, 누구보다 먼 사이가 되어 있었다. 세월의 흐름은 두 사람을 그렇게 만들었다.

철호는 지나가던 이들 중 가련한 팔자를 가진 이들에게 앞으로 어떤 식으로 살면 좋을지 이야기를 해 주었다. 천기를 누설한다는 생각도 들지 않았다. 그들의 과거를 읊고 앞날을 귀띔해 줄 뿐이었으니까. 모든 운명을 구구절절 설명하는 것은 철호가 원치 않는 일이었다. 그들 스스로 선택할 수 있는 권한을 줘야 했다.

철호는 사람들이 하는 이야기를 들었다. 이야기를 듣다 보면 그들의 인생이 왜 그렇게 되었는지 알 수 있었다. 굳이 정해진 인생이 아니라 하더라도, 그렇게 살 수밖에 없는 이유가 각각 있었다. 그 이야기를 알고 있었기에 철호는 잠자코 이야기를 들어주기만 하기도 했다.

자신이 어디로 가야 할지 알고자 찾아오는 이들은 꾸준히 있었다. 그런 진로 문제는 철호가 선호하는 손님이었다.

"저 부모님과 진로 문제로 심하게 충돌하고 있어서요……. 여기가 점을 잘 보기로 소문났다고 해서 주말마다 찾아왔어요. 드디어 한 달 만에 선생님을 뵙게 되었습니다."

앳된 얼굴을 한 학생이었다. 철호는 학생이 하는 말을 유심히 들었다. 보아하니 학생은 언어 계열로 가서 전 세계를 떠돌아다니는 것이 꿈이었지만, 부모님은 한사코 경영학과를 가야 한다고 주장하는 바람에 서로 의견이 맞지 않아 혼란스럽다는 이야기였다.

"부모님의 의견과 학생의 의견을 모두 합치면 되겠네."

"어떻게요?"

"어문 계열이 꼭 하고 싶다고 하니, 어문 계열은 복수 전공으로 두고 부모님 뜻에 따라 경영학과에 입학하는 것이지. 그 삶이 힘들 것은 알지만, 공부를 남들보다 두 배로 하고 나면 누릴 수 있는 자유는 두 배가 될 거야. 내 그거 하나만은 보장하지."

철호의 말에 학생은 거기까진 생각하지 못했다며 감사 인사를 전했다.

"얼마를 드리면 될까요?"

"학생 푼돈 같은 건 받지 않네. 다만, 한 가지를 놓지 못하겠다면 이런 식으로 두 가지를 잡는 것도 한 가지 방법이라는 것을 잊지 마시게."

몇 년 뒤, 그 학생은 완연한 어른이 되어 새까맣게 그을린 채 다시 찾아왔다. 철호는 알 수 있었다. 전 세계 곳곳을 다니고 싶다던 학생이 자신의 꿈을 이뤘다는 것을.

"선생님 조언 덕분에 복수 전공하여 졸업하였고, 여행 영상을 찍는 사람이 되어 전 세계를 돌아다니고 있습니다."

"잘됐네. 그것이 학생의 운명이니 기꺼이 즐기며 그 순간을 만끽하고 살아가도록 하시게."

"예, 감사합니다! 이거……. "

그가 철호 앞에 봉투를 놓고 힘찬 걸음으로 멀어지고 있을 때, 30분 전부터 근처를 어슬렁거리던 이가 주춤거리며 다가왔다.

"저……. "

"어허 뭔 고민으로 표정이 그 모양인가?"

철호의 물음에 사내는 조심스럽게 입을 열었다.

"제가 사실 사법시험을 네 번 떨어졌습니다. 이제는 포기하고 말단 공무원 시험이라도 봐야 하나 고민하고 있습니다."

"어디 한번 보자."

철호는 자신의 앞에 앉은 사내의 천기를 살펴보았다. 그리고 얼굴을 찬찬히 살폈다. 칠전팔기의 기운이 바로 코앞에 있는 거 아닌가!

"예끼 이 사람아, 한쪽 손에 손가락이 다섯 개인데 다섯 번도 안 채우고 포기한단 말인가?"

그 말에 사내는 한숨을 푹 내쉬었다.

"휴, 저는 이제 자신이 없습니다. 특히 집안 형편상 제가 빨리 돈을 벌어야 하는지라……."

"내 말 잘 듣게, 딱 한 번이 평생을 좌우할 것이란 말이지"

"선생님 그게 정말입니까?"

"일 년만 죽기 살기로 노력해 보고 안 되면 그때 포기하게나."

사내의 얼굴에 화색이 돌았다. 그리고 고민을 해 보겠다며 자리에서 벌떡 일어났다.

철호는 그의 뒷모습을 바라보며, 머지않아 매스컴에서 그의 얼굴을 다시 보게 되리라고 생각했다. '변호 자문을 하는 TV쇼 진행이 어울리겠군그래.'

이제 슬슬 하루 일을 접을 생각을 하던 차에 한 젊은이가 앞에 와서 앉았다.

"쯧, 이 사람아, 권력이 앞으로 어떻게 바뀔지 모르는데 어느 정당에 가입하려고 그러나?"

이번에 찾아온 사람은 자신이 국회의원이 되고 싶다는 사람이었다. 어수룩한 행색을 보아하니, 그 행색만으로는 국회의원은커녕 동장도 못해 먹을 인간 같았다. 그러나 천기로 구성된 팔자와 얼굴을 자세히 들여다보면서 철호는 깜짝 놀랐다. 그냥 그렇고 그런 일반적 군상이 아니었다. 장차 나라에서 큰일을 맡아 할 사람이라는 것이 그의 팔자와 얼굴에 쓰여 있다. 말로는 권력 이야기를 꺼내면서도, 철호는 눈앞에 앉은 이가 국회의원 이상이 될 사람임을 알 수 있었다.

　"손을 내밀어 보게나."

　그 말에 남자는 손을 펼쳤다. 철호는 순간 감탄사가 나올 뻔한 것을 겨우 참았다. 이 정도로 대단한 손금은 처음 봤다. 화려하게 족적을 남기다가 이름을 역사에 새길 자의 손금이었다. 명예운부터 재물운, 심지어 생명선까지도 굵게 쭉 이어지는 것이 그야말로 황제의 운명이었다.

　"자네, 그 말이야. 내가 정말 궁금해서 묻는 것이네만 진보인가, 보수인가?"

　"아직 그 노선도 정하지 못했습니다. 하지만 앞으로 펼쳐질 민주주의는 진보의 세상이 아니겠습니까? 저는 중도 보수로 중간의 자리를 살면서 앞으로 나아가고자 합니다. 선생님께서는 어떻게 생각하시는지요? 제가 국회의원이라도, 아니, 나라를 위해 무언가를 할 수 있으리라고 생각하십니까?"

　철호는 이야기를 들으면서도 의문이 들었다. 눈앞에 있는 사내는 일부러 자신의 정체를 숨기고 있는 듯했다. 절대 어수룩한 행색으로 돌아

다닐 사람이 아니었다. 타고나기를 황제의 팔자를 타고난 놈이었다. 그런 놈이 제 앞에서 비렁뱅이 행세를 하며 자신을 테스트하고 있으니, 철호는 어디까지 진심을 담아 이야기해야 할지 고민했다. 그러나 고민은 길지 않았다. 철호는 그의 운명을 제대로 봐주기로 마음먹었다. 어설프게 가난한 이의 모습을 하고 자신을 찾아온 것에는 다 이유가 있을 것이다. 수많은 점쟁이 중에서도 사창가 인근에 자리 잡은 자신에게 찾아온 것은 분명 무언가 이유가 있을 터였다. 철호는 그 이유를 명확히 알고 싶었지만, 굳이 묻지는 않았다.

"자네는 머지않아 용이 될 걸세, 나라를 위해 큰일을 충분히 할 수 있는 사람이지만, 단, 한 가지. 여자를 조심하게나. 자네가 선택하는 여자에 따라 운명이 바뀔 것이야."

"그렇다면 혹시 궁합도 봐주십니까? 지금 만나고 있는 사람이 있고 연을 맺으려 합니다만."

사내의 말에 철호의 표정이 싹 굳었다.

"자네는 자네의 욕심을 위해서 하늘에서 뚝 떨어진 동아줄을 잡으려고 하지만, 그건 썩었어. 언젠가는 자네의 발목을 잡을 것이네. 알겠나?"

철호는 사내가 자신의 이야기를 온전히 받아들였는지 궁금했다. 하지만 사내는 지폐 몇 장을 올려두고는 감사하다며 꾸벅 인사하고는 자리에서 일어날 뿐이었다. 이름 석 자도 제대로 묻지 못했다. 하지만 사내의 천기와 인상만은 선명히 남았다.

'반드시 큰일을 할 사람으로 보이는데. 어디선가 본 듯하기도 하

고……'

자신을 어떻게 알고 찾아온 것인지 물었어야 했는데 묻지 못했다는 아쉬움이 남았다. 오늘 유난히 철호를 찾는 사람들이 많아서 여기까지만 점을 봐야 한다고 생각했다.

태랑에서 철호로 돌아오니, 자리에서 일어서려는 데도 허리가 욱신거리고 다리가 풀려 휘청거렸다. 점을 보는 데 모든 집중력을 쏟아부었으니, 잠시도 몸을 움직일 틈이 없었던 까닭이다. 초미식당으로 발걸음을 옮기려 하자, 때마침 하늘이 어둑어둑해졌다. 곧 비가 오려나. 통증이 오는 다리가 불편했다. 그때였다.

"어이, 태랑. 이제야 초미식당으로 가는 것인가? 오랜만에 보는구먼."

익숙한 만식의 목소리에 철호는 고개를 돌렸다. 철호를 본 만식은 손을 흔들며 다가왔다. 철호는 지금만큼 만식이 반가운 적이 없었다. 만식의 목소리는 이미 한잔 걸친 듯했다.

"벌써 한잔한 건가?"

철호의 질문에 만식은 고개를 끄덕였다.

"그렇지. 이 시간이면 이미 한잔하고도 남을 시간 아닌가? 초미식당에는 푸짐한 안주를 먹으러 가는 것이지."

"그……."

초미식당 이야기를 더 물어보려던 철호는 입을 꾹 닫았다. 초미식당 사장에게 자꾸 눈길이 가는 건 이성으로서 궁금한 것이 아니라, 자신이 예측한 미래가 맞아떨어지지 않기만을 바라는 마음이었다.

"안 가고 뭐 해? 초미식당 사장도 자네를 기다리고 있네."

그 말에 철호는 의아했다. 몇 번 보지 않은 얼굴을 기다리고 있다 하니 의도가 알고 싶었다.

"아니, 오가는 사람 중에 점쟁이는 몇 없으니 궁금해하더라고. 그래서 자네가 또 올 거라고 이야기를 해 줬지. 이야기를 들으니, 자신도 점을 보고 싶다고 중얼거리더군."

철호는 만식과 함께 초미식당을 향해 천천히 걸었다. 만식은 성큼성큼 걸으면서도 한 번씩 앞으로 치고 나갈 때마다 뒤를 돌아 철호와 발걸음을 맞췄다. 철호는 만식의 배려에 마음이 따뜻해짐을 느꼈다. 만식은 무심한 듯하면서도 자신의 불편한 다리를 인지하고 있었다. 비록 술에 살짝 취한 상태였을지라도. 자신을 그저 '태랑'으로만 보는 만식이 좋았다. 얼굴을 몇 번 보지 않았음에도 그가 안겨주는 편안함이 있었다.

그렇게 초미식당 입구에 도착하자, 철호는 왠지 모르게 긴장이 되는 듯한 느낌을 받았다. 이유를 알 수 없는 긴장감 속에서 철호는 문을 열었다. 가게 안은 웬일인지 북적이고 있었다. 겨우 한 자리 비어 있을 뿐이었다. 초미식당 사장은 분주했다. 여기서 막걸리를 달라, 저기서 막걸리를 달라 외치는 통에 시장통이 따로 없을 정도였다.

"아이고, 오랜만이네요. 태랑 선생님."

초미식당 김 씨는 바쁜 와중에도 철호에게 인사를 건넸다. 철호는 고개를 살짝 숙여 인사하고는 만식의 안내에 따라 구석 빈자리로 향했다.

초미식당은 사장 혼자서 운영하는 곳이었기에, 손을 덜어준다며 만식이 막걸리를 가져왔다. 막걸리를 살짝 흔들어 가라앉은 것까지 골고루 섞은 만식은 막걸리 뚜껑을 조심스럽게 열었다.

철호와 만식은 이내 사발을 부딪혔다. 철호는 기진맥진한 상태로 막걸리를 마셨다. 그러고는 시끄러운 TV 소리에 고개를 돌렸다. 한창 당대표가 누가 되어야 하는지 패널들이 토론 중이었다.

"쯧, 저래봤자 어차피 하는 놈들만 하는 거 아닌가? 기득권이 센 정당에서 젊은 놈을 뽑아주겠어? 그 젊은 놈 하나가 당 대표를 하고 싶다고 떠들고 다니더만, 새로운 정당을 만들겠다나? 그게 되겠냐고, 이 나라에서?"

그때였다. 철호의 시선을 사로잡은 한 사내가 화면 가득 나온 것은. 만식이 떠드는 목소리는 흐릿한 배경 사이로 흩어졌다.

"저놈이야, 저놈. 박규석. 박규석이 되겠냐고. 박규석이가 당 대표 자리를 노리면서 차기 대권도 노리고 있다는데……. 아니, 젊은 놈이 뭘 안다고 당 대표야."

분명히 아까 전 보았던 사내의 얼굴이었다. 어수룩한 행색을 하고 나타났지만, 자신이 마주했던 사내가 박규석이라는 것을 철호는 알 수 있었다.

"태랑, 자네가 보기에는 어떤가? 박규석 저놈이 정치판을 흔들 수 있을 거라고 생각하는가?"

그 말에 철호는 아무런 대답도 하지 않았다. 자신이 할 수 있는 것은 묵묵히 있는 것뿐이었다. 박규석. 이름 세 글자를 마음에 새겼다. 장차 대권 주자로도 성장할 정도의 인물이었다. 지금이야 대운의 기운이 다 모이지 않았지만, 국회의원으로 활약을 하게 되고, 이후 나라를 움직일 수 있게 되리라는 것이 눈에 보였다. 제대로 된 얼굴을 보고 나니 이제야 알았다. 자신이 마주했던 것은 차기 큰 정치인이었다는 것을. 하지만 정치는 생물이란 것도 철호는 알고 있었다.

* * *

"아니, 글쎄. 이야기 들었어? 청량리 사창가 말이야. 거기 근처에 주말에만 가끔 나타나는 용한 점쟁이가 있다던데. 글쎄, 박규석 당 대표 있지? 박규석 당 대표가 그 자리에 앉게 될 거라고 알아맞힌 용한 점쟁이가 있다지 뭐야. 어디서 그런 소문이 퍼졌는지는 몰라도 이 강남에 파다하다니까."

강남에 있는 한 호텔 커피숍에서는 청량리 588 인근에 나타난 용한 점쟁이에 대해 한창 대화를 나누고 있었다. 부유한 계층에서는 의외로 미신이라고 여기는 '점'을 통해 운세를 점치기를 좋아했다. 특히 이들은 점이 실제 운명과 맞닿아 있다고 믿었다. 그들은 자신의 남편과 자식들의 앞날을 엿보기를 원했다. 박규석 당 대표가 누군가에게 슬쩍 건넨 말이 순식간에 강남 바닥에 퍼져버린 모양이었다. 누구는 당 대표 모친에게 들은 말이라거니, 누구는 어느 커피숍에서 들은 말이라거니, 그 소문의 출처도 다 제각각이었다. 박 대표의 입은 무겁다고 알려져 있었지만, 한 번 흘러나간 이야기는 모두 가벼운 입으로 퍼져가 사람들의 심금을 투둑투둑 건드렸다.

"그렇다는 거야. 수많은 점쟁이를 찾아가도 알 수 없던 사실을 청량리 굴다리 밑 점쟁이만은 알아봐 줬다는 거 아니겠어?"

"참, 용하네그려."

"차기 대권 주자로 나서게 되는 날에는 그를 찾아가 다시 한번 점을 보겠다고 했다지 뭐야."

이에 시샘하는 '강남 사모님들' 사이에서는 청량리 굴다리 밑 점쟁이가 어떻게 생겼는지, 그를 만나면 어떻게 해야 하는지 별의별 소문이 보태고 보태지며 떠돌고 있었다.

"그런데 그 사람, 아무나 안 봐준다고 하던데? 돈을 싸 들고 가더라도 못 본 사람이 수두룩하다는 이야기도 있더라고."

"에이, 그래봤자 점쟁이가 몇천만 원 턱턱 안겨주면 안 봐주겠어? 점쟁이가 길거리에 나와서 점 보는 이유가 뭐겠어? 어설픈 재주로 다 돈 벌려는 거 아니겠냐고. 그 정도로 용하면 점집 하나 차려도 될 텐데, 그럴 만한 실력은 안 되니까 길거리에서 점 봐주는 거겠지. 그리고 박 대표 건으로만 유명해진 거잖아. 다른 사람 앞날 보는 일까지 잘할 리가 없겠지. 그러니까 한 이백 정도 들고 가서 보는 게 어때?"

명품으로 치장한 한 사모의 말에 다른 여자도 동의한다는 듯 고개를 끄덕였다.

"맞아. 비싸게 치르고 할 필요 없이 이백 정도 투자해 보는 건 괜찮을 거 같은데? 제까짓 게 아무리 비싸다고 하더라도 이백이면 눈이 뒤집히 겠지."

"그래서 언제 가면 만날 수 있다는데?"

사모들은 주변을 두리번거리더니 주말이면 나타난다니 일요일에 가면 그를 만날 수 있지 않겠냐고 중얼거렸다. 커피숍 안은 시끄럽지 않았기에 그들이 소곤거리는 말은 직원들의 귀에도 꽂혔다. 직원들은 강남 정·재계 사모들이 주최하는 모임에서 은근히 좋은 정보가 나온다는 것을 알고 있었다. 그랬기에 가뜩이나 사모들의 테이블에 주목하던 상황이었다. 그들이 주고받는 이야기에 직원들은 눈빛으로 이야기를 주고받았다.

청량리 굴다리 밑, 주말에만 출몰하는 점쟁이. 백발의 점쟁이를 찾아라. 이런 식의 대화가 눈빛으로 오갔다. 강남 정·재계 사모들보다 먼저 점쟁이를 찾아낸 것은 바로 호텔 직원이었다.

* * *

호텔 직원 선규는 호기심이 많은 사람이었다. 선규는 자신의 앞날을 알고 싶었다. 호텔리어의 꿈을 품고 호텔경영학과를 졸업해 호텔에서 일하고는 있지만, 정말 하고 싶은 일은 따로 있었다. 바로 글을 쓰는 일이었다. 당장 호구지책이 중요하니 호텔리어를 그만둘 수도 없었다.

호텔에서 강남 정·재계 사모들 모임을 통해 청량리 굴다리 밑 점쟁이 이야기를 듣는 순간 그를 찾아가야겠다고 마음먹은 것도 다 그 때문이었다.

자신이 글쟁이로서 무언가를 해낼 수 있는지 알고 싶은 마음이 첫 번째였고, 두 번째로는 호텔리어로서 계속 일을 할 것인지에 대한 고민이었다.

주말 겨울비가 조금씩 내리고 있었기에 거리가 한산하니, 굴다리 밑으로 가더라도 점쟁이를 만나지 못할까 걱정했지만, '점 봐 드립니다'라고 적힌 간결한 문구와 함께 백발의 사내를 만날 수 있었다.

"저, 점을 보러 왔습니다만⋯⋯."

점쟁이는 힐끔 선규의 얼굴을 보더니 "사람 잘못 찾아왔수다"라고 대답하고는 고개를 돌렸다.

"선생님, 저는 글이 쓰고 싶습니다."

선규는 점쟁이가 듣든 말든 자신의 이야기를 털어놓았다. 가난과 부모의 이혼은 선규에게 찾아온 가장 큰 불행이었다. 불행은 선규의 인생을 잡고 흔들었다. 넉넉하지 않은 형편이었지만, 아버지의 주식 투자가 실패하면서 부모는 완전히 갈라섰다. 어머니는 열심히 살았지만, 두 자식을 책임지기엔 버거운 사람이었다. 그런 사람 밑에서 선규는 의대에 가야 한다, 법대에 가야 한다는 식의 말을 들었는데, 고등학교 등록금 낼 돈조차 없어 유일하게 3년 동안 장학금을 주고 비싼 교복까지 지원해 준다는 상고를 선택해야만 했다. 어머니의 부담을 조금이라도 덜어주기 위해 상고에 가서 부단히 공부했다. 때마침 호텔리어를 다룬 드라마가 흥행하고 있었고, 선규는 호텔경영학과에 가야겠다고 마음을 먹었다. 선규는 긴장했던 수능 시험에서 안정적인 점수를 낼 수 있었고, 서울에 있는 한 대학교의 호텔관광경영학부 입학에 성공했다. 그렇게 호텔리어를 꿈꾸며 살았는데…….

대학 생활을 하면서도 맞지 않는 것들이 많았다. 죽어라 아르바이트하여 대학을 다녔지만, 선규에게는 마음속 깊은 곳에 자신만의 창작물을 만들고 싶다는 욕망이 존재했다. 고객들이 쌍욕을 하는 순간에도 웃으며 대응해야 하는 감정 노동자. 그것이 지금 선규가 불편한 옷을 입고 있는 현실이었다. 인간에 관한 심연과 마주할수록 인간 자체를 다룬 글을 쓰고 싶다는 생각이 간절해졌다. 글을 쓰고 싶다면서 나열한 선규의 이야기는 점쟁이의 마음을 움직인 듯했다.

"나는 태랑이라고 하네."

"예, 선생님. 얼마를 드리면 점을 볼 수 있습니까."

"이봐, 젊은이. 그깟 돈으로 내가 움직일 사람 같아 보이는가?"

선규는 당황했다. 강남 정·재계 사모들의 입에서 오백이니 몇천이니 하는 단위를 들었기에 큰마음을 먹고 온 터였다. 그러나 돈으로 움직이지 않는다는 이야기에 선규는 자신이 어떤 선택을 해야 할지 갈피를 잡지 못했다.

"그럼 얼마를 드려야?"

"얼마를 주긴. 자네 딱 보아하니 인생 초년이 자갈밭이었구먼."

태랑의 말에 선규는 마음이 울리는 것을 느꼈다. 이 사람이라면 자신의 알 수 없는 미래를 정확히 짚어낼 수도 있다는 확신이 들었다.

"자갈밭에서 자갈을 골라내고 그 밭을 제대로 된 농작지로 만드는 과정에 들어가 있으니 말일세. 그런데 왜 또 자갈이 깔린 길로 걸어가려고 하는 것인가? 글을 쓰지 않더라도 생계는 지금으로도 충분할 것 같은데 말이지."

태랑의 말에 선규는 우물쭈물했다. 뭐라고 대답해야 할지 머릿속에서 답이 뒤엉킨 상태였다.

"네 선생님 말씀이 맞습니다만, 저는 글이 너무나도 쓰고 싶습니다. 자갈밭이라 하더라도 꼭 도전해보고 싶습니다. 인간 본연에 대한 깊이 있는 이야기를 다루고 싶습니다."

"흐음, 어디 보자. 자네의 뿌리는 자갈밭에서도 단단하게 박힌 상태이니, 웬만한 풍파는 자네를 흔들지 못할 걸세. 그런데 말이야. 꼭 글을 선택해야겠나? 마지막으로 묻는 것일세."

태랑의 물음에 선규는 당차게 고개를 끄덕였다. 다른 것도 아닌 글이어야 했다. 다른 수단은 필요 없었다. 결과에 상관없이 자신의 못다 한 욕구를 채울 수 있는 유일한 방법, 그것은 글이었다. 한두 문장밖에 끼적이지 못하는 날에도 글은 그를 그에게 행복을 가져다줬다.

"선생님, 저는 글밖에는 생각해 본 적이 없습니다. 글을 쓸 때면 많이 쓰지 않는다 하더라도, 저 자신이 평온해지는 것을 느낍니다. 인간 본연에 대한 탐구, 인간이 가진 자아실현에 대한 욕구……. 그리고 가장 큰 이유는 제가 성장하면서 겪은 상실에 대한 글을 쓰고 싶다는 것입니다."

선규의 고백을 가만히 듣고 있던 태랑은 그의 얼굴을 물끄러미 바라 봤다. 진솔한 이야기가 더해져서 그런 것일지 몰라도, 지금의 얼굴 그대 로라면, 그리고 팔자의 태어난 시간[時]이 문창 귀인에 학문의 기운으로 솟아올라 있는 만큼, 그는 미래 가능성이 많은 글쟁이였다.

"좋아! 쓰게. 하지만 당장 일을 그만두지는 말게. 그건 자네에게 독이 되니까. 그러나 한 가지 명심할 것은 연정 소설이나 애정 소설은 절대 쓰 지 말게."

"선생님 그럼?"

"자네가 상실에 대한 소설을 쓰고 싶다고 했는데 그건 좋고, 더하여 역사 속 사건을 파헤치는 스릴러 소설을 써 보게. 그리고 부가 먼저 찾아 오지는 않을 것이야."

태랑의 말에 선규는 확신이 섰다. 자신이 바라는 건 부가 아니었다. 명 예였다. 작가로서 얻을 수 있는 최고의 영예는 바로 명예니까. 머릿속으 로 학창 시절 도서관에 홀로 앉아 읽던 수많은 작가가 스쳐갔다. 어니스 트 헤밍웨이, 프란츠 카프카, 도스토옙스키, 톨스토이, 알베르 카뮈……. 그들 중에는 도박 빚 때문에 글을 '팔기' 위해 쓰던 사람도 있었고, 공무 원으로 일하며 밤을 쪼개면서 글을 쓰던 이도 있었다. 자살로 생을 마감 하긴 했으나, 종군 기자로서 본 현장을 담아온 이도 있었고, 신랄하게 인 간상을 비판한 글로 노벨문학상을 사후에 수상한 작가도 있었다. 선규가 바라는 것은 신춘문예를 통해 등단해 인간의 내면을 처절할 정도로 잘 그려냈다는 평가를 받는 것이었다.

"때로는 인간 세상에 흔들리는 날도 올 것이네. 하지만 한 가지 조언해 주자면, 자네는 명예를 얻기까지는 한동안 고독한 삶을 살게 될 걸세, 현재 운으로 다른 이와 섞이기에는 너무나도 상성이 달라. 세상을 널리보게. 그렇게 하면 자네의 앞날은 달라질 것이야. 알겠나?"

태랑의 말을 들은 선규는 지갑에서 돈을 꺼냈다. 점쟁이에겐 몇 푼에 불과한 돈이라 하더라도 값을 지불해야 했다. 그러나 태랑은 돈을 선규쪽으로 다시 밀었다.

"내가 봐준 것에 대해서는 함구하게. 그리고 그냥 자네가 원하는 길을향해 앞으로 나아가도록 하게나. 그것을 만들어 가는 건 자네 몫이니. 아그리고."

선규는 태랑의 입에서 어떤 말이 나올지 궁금했기에 고개를 끄덕였다.

"자, 미래 유명 작가를 위한 선물이네, 자네 사주가 마른 자갈이니 이를 극복할 기운의 필명이네, 광해(廣海). 이것을 필명으로 쓰게. 그럼 꽃이 피고 열매가 열릴 것이네."

선규는 필명을 받아 들고 꾸벅 큰절을 올렸다. 바다만이 자신을 품을수 있다는 말을 머릿속에 새기며 그 필명만이 자신의 삶을 바꿀 수 있으리라는 생각이 들었다.

'오직 그것만이……..'

선규의 생각은 거기까지였다.

철호가 그를 다시 만난 곳은 어느 서점의 베스트셀러 코너였다. 여느 때와 다름없이 베스트셀러 코너를 찾았던 철호는 낯익은 얼굴과 작가 광해라는 이름으로 해외 유명 SF상을 수상했다는 소식과 함께 그의 얼굴이 들어간 띠지를 발견했다.

'아니, 이 친구는……. 그때 찾아온 글이 그토록 쓰고 싶다던 그 친구 아닌가?'

철호는 자신이 내다보는 미래 역시 한 치 앞을 내다볼 수 없는 미래임을 다시 한번 깨달았다. 자신이 본 것은 극히 일부임을, 인생을 살아가는 데 있어서 비좁은 세계라는 것을 알 수 있었다.

* * *

나이 마흔넷에 정교수가 되었다. 정교수가 되었음에도 철호는 바빴다. 그는 해야 할 공부가 아직도 숱하게 남았음을 알 수 있었다. 특히, 연변대학교에서 주최하는 학술대회에 총장과 함께 참석하게 된 철호는 몇날 며칠 밤을 새워야 했다. 그렇게 준비한 자료를 들고 총장과 비행기에 올랐다.

학술대회를 무사히 마치고 모두 준비된 연회장으로 가서 저녁 식사를 마치고 별도로 귀빈들의 술자리가 마련되어 있었다. 연변대학교 총장과 교수 서너 명과 외부에서 온 연변시장과 검찰국장도 초대가 되어 있었다. 술이 거나하게 되자, 노래로 흥을 돋우고 분위기가 좋았다. 그런데 철호가 예리한 눈과 역술에 정통하다는 이야기는 학계를 통해 암암리에 퍼져 있었다. 술이 거나하게 된 검찰국장은 그 이야기를 들었는지 큰소리로 철호에게 물었다.

"거 교수 양반! 당신이 유명하다는 말을 들었는데, 내 몇 형제일 것 같소?"

거만한 자세였다. 철호는 당황스러웠다. 주변의 귀빈들도 검찰국장의 거칠고 무례한 행동에 분위기가 갑자기 싸늘하게 얼어붙었다. 모두 흥을 멈추고 숨을 죽였다. 그리고 모든 시선은 철호에게 향했다.

"흐음……."

철호는 잠시 생각에 잠겨 있다가 말을 이었다.

"제 생각에 오 남매인데 한두 명은 죽거나 불구자가 있을 것 같습니다."

그러자 검찰국장의 자세와 표정이 싹 바뀌었다. 그걸 어떻게 알았냐고 묻는 듯한 얼굴이었다. 눈을 크게 뜨며 바라보더니, 꼬았던 다리를 풀고, 몸을 바짝 앞으로 당기며 그가 말했다.

"허, 참. 실제 내 형제 중 맏형 하나가 죽었고 여동생 하나는 소아마비입니다. 아이고 교수님 놀랍습니다."

주변 사람들의 굳었던 얼굴이 모두 환해지고 놀라는 분위기다.

"하하, 과연 비범하시고 예리한 눈을 가진 분 답습니다. 자, 제가 한잔 올리겠습니다."

철호는 건네는 술잔을 피하지 않았다. 옆자리에 앉아 있던 총장은 철호가 자랑스러운 듯 어깨를 두어 번 두드렸다. 철호는 그날 술자리가 끝날 때까지 빠져나올 수 없었다.

연변대학교 일정이 다 끝난 철호는 하루 시간이 있어서 관광도 할 겸 투먼시에 있는 신 선생이라는 유명한 역술인을 찾아갔다. 그에게 배우고 싶은 게 있어서였다. 그러나 그는 이미 세상을 떠났다는 이야기만을 접할 수 있었다.

'그래, 그렇다면 대만에 계시는 양상윤 선생과 일본의 경슈레이 선생을 찾아가 보자.'

이미 많은 것을 공부해 온 입장이지만, 철호는 배움의 끈을 놓지 않았다. 인간의 운명이 과연 어디까지 영향을 미칠지 알고 싶기 때문이었다. 연변에서 돌아오는 비행기 안에서 총장이 물었다.

"최 교수, 어저께 검찰국장 형제 맞힌 거요. 그걸 어떻게 알았는지 너무나 충격이고 궁금해서 나는 어젯밤 잠을 설쳤네요?"

"아, 예, 그가 질문을 할 때 오른손 주먹으로 왼손바닥을 툭툭 두 번 무의미하게 치더라구요. 다섯 손가락이니 오 남매요, 두 번 쳤으니 죽거나 불구자가 두 명 있을 것이라 했는데, 그게 우연히 맞아떨어진 겁니다."

"아하, 그거 기가 막히는군요. 최 교수가 다시 보이네요. 하하."

한국으로 돌아온 지 얼마 지나지 않아 철호는 '똑똑' 자신의 연구실 문을 두드리는 소리를 들었다. 과제 때문에 찾아온 학생이겠거니 싶어서 "들어오세요"라고 말을 했는데, 이게 웬걸. 교수들이 대거 들어와 있었다. 모두 상기된 얼굴이었다.

"아니, 교수님들이 웬일로?"

"우리는 최 교수님이 총장님과 연변대학교 세미나 갔을 때 있었던 이야기를 다 들었습니다. 대단하셨다고요. 다름이 아니라, 이번 대선이 치열하다지요. 누가 대통령이 될 거라고 생각하십니까?"

이미 그 질문에 대한 답은 머릿속에 들어 있었다. 철호는 자신이 짐작한 대로 이야기를 할까 고민했다. 자신의 질문이 정치적인 색을 더한 것으로 들리면 어쩌나 하는 걱정이었다.

"저희는 어디에서도 입 밖으로 꺼내지 않겠습니다. 다만 최 교수님의 생각이 궁금합니다."

"그렇다면 어디에도 말씀하시지 않는다는 전제하에 이야기하겠습니다. 국민들은 입지적인 경제 대통령을 원할 것입니다. 앞서 젊고 패기 있는 사람이 대통령이 되었으니, 이제 국민들이 바라는 것은 경제적으로 나라를 견인할 인물을 원할 것입니다."

"설마, 이명환 후보를 말하는 것으로 보면 될까요?"

그 말에 철호는 대답했다.

"글쎄요. 해석하는 사람에 따라 다르지 않겠습니까?"

그렇게 시간이 흐르고 2008년 2월 25일. 이명환 대통령의 취임식이 진행됐다. 철호는 큰스님의 가르침에 따라 가급적 현실정치와는 정치와 거리를 두고 살아가려 노력했다. 동창이나 선후배 정치인들이 많지만, 항상 가까이하지 않았고 의례적인 인사뿐이었다.

* * *

산에도 들에도 교정에도 봄이 강림하여 세상을 눈부신 초록으로 눈물 들이기 시작했다. 철호는 초롱초롱한 학생들의 눈을 바라보며 강의 중이었다.

"오늘은 '장자의 도가사상과 자연'에 대하여 설명하겠습니다. 장자는 중국 도가사상의 대표적인 철학자로서 노자와 함께 도가사상을 정립한 인물입니다. 그는 세속적인 규범이나 인위적인 제약 같은 것에서 벗어나 오직 자연과 함께 조화를 이루는 삶을 추구했어요. 특히 '무위자연(無爲自然)'이라는 개념을 통해서 인간이 본성에 따른 삶을 살아야 한다는 것을 설파했는데요. 일단, 여기서 나는 두 가지를 생각해 볼 점이라고 본답니다. 첫째가 자연과 함께 조화를 이루는 삶을 추구한다는 점, 둘째 인간이 본성에 따라 살아야 한다는 것입니다."

그때였다. 첫째 동생 성호에게서 온 전화가 계속 울리고 있다. 잠시 전화를 들고 강의실 밖으로 나왔다.

"형님, 아버지가 방금 돌아가셨어요."

철호의 가슴은 덜컹 내려앉았다. 순간 부모님께 장남인 자신이 잘못하였음을 후회하게 된다.

"그래, 성호야. 형이 금방 내려갈 테니 어머니와 동생들 잘 챙기고 있어라."

아버지는 학교 퇴직 전부터 신장염 등 여러 질병에 시달리셨다. 철호는 바로 부친상으로 인한 휴강을 학교 측에 알리고 아내, 두 자녀와 함께 공주로 내려갔다. 장례식장에 동생들이 먼저 와 있었다.

　"아버지, 불효자 철호가 왔습니다. 아버지의 임종을 지키지 못한 이 불효를 어찌하면 좋을지요?"

　철호가 아버지 영전에 절을 올리고, 두 무릎 꿇고 눈물을 쏟아내자, 동생 성호가 그를 일으켜 세웠다. 철호는 슬픔을 억누르며, 성호의 두 손을 맞잡았다.

　"미안하다, 아우야."

　"미안은요? 아버지는 큰아들 얼굴 보지 못하는 것을 끝내 아쉬워하셨지만, 그래도 편히 가셨어요."

　"하루만 더 일찍 왔더라면……."

　"큰형님, 아버지가 형님께 남기신 말씀이 있습니다."

　둘째 동생이 무거운 목소리로 이야기를 꺼냈다.

　그 말에 슬픔으로 정신이 어지러웠던 철호는 정신을 집중했다.

　"그래, 아버지께서는 무슨 말씀을 남기셨니?"

　"형님께 행여 정치 같은 곳은 쳐다보지 말고 학자로만 살라고 하셨어요."

　입관식을 할 때 고요하게 잠든 아버지를 보며, 그제야 철호의 눈에서 억눌렀던 눈물이 하염없이 흘러내렸다.

　'아버지, 아버지의 바람대로 살아가겠습니다.'

그렇게 사흘장을 치르고 삼우제까지 지낸 뒤에야 철호는 가족들과 함께 서울로 올라왔다. 마음이 헛헛했지만, 수많은 사람이 오가며 돌아가신 아버지의 인품을 칭찬하고, 추억했던 것을 떠올리며 철호는 아버지와 어머니, 큰스님의 바람대로 끝까지 공부하고 교육자로 살아가겠다고 마음을 다잡았다.

한동안 철호는 아버지를 떠나보낸 상주가 되어 청량리에는 나갈 생각을 하지 않았다. 큰스님이 계시던 호계사에서 가족들이 모여 49재를 지내고 올라와서야 다시 태랑으로 돌아갈 결심을 하였다.

묘하게도 큰일을 치르고 나서 마음을 추스른 철호가 위로받는 방법은 '태랑'이 되었을 때였다. 철호는 태랑으로 변신하면 삶의 무거움을 벗어나는 기분이었다. 주말이 되어 여느 날과 다를 바 없이 청량리 굴다리 밑에 앉아 있었다.

얼마 후 검은 고급 세단이 그가 앉은 청량리 굴다리 옆 주택가에 멈췄다. 재계 서열이 열 손가락쯤 되는 국내 한 그룹의 회장이 걸어왔다.

'저 사람은……'

태랑은 머릿속으로 생각했다. 국내 굴지의 건설사 및 운송회사와 유통사를 거느린 K그룹의 회장이었다.

"혹시 태랑 선생 되십니까?"

"그렇습니다."

"제가 급히 결정할 일이 있어서 이리 직접 찾아오게 되었습니다."

"그래 무슨 고민입니까?"

"다름 아니라, 회사를 하나 인수하려고 합니다."

태랑은 회장의 태어난 생시를 물었다. 그리고 그의 팔자와 얼굴을 들여다본 후 곧바로 풀이에 나섰다.

'이런……. 천기가 다하여 다른 회사를 인수하는 것은 집 앞마당에 큰 바윗돌을 가져다 놓는 형상이로구나.'

태랑은 잠시 고민하다 입을 열었다.

"그냥 솔직히 말해드리겠습니다. 인수는 절대 안 됩니다. 그 회사를 인수하는 것은, 회장님의 운으로 볼 때 새싹 위에 돌을 얹어 놓는 것과 같습니다. 향후 손재를 입게 됩니다."

"크흠. 절대로 안 된다는 건가요?"

"결정은 회장님이 하시겠지만, 저를 찾아오신 것은, 제 답을 듣고 싶어서이실 테니 솔직히 말씀드린 겁니다."

회장은 애써 웃으며 뒤에 서 있는 비서를 쳐다봤다. 비서가 다가오더니 점에 대한 대가라며 봉투를 내밀었다. 하지만 철호는 받고 싶지 않았다.

얼마 지나지 않아 뉴스를 보던 철호는 자신을 찾아왔던 K그룹 회장이 어느 중견 기업을 인수했다는 소식을 접했다. 이로 인해 투자자들이 불확실성이 커졌다는 이유로 자금을 회수하기 시작했다는 이야기까지 덧붙여졌다.

"쯧……."

철호는 혀를 찼다. 분명 화를 불러일으킬 것이다.

아니나 다를까? 몇 해가 지나자, K그룹은 엄청난 은행 이자를 감당하기 어려운 데다가 영업손실까지 지속되자 결국 계속 돌아오는 어음을 막지 못하였다. 채권자의 요구로 회장은 사퇴하고, 그룹은 해체되어 매각되었다는 뉴스가 방송되었다. 철호는 만감이 교차하는 마음으로 서재로 향했다.

나중에 들은 얘기지만 K그룹 회장은 비서를 시켜 여러 점쟁이에게 기업 인수의 성공 여부를 물어봤다고 한다. 그중에 어느 무속인과 역술인들이 인수하면 대박 난다고 했다고 한다. 아무래도 비서들의 말을 반신반의했던 회장이 이를 직접 확인하고자 철호를 찾아왔던 모양이었다. 그때 철호는 태랑의 입으로 분명히 말했었다. 인수는 절대 안 된다고, 그리고 결정은 본인이 하는 거라고.

* * *

또 세월은 몇 해가 흘렀다. 교수들은 가을학기가 개강하자마자 철호의 연구실에 찾아와 또 호들갑을 떨었다.

"최 교수님. 이번 대통령은 또 누가 될 것이라고 봅니까?"

철호는 동료 교수들의 저리 하는 모습이 차라리 귀엽다는 생각이 들었다.

"1984년부터 음의 시대인 하원갑자 시대로 진입하였기에 세계적으로 여성의 인권이 상승하고 사회활동이 왕성해졌습니다. 미국에서는 이미 흑인 대통령이 탄생하지 않았겠습니까?"

"그렇죠. 설마 그 말씀은 여성 대통령이 탄생한다는 이야기입니까?"

"아마도 여성 대통령이 당선될 것입니다."

"박정혜 의원의 이야기인데요, 이것은."

"다만 그 여성 대통령 후보가 당선된다면 한 가지 걱정은 있답니다. 전에 턱에 면도칼 테러를 당했습니다. 턱은 말년 운이자 부하 운입니다. 자칫 임기 후반부에 부하와 주변 인물들로 인해 고난을 겪게 될 겁니다. 허허, 자자~ 이제 수업 들어가야 합니다."

그런 말을 한 지 얼마 지나지 않은 2013년 2월, 박정혜는 대통령으로 당선되었고 취임하였다. 그러나 운의 흐름은 그녀가 대통령 자리에 오른 지 얼마 지나지 않아 바뀌기 시작했다. 때는 바야흐로 2016년이었다. 대운이 바뀌고 있는 형상이었다. 한 방송국에서 국정농단 사태에 대해 보도를 한 뒤로 대한민국이 요동쳤다. 국민들은 촛불을 들고 길거리로 나섰다. 그가 가르치는 학생들 역시 대자보를 붙이거나, 자신만의 의견을 표출하고, 때로는 수업에 불참하기도 했다.

철학과 교수들 역시 한 나라의 대통령이 나라를 망치는 꼴을 볼 수 없다며 시위에 동참하는 공식 입장문이라도 내야 하는 것이 아니겠냐는 의견을 냈다. 하지만 철호는 젊었을 적 섣불리 대자보를 썼다가 고문 끝에 겉으로는 자진 휴학이었지만, 반강제로 휴학하고 군에 끌려갔던 자신의 상황이 떠올라 망설여졌다. 그런 철호의 과거를 제대로 알 리 없는 교수들은 시국선언을 내야 한다며 철호를 몰아붙였다.

"최 교수님. 아무래도 참여하시는 게 좋을 텐데요. 나라의 흐름이 그렇습니다. 우리 같은 지식층이 공식적으로 입장을 내야 한다고 말하고 있어요. 우리가 이렇게 어물쩍거리고 있다가는, 학계를 바라보는 시각이 오히려 부정적인 영향을 끼칠 수밖에 없어요. 엘리트 집단이 일반 국민들보다 느릿한 행보를 보여서야 되겠습니까? 최 교수님께서도 이번 일이 쉬이 잠잠해지지 않으리라는 생각이시지 않습니까?"

철호는 자신이 내다본 최초의 여성 대통령은 국민들의 힘으로 탄핵당할 위기에 처할 거라는 앞날을 예측했었다. 대통령은 탄핵당하고 말 것이다. 철호는 입 밖으로 섣불리 말을 꺼내지 않았다. 국민들의 화는 진실이 밝혀질수록 더욱더 거세질 것이고, 결국 헌법재판소에서는 국민들의 손을 들어줄 것이다.

이후 권력을 잡을 수 있는 자도 예측할 수 있었다. 국민들은 박정혜 정권의 남은 흔적을 지우기 위해 최대한 진보적인 후보를 택할 것이다. 표면적으로는 진보적이지만, 해외에서는 중도 보수로 평가를 받는 인물을 택하게 되리라.

현재 사회의 엘리트층이라 불리는 이들 중에서 80년대에 학생 운동에 참여하지 않았던 사람은 없었다. 일명 운동권 출신이라 불렸다. 철호는 고민에 잠겼다. 그런 그의 고민을 멈추게 한 것은 다른 교수의 말이었다.

"최 교수님. 교수님이 겪었던 일을 압니다. 제가 비록 모든 일을 다 알진 못하더라도요. 철학을 가르치는 사람이, 철학적 사고에 의한 확실한 입장을 내비쳐야 할 것 아니겠습니까? 그러니 최 교수님께서 어떤 선택을 하시더라도 저희는……."

"시국선언, 참여하겠습니다."

여러 교수의 입장을 고루 수렴한 철호는 더는 망설임 없이 이야기했다. 오히려 지금이 기회일 수도 있었다. 자신이 기회주의자라고는 생각하지 않았지만, 과거의 전적 때문에 이전 정부에서도 블랙리스트에 올랐던 바 있었다. 그랬기에 오히려 지금을 놓치면 안 된다는 생각이 스쳤다. 만약 지금 시류를 읽지 못하고 입장을 내비치지 않는다면, 정권의 개와 똑같은 인간이 될 것이다. 그런 존재로 학생들 앞에 서고 싶지 않았다. 비겁한 사람이 되고 싶지 않은 것이 그의 생각이었다. 권력의 흐름을 알고 있는 이상 숨는 것보다 당당히 나서고 앞으로 향하는 것이 옳았다.

"그런데 최 교수님, 이건 여담입니다만 한 가지 여쭤봐도 될까요?"

철호는 다른 교수가 무엇을 물을지 이미 예상하고 있었다.

"헌법재판소는 국민의 손을 들 것입니다. 그건 예정된 순서입니다. 그러니 큰 걱정은 하지 않는 게 좋습니다. 우리의 시국선언은 국민들의 손길에 작은 도움이 될 뿐이겠지요."

그의 말에 다른 교수들의 눈빛이 변했다. 미적지근한 온도를 보였던 교수들 역시 철호의 말에 힘을 입은 듯 전국 철학과 교수들과 접촉해 최대한 많은 인원을 모아서 시국선언을 내는 것이 좋지 않겠냐는 의견을 제안하기도 했다.

"다만 국민은 언젠가는 다시 어리석은 선택을 하기도 할 것입니다. 국운이 기울고 있어요."

"최 교수님 그 말은?"

"알고 보면, 예수도 민중이 죽였고, 소크라테스도 어리석은 민중이 죽였잖습니까? 그러니 지식층이나 정치하는 지도자들이 함부로 국민들을 선동해서는 안 된다는 의미입니다. 허허."

"아 네, 최 교수님의 말씀이 무슨 의미인지 알 것 같습니다."

철호가 할 수 있는 말은 여기까지였다. 큰스님에게 배운 국운 보는 법으로 비추어 볼 때 국운은 잠시 상승했다가 한동안 완만하게 추락하는 형상이었다. 조선 왕조 오백 년의 역사는 대한민국에서 불가할 수도 있는 일이라는 생각이 들었다. 대한민국은 끝없이 자칫 위태로운 촛불과 같았다. 철호는 나라의 운이 기울 때마다 걱정스러운 마음을 금할 수가 없었다.

"저는 다음 수업이 있어서 이만 일어나 보겠습니다."

철호는 자리에서 먼저 일어났다. 수업에 슬슬 들어가야 할 시각이었다. 최근 들어 많은 학생이 대자보를 쓰느라, 혹은 학생 집회에 나가느라 낮 수업임에도 들어오지 않는 일이 잦았다. 철호는 눈치껏 그런 학생들의 출석을 눈감아 주기도 했다. 오늘 수업에는 몇 명이 들어오려나 생각하며 인문대 건물이 있는 곳으로 걸어가는 철호에게 "안녕하세요, 교수님!"이라는 우렁찬 소리로 인사를 건넨 것은 지금 수업이 시작될 강의실에 있어야 할 학생들이었다.

"교수님, 죄송합니다. 대학생 집회 모임이 있어서 광화문으로 가기로 했습니다. 광화문에서 대학생들이 단체로 모여서 저녁 때 집회를 하는데, 그전에 연설 같은 것도 한다고 해서 저희 역시 참석하기로 했습니다."

학생 세 명 중 한 명이 결의에 찬 눈빛으로 이야기했다. 그 눈빛을 본 철호는 고개를 끄덕였다.

"부디 몸조심하고, 어디 다치지 말고, 혹여라도 최루액을 뿌리거든……."

"그럴까 봐 마스크랑 다 챙겨갑니다, 교수님. 수업에 출석하지 못해서 정말 죄송합니다."

자신의 스무 살 언저리 때보다 더 의젓해 보이는 학생의 모습에 철호는 감탄했다. 저 청년은 나중에 정치권에서 크게 권력을 잡을 것이다. 처음에는 소규모 당으로 입당해서, 차차 정치 쪽에서 이름을 널리 알리게 될 것이라는 게 읽혔다. 옆에 있던 다른 두 명과는 다른 운이 대표로 이야기를 꺼내던 학생에게서 나타났다. 젊은 정치인으로 시작해 나라의 흥망성쇠를 함께 하게 될 인물. 조의현. 철호는 학생의 이름 세 글자를 머릿속으로 다시 한번 떠올렸다.

'과연 이 나라가 그때까지 유지될는지 모르겠지만, 나라에서 큰 역할을 할 인물이 제자 중에서 나오겠구나.'

그런 생각을 하며 철호는 바쁜 걸음으로 강의실로 향했다. 다행히 강의실에는 세 명을 제외한 나머지 학생 모두 자리에 앉아 있었다. 철호가 가르치는 동양 철학 수업은 전공 필수 과목이었기에 학생들이 긴장한 얼굴로 그에게 시선을 모았다.

"자, 지난번에는 어디까지 했었지요? 바로 장자까지 했습니다. 리포트 준비는 잘되어 가고 있습니까? 노자와 장자와의 학문을 이루는 공통점과 다른 점에 대하여 자유롭게 정리하여 리포트를 쓰라고 했습니다만……. 분량은 A4로 7장 이상이어야 하며, 글꼴은 기본 그대로, 줄 간격은 180%로 해서 쓰라고 했지요. 글자 크기는 11포인트. 논문 양식처럼 목차를 만들고 참고문헌을 붙이며 써 보라고 이야기를 했던 기억이 납니다. 다들 주제는 정했습니까?"

그러나 어느 학생도 입을 열지 않았다. 철호는 자신의 대학생 시절이 떠올라 엷은 미소를 띤 채 이야기했다.

"처음은 어려울 겁니다. 처음부터 쉬운 리포트라는 것은 없어요. 그래도 천천히 시도해 보세요. 목차는 간략하게 들어가도 됩니다만, 졸업 논문을 쓰기 위한 절차를 밟아 나가는 것이라고 생각하셔도 좋습니다. 혹시 어려운 것이 있다면 얼마든지 연구실로 찾아오세요."

그때 한 학생이 손을 번쩍 들었다.

"교수님. 리포트와는 무관한 질문입니다. 해도 될까요?"

"무엇입니까?"

"왜 우리 학교에서는 교수님들의 시국선언이 발표되지 않고 있나요? 지금 다른 학교 철학과의 경우, 시국선언이 발표되고 있어요. 벌써 발표된 대학만 하더라도……."

"그건 차차 알게 될 겁니다. 수업과 무관한 이야기는 연구실에서 따로 질문을 받도록 하겠습니다. 조금 전 질문을 한 학생의 이름이 한아름 맞지요?"

"네, 맞습니다."

이 학생에게서도 남다른 기운이 흘렀다.

"한아름 학생에게 묻겠습니다. 꿈이 무엇입니까?"

"저는……. 사회부 기자가 되는 것이 꿈입니다."

학생의 얼굴을 찬찬히 훑었다. 철호는 자신보다 새파랗게 어린 학생의 얼굴에서 호랑이와 같은 기운을 읽을 수 있었다. 단순히 사회부 기자가 되는 것이 아니라, 사회 전반을 뒤흔들 기운이 가득 흐르고 있었다. 인상 깊은 얼굴이었다. 장차 사회적으로 큰 영향을 미치게 될 인물들이 제자로 자신을 스쳐 간다는 것만으로도 철호는 남다른 기분이 들었다.

"수업 시작하도록 하죠. 앞날에 관한 이야기는 차차 하기로 합시다."

오늘은 노자의 사상에 대한 수업이 시작되었다.

"노자는 도교 경전, '도덕경'의 집필자로 알려져 있습니다. 도덕경을 통해 볼 때, 노장사상의 핵심은 역시 장자와 같이 무위자연(無僞自然)에 있으며, 그것은 도(道)라는 개념으로 집약된다는 것입니다. 여기서 '무위'는 우주론적 정향을 지향하는 것입니다. 즉 부자연스런 행위를 일절 하지 않는 것을 의미하는 것이지요. 무위자연의 좀 더 구체적인 의미는 '사실 자체의 바탕 위에서 떠나지 말라'는 것이 됩니다. 사실 자체란 노자에게 있어서는 자연이요, 도(道)요, 기(氣)요, 변화라는 게 핵심입니다."

몇몇 학생은 앞자리에 앉아 있음에도 꾸벅꾸벅 졸기도 했지만, 철호는 군이 지적하지 않았다. 최근 들어 대학생들이 밤낮을 가리지 않고 대거 집회에 참석하며, 강의 시간에는 조는 경우가 많았다. 교양이든 전공 수업이든 마찬가지였다. 그 때문에 속앓이하는 교수들도 있다는 이야기를 들었다. 철호는 군이 학생들을 건드리지 않는 것이 좋다고 생각했다. 어차피 알아서 할 일이었다.

　　수업을 끝내고 나서 철호는 교정을 걸었다. 곳곳에 대자보를 붙이는 학생들이 보였다. 학생들에게 다가가 기운을 북돋아 주고 싶었지만, 사사로운 감정을 드러낼 수는 없는 일이었다. 철호는 그런 학생들을 물끄러미 쳐다보다가 지독한 냄새를 풍기는 은행나무 열매가 떨어진 길을 걸었다. 가을의 끝자락, 고약한 악취만 아니라면 이보다 아름다운 길이 어디 있을까 생각하는 사이 철호의 구둣발 아래로 굴러들어 온 은행나무 열매 하나가 '또각' 소리를 내며 부서졌다.

　　그 때문이었을까? 터진 은행을 보며, 철호는 초미식당 김 씨의 모습이 자연스럽게 떠올랐다. 최근 들어 김 씨는 항암치료를 시작했다. 그러면서도 내색하지 않고 김 씨는 여전히 가게를 운영하고 있다. 제발 암이 잘 치료되길 바라고 있을 수밖에는 없었다.

　　'가련한 여인이여. 박복한 팔자를 타고 태어나 죽음에 이를 때까지 고생하는 것은 도대체 누가 정한 운명이란 말이더냐?'

　　철호는 요즘 들어 교수직도 그렇고, 청량리로 나가 점을 보는 일도 그렇고, 예전처럼 의욕적이지 않았다. 멈추고 싶단 생각이 머릿속을 스쳤다. 그럼에도 철호는 이제 정년이 저만치 보이기 시작했기에, 여기서 멈출 수는 없었다.

가족들에게 내세울 것도 없었다. 이미 미국으로 유학을 가 있는 큰딸, 그리고 자신의 살길을 알아서 찾아간 아들까지, 가족들 생각을 하지 않을 수는 없는 법이었다. 제아무리 가족과 정을 깊게 붙이지 못하고, 자유로운 생활을 한 채로 삶을 살아오긴 했지만, 그도 나름대로 면피를 내세울 구석이 필요했다. 즉, 아직은 아비로서의 역할이 필요한 것이다. 철호는 그 유일한 방법이 정년퇴직이라는 생각이 들었다.

또각. 다시 한번 은행나무 열매가 발에 밟혔다. 멍하니 걷다 보니 은행나무 열매를 또 밟았다. 이윽고 퍼지는 고약한 냄새, 철호는 자신의 삶마저 이런 고약한 냄새를 풍길까 두려웠다.

* * *

한 대학에서 시작된 시국선언은 이제 전국 각지의 대학교수 시국선언을 이끌어냈으며, 학생들은 거리로 뛰쳐나갔다. 촛불집회는 매주 열렸으며, 철호가 내다본 대로 국운이 기울고 있었다. 철호는 운명 앞에서 무력해질 수밖에 없는 인간에 대해 다시 한번 생각했다.

인간은 과연 어디까지 운명에 휩쓸려야 하는 것인가? 대통령의 딸로 태어나, 아버지의 이름으로 대통령의 자리에 오르기까지 했지만, 결국에는 국정 농단임이 밝혀지며 자리에서 내몰리게 된 대통령. 철호는 헌법재판소의 판결이 있던 날 강의를 휴강할 수밖에 없었다. 학생 모두가 강의에 집중하지 못할 것이 뻔했고, 자신도 자신이 알고 있는 대로 미래가 바뀔지 알고 싶었기 때문이었다. 첫 여성 대통령이었던 박정혜는 재판관 전원일치의 판결로 자리에서 물러나게 되었다.

"최 교수님. 혹시 시국선언에 고민하다 참여를 하겠다고 한 것도 판결 결과를 미리 아셨기 때문인가요?"

동료 교수가 기쁜 얼굴로 연구실에 들어와 다짜고짜 물었다. 철호는 잠시 고민했다. 어떤 대답을 들려줘야 할까. 인간은 정해진 삶 앞에서 무기력해질 수밖에 없다고 이야기해야 할까. 그렇다면 자신의 삶은 어떻게 될 것인가? 철호는 말 한마디 한마디에 신중해야 했다. 자신의 말은 누군가에게는 술자리 농담으로 여겨져 우습게 소비될 수도 있었다. '공신력 있는 대학교의 한 교수가 그런 이야기를 했다더라.' 그런 식으로 자신이 예측한 미래가 알려지길 원치 않았다. 동료 교수의 질문에 철호는 잠시 고민하고는 고개를 저었다.

"그냥 시국에 맞춰 참여한 것뿐이에요. 제가 만약 거기서 이름을 뺐다면, 동료 교수들과 학생들이 저에게 얼마나 실망했겠습니까? 오늘은 그저 국정 농단 사태가 끝난 것에 대해 기쁨을 나누는 날이 되었으면 합니다."

철호는 확실히 선을 그었다. 그가 선을 긋자, 동료 교수는 아쉬운지 입맛을 다시며 물러났다. 철호는 어쩔 수 없다고 생각했다. 자신의 이야기가 길거리 도인의 이야기로 소비되기를 원치 않았으니까. 자신이 알고 있는 미래를 이야기한다고 하면, 지라시를 소비하는 사람들과 무엇이 다르단 말인가. 그렇기에 철호는 하고 싶은 말이 많았지만, 꾹 삼킬 수밖에 없었다. 동료 교수가 아쉬움을 삼킨 채 자신의 연구실로 돌아가자, 철호는 조금 미안한 마음이 들었지만, 운명을 내다보는 자로서 할 일을 했을 뿐이라고 자신을 위로했다. 쓸데없는 소문에 자신의 이름이 얹히는 것도 싫었다.

사실 대권이나 사건이 있을 때마다 자신에게 몰려왔다 가는 동료 교수들은 철호의 입장을 고려해서 행동하겠지만, 한편으로는 그들의 입으로 암암리에 소문이 퍼져나가는 것도 있다는 것을 철호가 모를 리가 없기에 매우 조심스럽게 행동하곤 했다.

철호는 다시 컴퓨터 앞에 앉았다. 뉴스에는 속보로 박정혜 대통령이 파면되었다는 소식이 계속해서 올라오고 있었다. 차기 대통령은 문상인이 될 것이라는 예측까지 전해지는 상황이었다.

"큰스님, 운명이란 진정 무엇이라고 생각하십니까?"

"우주 내 변화무쌍한 에너지 속에서
인간이란 에너지가 삶을 살아가는 길이 운명이니라."

"그렇다면 인간의 미미한 에너지가
거대한 우주의 에너지 변화를 모두 감당할 수 있을까요?"

"철호야, 에너지의 변화로 나타나는 크고 작은 불규칙은
인간의 힘으로 대처할 수 없는 게 있고, 대처할 수 있는 게 있단다."

"그렇다면 인간이 대처할 수 있는 것은 무엇입니까?"

"그것은 소나기가 내릴 것을 예측하여
우산을 준비하는 것 정도를 말하는 것이니라."

5

운명은 나를 믿지 않았다

철호의 예견은 한 번도 어긋난 적이 없었다. 탄핵 심판이 열린 헌법재판소에서 탄핵이 인용된 가운데, 끝내 박정혜는 자리에서 물러났고, 죄의 대가를 치르게 되었다. 그다음으로 국민들이 원하는 인물은 선하지만 강직하고, 곧은 사람이었다.

철호는 홍인표의 관상을 읽었지만, 그가 이성창과 비슷한 결을 가진 인물이라는 것을 부정할 수 없었다. 이성창이 비교적 온화한 성격을 가졌다면, 홍인표는 자신의 고집 머리 때문에 일을 그르칠 것이다. 대통령 후보로 나온다 하더라도, 문상인의 강직함과 굳센 기운을 이기지 못하리라는 생각이 들었다.

TV를 채널을 이리저리 돌려도 각 정당 대권 주자들의 당선 가능성에 대한 설문 조사 결과가 수시로 발표되는 등 선거 관련 방송이 도배하고 있다.

결국 문상인이 당선되어 2017년 5월 10일 17대 대통령으로 취임하는 것을 지켜보며 철호는 여러 가지 감정이 교차했다.

철호는 자신이 알고 있는 미래가 그대로 그려지는 것을 보고는 한동안 참고 있었던 청량리행을 다시금 시작했다. 그러나 한편으로 철호는 자신도 나이가 있는지라 이제 청량리 점쟁이도 막을 내려야 한다고 종종 생각하곤 했다.

도포를 두르고 가발을 꼼꼼하게 뒤집어쓰고 그동안 천천히 길렀던 흰 수염을 드러낸 채 청량리 굴다리 밑에 앉아 있었다. 굴다리 밑에서 철호는 지나가는 이들의 행색을 유심히 살펴봤다.

[점 봐 드립니다]

팻말을 세워 두긴 했으나, 오늘은 누구도 철호에게 관심을 주지 않았다. 철호는 오히려 이편이 편한 것 같다고도 생각했다. 자신이 점 볼 이를 선택할 수 있었으니까. 그때 철호의 눈에 축 처진 어깨로 걸어가는 한 여자가 눈에 들어왔다. 얼굴에 근심이 깊어 보였다. 그것은 단순히 근심 정도가 아니었다. 여자는 생과 사의 경계에 있었다. 자칫하다간 스스로 목숨을 끊을 수 있을 팔자였다. 사기의 검은빛이 드리운 관상만 봐도 알 수 있는 사실이었다.

"이보시오."

태랑이 여자를 불렀다. 그러자 여자는 자신을 부른 것인지 확인하기 위해 뒤를 돌아보았다.

"무료로 봐줄 테니, 혹시 점 볼 생각 없으시오?"

철호는 저 여자에게는 반드시 점을 봐줘야 한다고 생각했다. 그러지 않고서는 죽음으로부터 여자를 꺼낼 수 없으리라는 생각이 들었다. 여자의 삶을 조금이라도 바꿀 수 있는 건 자신밖에 없다는 생각에 철호는 한 번 더 여자에게 물었다.

"대가는 받지 않습니다. 다만, 댁이 나아가야 할 운명에 대해 내가 조금 이야기를 하고자 하는데⋯⋯."

"안 믿어요. 신이 있다면 저를 이런 식으로 만들지 않았을 거니까요."

여자는 등을 돌려 앞으로 걸어가려 했다. 그녀의 발걸음을 멈추게 한 것은 철호의 한마디였다.

철호는 큰스님과 일본 요시모토 선생에게 배워 온 관상법에 따라 그녀의 운명을 읽었다.

"아이를 잃었기 때문에 그렇습니까? 아니면, 가족이 병으로 죽을지도 모른다는 두려움 때문에 그렇습니까?"

그 말에 여자는 우뚝 섰다. 그리고 깜짝 놀라 커진 눈으로 뒤로 돌았다. 여자가 뒤를 돌아본 순간, 철호는 자신이 읽은 그대로의 삶을 여자가 살아오고 있다는 것을 알게 되었다. 그녀에게 줄 수 있는 답은 몇 가지밖에 없었지만, 일단 여자를 죽음으로부터 건져내는 것이 우선이었다. 멀쩡한 삶을 살았어도 부족할 텐데, 여자는 모든 고통으로부터 벗어나지 못하고 있었다. 그것은 한두 마디로 표현하기에는 부족했다.

"어떻게 아셨어요?"

"이리 와서 잠시만 이야기를 듣고 가세요. 내 말이 아주 조금이라도 도움이 될 수도 있을 터이니."

여자는 경계하는 눈빛으로 철호의 앞에 다가와 앉았다.

"내 이름은 태랑이오."

"아, 예."

"태랑 선생이라고 불러주면 되니 편하게 부르시게나. 생년월일시나 알려주게."

"아, 예."

여자는 잔뜩 움츠러든 모습이었다. 그런 그녀의 모습을 보며 철호는 입을 열었다.

"아이를 가지고 싶었으나, 몇 번 유산을 반복했을 팔자이고……, 서방은 떠나고, 그 아픔이 잊히기도 전에 어머니 또한 병마에 시달리고 있지 않습니까?"

"그, 그걸 어떻게 아시지요?"

여자의 목소리는 떨리고 있었다. 여자의 굴곡진 삶이 사주팔자는 물론이요, 얼굴에서부터 손에까지 드러나 있었다. 태랑은 여자의 삶이 안타깝기도 했다. 누군가는 인생 전체를 부와 명예로 거머쥐고 살아가는 반면, 어떤 이는 비참하다 싶을 정도로 살다 생을 마감하게 돼야만 하는 것이 야속하기도 했다. 태랑이 길게 할 수 있는 말은 없었다. 그저 여자의 앞날을 살짝 읽어주는 수밖에. 그것이 아니라면 여자는 스스로 목숨을 끊거나, 병든 가족을 죽이고 자신마저 목숨을 끊게 될 운명에 처해 있었다.

태랑은 잠시 대만의 역술가 양시앙윤 선생의 말을 떠올렸다. 운명이 배배 꼬였을 때는 역술로도 그 무슨 방법이 없다. 유일한 방법은 오직 '모두 버림으로써 다시 얻을 수 있다' 는 말이다.

"모든 것을 내려놓으세요. 당신의 인생에서 가장 소중한 것은 다른 사람이 아니라 당신입니다. 당신의 운명에서 자식을 잡아먹는 살이 태과하여 현재 대운에 유산을 계속하고, 그 기운은 바로 당신을 학대한 어머니란 말이오. 모친을 내가 책임지고 말겠다는 생각은 하지 않는 것이 좋습니다."

"태랑 선생님. 저도 그것을 알고 있긴 합니다만……. 그런데 마음처럼 되지가 않아요. 마음먹은 대로라면 벌써 나를 학대한 어미를 모질게 몇 번이고 버렸을 거예요. 어린 시절 아버지와 이혼하며 나를 학대한 어머니의 모습을 봤는데, 지금까지 책임지는 까닭은 한 여자로서의 삶이 불운하기 때문에, 여자로서 깊은 공감이랄까……."

"그 마음을 버리란 겁니다. 그 마음이 큰 죄악이 되고 있어요. 자신의 운명을 스스로 갉아먹는 일인지도 모르고. 쯧……. 당신이 모친을 품으면 당신은 자식은 얻을 수가 없소."

철호는 혀를 찼다. 여자의 생각을 바꿀 수 없다는 것을 알았다. 바꿀 수는 없지만, 어떻게 해서든 다른 생각을 가지게 할 수 있으리라. 다른 생각을 심어 놓는 것만으로도 성공적이라고 여기며 말을 이었다.

"모든 것이 쉽지 않을 것이라는 걸 잘 알고 있습니다. 그렇게 쉽게 쉽게 해결이 되면 당신 말대로 될 것이지요. 그러나 한 가지 기억해야 할 것이 있습니다. 당신 낳은 당신의 어머니도, 당신을 버린 아버지도, 당신의 곁을 떠나간 남편도, 그 누구도 당신의 삶을 책임지지 않습니다. 당신의 삶을 책임져야 할 것은 당신이라는 이야기예요. 그들도 각자 자기의 삶을 각자가 책임져야 하고. 내가 해 줄 말은 여기까지입니다. 더 긴 이야기를 해 줄 수는 없겠습니다. 모든 선택은 내 몫이 아니라, 운명을 개척하는 자의 몫일지니……."

여자는 깊은 고민에 잠긴 듯 심각한 표정으로 있었다. 매우 진지한 얼굴로 있으면서 하염없이 앉아 있었다. 철호는 여인을 억지로 일으켜 세우기는 싫었다. 그녀 나름대로 고민이 깊으리라는 생각 때문이었다. 그것은 철호 자신이 결정할 수 없는 것이었다.

"선생님, 딱 한 가지만 여쭈어봐도 되겠습니까?"

"예. 그러십시오."

철호는 참담한 운명을 개척할 팔자를 가진 여자의 말에 한마디 정도는 덧붙일 수 있다고 생각했다. 그런 철호의 마음을 읽은 것인지 여자는 고심한 듯 말을 꺼냈다.

"제 삶이 그리 고난의 연속이라면, 제가 기댈 것은 결국 저밖에 없다면, 제가 하지 못한 이야기가 있습니다. 선생님께서 그리 제 운명을 잘 알고 계시니, 이것 역시 읽으셨을 거라는 생각이 듭니다."

철호는 여자가 어떤 질문을 할지 대충 알고 있었다. 진짜 '진로'에 대해서는 이야기해 주지 않았으니 아마도 그것을 궁금해할 터였다. 여자는 다시 말을 이었다.

"저는 오랜 시간 꿈꿔 왔던 것이 있습니다. 바로 미용사가 되는 것이지요. 미용사 공부를 해 보기도 했고, 학원에도 다녀봤어요. 누군가를 아름답게 만들어 줄 때 저는 가장 큰 기쁨을 누려요. 제가 이 일을 직업으로 할 수 있을까요?"

철호가 진심으로 답해 주어야 하는 이야기였다. 지금까지 읽은 것이 여자의 과거와 현재였다면, 이제는 '미래'에 대해 이야기해야 했다. 그것이 자신이 이 자리에 앉은 이유였다. 철호의 머릿속에는 여러 가지 말이 떠올랐지만, 여자에게 해 줄 수 있는 말은 단 하나밖에 없었다.

"바로 그거요. 하고 싶은 것을 하고 거기서 창출되는 경제를 이용하여 내가 행복하게 살아가는 것입니다. 측은지심으로 서로 얽혀 있으면 결과적으로 한 사람이 떠안아야 하니 죽고 싶도록 힘들어집니다. 당장 미용사에 도전하여 아름다움을 창조하고 성취감으로 세상을 살아가야 합니다. 나를 위로하는 것이 때로는 나의 목을 노리는 도구가 되기도 합니다. 단, 한 가지만 명심하세요. 노력이 뒤따르지 않는다면 무엇이든 허무하게 끝난다는 것을."

"아. 무슨 뜻인지 이해했습니다."

그제야 여자는 옅은 미소를 지어 보였다. 여자가 미소를 짓는 것을 본 철호는 그녀가 스스로 깨달음을 얻었다는 것을 알 수 있었다.

여자가 자리에서 일어나 멀어지는 모습을 보며, 철호는 여러 가지 생각에 잠겼다.

'나 자신, 안 해도 되는 길거리 점쟁이 노릇을 해 왔다는 것, 이것이 내

인생의 필요충분조건이었을까를 후일 알게 되겠지……'

오늘 일이 끝났다. 절망 속의 한 사람을 건져낼 수만 있다면, 한 사람의 운명을 아주 조금이라도 다른 방향으로 갈 수 있게 한다면, 그것으로 만족이었다. 자신의 말 한마디가 다른 길을 만들어 내리라.

지나온 과거는 바꾸지 못하더라도 앞날은 조금이라도 바꿀 수 있으리라. 아주 조금의 시도가 조금씩 번져나가 커다란 미래를 바꿔 놓을 것이고, 여자는 비로소 평안을 되찾으리라. 수많은 죽음을 겪으면서도 오롯이 불타오르는 촛대처럼 여자는 그런 삶을 살 것이다. 자신의 운명을 극복할 수 있는 수단을 여자는 알고 있었다. 철호는 자신의 말 몇 마디에 여자는 모든 삶을 이겨내고, 결국에는 스스로 자신의 미래를 열어갈 것이라고 생각했다.

"쩝, 초미식당이나 가봐야겠군. 만식이 그 친구 얼굴을 본 지 오래됐어."

철호가 자리를 접고 막 일어나려는 순간이었다. 웬 할아버지가 "태랑 선생님!"하고 그의 발길을 잡아끌었다. 점을 더 볼 생각이 없었지만, 할아버지의 목소리에는 간절함이 담겨 있었다.

"어르신, 어찌 제 이름을 알고 오셨습니까?"

"나는 서산에서 올라온 박명이라고 하오. 내 사주팔자를 하나 알려 줄 터이니 봐주시오."

그 말에 철호는 할아버지가 일러준 팔자의 천기를 풀이했다. 그러나

이게 웬걸, 살아있는 자의 것이 아니었다.

"어찌하여 죽은 자의 것을 가져오셨습니까?"

그 말에 박명이 무릎을 '탁' 치며 말했다.

"내 죽은 조카의 사주요. 내 서울서 유명한 곳을 찾아다니다 선생의 이름을 듣게 되었소. 조카가 죽은 자라는 것을 알아맞히는 이에게 우리 손주의 이름을 지어 달라고 부탁하려고 왔다오."

"그렇습니까?"

"태랑 선생님께서 우리 손주의 이름을 지어줬으면 해서 이리 왔소. 알음알음 찾아왔지요. 얼마 전 5대 독자 손주가 태어났는데, 꼭 장수하고 자식이 번성할 좋은 이름을 지어줘야 한다오."

철호는 사주팔자에 맞춰 이름 석 자를 한자와 함께 종이에 써드리면서 "아이의 천기는 재물과 관운이 되는 쇠와 물 기운이 부족하여 이름에 보충하였으니 이리 사용하면 문제없을 것입니다."

"아하, 이리도 명쾌한 것을. 내 서울까지 선생님을 찾아오길 정말 잘했다는 생각이오, 정말 고맙수다. 돈은 얼마를 주면 되겠소? 내 서산에서 오는 바람에 많은 돈은 못 드리지만……."

"안 주셔도 됩니다. 손주 녀석의 성정이 몹시 예민한 면이 있으나 지방 공무원쯤 관록을 먹고 살 수 있으니 참고하세요."

철호는 그 말을 끝으로 할아버지에게 꾸벅 인사했다.

"그래도 이거라도 받으시는 게 어떻소? 내 빈손으로 갈 수는 없는 일이외다."

할아버지가 지폐가 든 봉투를 건넸지만, 철호는 그마저 거절했다.

"괜찮습니다, 영감님."

"그렇다면 내가 밥이라도 한 끼 사 줘도 되겠소?"

"아닙니다, 괜찮습니다. 저는 정말 괜찮습니다."

거절 의사를 밝혔음에도, 박명 할아버지는 초미식당까지 철호를 쫓아 와서는 식당 안으로 들어가는 모습을 보고 나서야 돌아갔다.

그 후로 해마다 가을이면 서산에서 쌀 한 가마니가 초미식당으로 배 달됐다. 수취인은 '태랑 선생님'.

"아니, 태랑 선생님. 박명 할아버지께서 보내시는 쌀을 집으로 가져가 세요. 참. 매년 제가 받기도 그렇고요."

"그냥 받아요. 식당이니 쌀이 필요할 텐데…….

하지만 그 후로 몇 해가 지나자, 쌀이 더 이상 오지 않았다.

'아, 할아버지께서 세상을 떠나셨구나.'

세월이 흐르는 동안 이렇게 스쳐 간 인연만 해도 수십이었다.

* * *

'비가 오려나?'

철호는 평소와 다르게 무릎이 쑤시고 걷는 데 불편함을 느끼기 시작 했다. 집에서 나올 때까지만 하더라도 비가 올 것이라는 예보를 보지 못 했다. 그러나 하늘에는 어두운 구름이 몰려오고 있었다. 얼마 지나지 않아 비가 내릴 것이 분명한지, 부는 바람을 타고 비 냄새가 짙게 났다. 물 비린내에 철호는 미간을 찌푸리면서도 초미식당을 향해 걸었다. 그러나 철호는 초미식당 앞에 적힌 문구를 보면서 당황했다.

'오늘은 개인 사정으로 쉬어갑니다.'

김 씨의 건강이 안 좋아진 건 아닌지 연락이라도 해 보고 싶었지만, 초 미식당에 드나든 지 오랜 시간이 지났음에도 김 씨의 연락처를 몰랐다. 진작 연락처라도 얻어둘 것을 그랬나 싶었다가도, 제 마음을 알았기에 김 씨의 연락처를 간직하고 싶지 않았다.

"이보게, 태랑. 자네도 여기 왔다가 허탕을 치고 가는구만?"

뒤에서 들린 목소리는 만식의 것이었다. 만식은 이미 다른 곳에서 걸 치고 온 것인지, 새빨갛게 달아오른 얼굴로 철호를 바라보고 있었다.

"자네는 어디서 마시고 오는 겐가?"

철호의 물음에 만식은 큰소리로 웃었다.

"오늘 김 씨가 맞선을 보러 갔네. 그래서 가게 문을 열지 않았다지. 그 런데 내가 맞선을 보는 김 씨의 모습을 처음 보는지라 궁금하지 뭔가. 그 래서 그 옆자리에서 술을 거나하게 마시고 왔다네."

아픈 게 아니라면 다행이라 생각되었지만, 철호는 고된 팔자를 가진 김 씨가 맞선을 봤다는 이야기에 정신이 살짝 멍해지는 느낌을 받았다.

"맞선?"

철호가 놀라서 묻자, 만식은 껄껄 웃었다.

"그래, 맞선. 선 자리가 들어왔다며 웃던 김 씨 얼굴이 눈에 선하네. 사실 그 선 자리 내가 주선한 것이었거든."

"아, 그렇구만. 잘했네. 김 씨도 외롭고 적적할 텐데, 참 잘했네."

"이보게, 자네. 표정에서 너무 감정이 드러나는 것이 아닌가? 김 씨가 선을 봐서 아쉽다고 생각하고 있는 게 너무나도 눈에 보이는데 그랴."

그 말에 철호는 할 말이 없었다. 어떤 말을 해야 할지 몰라 만식의 시선을 회피하고 있는 그때, 만식이 말을 이었다.

"자네 말이야, 김 씨를 은근히 마음에 담고 있지 않았나? 그러니 김 씨의 소식을 듣고 그런 표정을 짓지. 맞선은 농담이라네."

"뭐야, 진짜 농담 맞어? 왜 그런 농담을 한 건가?"

"나도 자네 마음이 궁금했거든. 김 씨도 은연중에 자네를 흠모하는 듯하기도 하고, 자네 역시 김 씨를 마음에 품고 있는 듯하니, 하하. 오늘 김 씨가 어디에 갔는지는 나도 몰러. 내가 너무 짓궂은 장난을 친 겨?"

잠시 철렁했던 마음이 가라앉았다. 철호는 자신이 기혼자이자, 자녀가 있다는 것을 만식이 알고 있기에 다른 생각은 하지 않기로 했다.

"김 씨 요즘 상태는 괜찮은가? 항암치료가 대충 끝이 났다고는 들은 듯한데……."

"일단 몸 상태는 괜찮아졌다고는 나도 들었네. 그런데 그게 얼마나 갈지는 알 수 없다고도 들었어. 김 씨가 하필 걸려도 그런 암에 걸려서는 말여. 고생을 수도 없이 했으니, 혈액세포가 말을 듣지 않는 건 당연한 일일지도 모르지. 지독한 치료를 끝내고 난 다음에도 한동안 몸조심을 해야하고, 그렇게 몸조심을 하더라도 십 년 내 재발 확률이 아주 높다고 들었지. 참, 김 씨도 어쩌다 그런 병에 걸려선."

주절거리는 만식의 이야기를 듣던 철호는 목이 타는 듯했다. 지금 이 자리를 벗어나서 가벼운 농담이나 중얼거리며, 김 씨에 대한 걱정을 지우고 싶었다.

"만식이 자네, 여기에 들른 것을 보아하니 혹시라도 문 열었을까 온 듯한데, 이 근처에 다른 식당은 없나? 내가 한잔하고 싶어서 그러네. 혼자 마시기엔 적적하니, 자네라도 있으면 좋겠다는 생각이 드는데."

"아이쿠, 이걸 어쩌나! 나는 오늘 마실 술을 다 마셨다네. 술은 됐어, 됐다고. 여기서 더 마셨다가는 길바닥에서 자다가 입이 돌아갈 거야. 나는 집에 갈 걸세. 내가 한 농은 잊어주게. 술 취한 이의 헛소리라고만 생각하는 것이 좋을 걸세. 쓸데없는 참견은 여기까지만 하도록 하겠네."

철호는 아쉽지만, 아쉬움을 달랠 방법은 하나밖에 없었다. 집에 가서 온더록스로 위스키를 마시는 것이었다. 올드 재즈를 틀어놓고 위스키를 조금씩 홀짝인다면 그나마 기분이 나아질 것도 같았다.

"알겠네. 조심히 들어가게. 이래 놓고 다음 회차로 넘어가지는 말고."

그런 철호의 신신당부에 만식은 껄껄 웃으며 손사래를 쳤다.

"내가 설마 또 마실 거라고 생각하는 겨? 그럴 일 없다네. 나도 집에 가야지. 하암…… 하품이 나오는 것을 보니 이만 가야 할 시간이긴 한가 보네. 아무튼 나는 이만 가도록 하겠네. 조심히 들어가게."

만식은 비틀거리면서도 자신의 거처를 향해 똑바로 걸어갔다. 철호는 조금씩 쑤셔오는 다리 때문에 느릿느릿 택시를 타는 곳으로 걸어갔다.

그때 막 비가 쏟아지기 시작했다. 굵은 빗방울이 투둑투둑 쏟아지자, 택시는 더욱더 잡히지 않았다. 택시라도 잡혀야 조금 안심할 수 있었을 테지만, 빗방울이 굵어지면 굵어질수록 택시는 잡히지 않았다. 오늘은 때마침 아내가 집에 없는 날이다. 아내가 집에 없으니 부를 수도 없었다. 아침에 집을 나서는 철호를 보며, 아내가 오늘 동창 모임이 있다고 했던 것이 떠올랐다. 이미 동창 모임에서 기분 전환을 하고 있을 아내에게 말을 보태는 일은 불필요하다는 생각이 들었다. 아내와는 한때 뜨겁게 불타올랐던 사이였지만, 지금은 두 아이를 낳고 살아가며 신뢰로 묶인 사이였다. 자신이 자유를 누리며 방황하고 있듯, 아내의 삶 역시 존중하는 것이 마땅했다.

한참 기다리다 온몸이 다 젖은 뒤에야 택시가 잡혔다. 가발을 썼던 머리는 비까지 맞아서 엉망이었다. 택시에 올라탄 철호는 자신의 집이 있는 위치를 불렀다. 그러자 택시 기사가 구시렁거렸다.

"거기 지금 엄청 막혀요. 그런데 손님, 행색이 어째······."

남루한 옷차림으로 택시에 탄 것이 마음에 들지 않았는지, 택시 기사는 계속해서 백미러로 힐끔거리며 철호에게 중얼거렸다. 철호는 하나하나 대답하는 것이 귀찮아 대답하지 않았다.

"설마 택시비는 있으시겠죠?"

"걱정 말고 가시오."

철호는 헛웃음을 지었다. 살다 보니, 사람들 대다수는 겉으로만 보고 사람을 평가한다. 택시 기사도 그렇게 철호를 판단한 것이다. 그러나 철호의 눈에는 제아무리 명품을 온몸에 휘감고 있다 하더라도, 그 사람의 가치가 보였다. 명품을 입는다고 해서 인간의 가치가 올라가는 것은 아니다. 자신의 운명에 달려 있었다. 귀한 팔자와 천한 팔자를 굳이 나눠야 한다면 결코 겉으로 판단해서 나눌 일은 아니라고 생각했다. 그것은 눈으로 보이지 않는 것을 마음으로 볼 수 있어야 한다는 큰스님의 가르침이었다.

'저 택시 기사는 세 치 혀로 말아먹을 팔자로구나. 그런 이에게 굳이 더 말을 보태봤자 내 팔자만 천해질 뿐이다.'

철호가 더 이상 말이 없자 택시 기사는 목적지까지 말없이 운전했다. 다만, 속도는 굉장히 빠르게 밟았다. 길이 막힌다면서도, 이쪽 차선 저쪽 차선을 다 끼어들며 빠르게 운전했다. 철호는 멀미가 나서 구역질이 났지만, 꿋꿋하게 참았다.

"감사하오."

철호는 오만 원짜리 지폐 한 장을 건넸다. 그러자 지금까지 의심이 가득했던 택시 기사의 얼굴이 달라졌다. 눈이 휘둥그레진 모습을 본 철호는 속물 같은 인간이라는 생각이 들어 씁쓸한 마음이 들었다.

철호는 집으로 걸어갔다. 주차장 쪽을 힐끔 바라보니, 아내의 차는 없었다. 돌아오려면 꽤 긴 시간이 걸릴 듯했다. 아내가 언제 돌아올지는 모르겠지만, 자식들마저 제각기 삶을 찾아 떠난 가운데 철호는 쓸쓸함을 느꼈다. 적막한 집 안에서 그는 여러 생각에 잠겼다. 우연의 일치일지 몰라도, 자녀들의 두 팔자에는 '아버지'가 없었다. 아이들이 장성할 때까지 무사히 잘 키워준 아내에 대한 고마움만이 가득할 뿐이다.

아내가 없었다면 지금의 철호는 없었다고 봐도 무방했다. 부부 사이에 두 명이 자식이 생겼음에도 철호가 할 수 있는 일은 학문에 정진하고, 운명에 관한 공부를 이어가는 것뿐이었다. 그러는 사이 아이들은 무럭무럭 자라났다. 큰아이는 어느덧 미국에서 학문을 이어가는 중이고, 작은아이도 나름의 살길을 찾아 집을 떠났다. 둘 다 아내와는 종종 연락하고 지낸다. 그러나 철호와는 그가 자리를 비운 시간만큼이나 거리가 멀어져 있었다. 가장 중요했던 시간에 아비가 거리를 두고 있었으니, 어쩌면 당연한 일인지도 모른다. 따라서 그런 아이들에게 화를 내고 싶은 생각도 없고, 화를 낼 수도 없는 일이다. 다만, 마음 한가운데가 텅 빈 듯한 느낌은 쉽사리 지울 수가 없는 것이었다.

위스키를 온더록스로 마시며 시간을 보내고 있을 무렵, 도어록을 해제하는 소리가 들렸다. 철호는 죄를 지은 게 아님에도 서둘러 술 마시던 흔적을 지웠다.

"술 마셨어요?"

아내의 물음에 철호는 고개를 천천히 끄덕였다. 아내에게서도 알코올 향이 짙게 나고 있었다. 간만에 친구들과 만나 거나하게 한잔하고 온 듯 보였다. 자신에게 자유를 준 사람인 만큼 아내가 만취해서 들어왔다고 뭐라고 할 생각은 없었다. 아내는 할 말이 있어 보였다. 지금 이렇게 둘이 있는 시간을 기다려 온 사람처럼 천천히 입을 열었다.

"여보, 이제 아이들도 다 커서 나갔으니 우리, 졸혼해요."

갑작스러운 졸혼 이야기에 철호는 눈이 휘둥그레졌다. 졸혼이라는 단어의 유행이 시작된 지 얼마 되지 않았음에도 이런 이야기를 아내가 먼저 꺼낼 줄은 몰랐다.

"오랜 시간 생각했어요. 두 아이만 크면 우리가 헤어져서 사는 일을. 결혼이라는 제도로부터 졸업하는 일을. 자유로운 영혼의 소유자인 당신이 원하고 있던 것도 그런 게 아닐까 하고. 당신이 나를 사랑했다는 사실은 언제나 믿고 있었어요. 그건 사실이었으니까. 하지만 일평생을 함께하기에 당신의 사랑은 짧고 굵었고, 나의 사랑은 어느 순간부터 지쳐 있었어요. 서로를 위해 이쯤에서 갈라서는 게 좋지 않을까 생각해요."

아내의 입에서 나온 말은 철호에게는 큰 충격으로 다가왔다. 서로의 미래를 위해 갈라선다? 정년퇴직까지 몇 년 남지 않은 상황이었다. 아내가 정확히 원하는 게 이혼인지, 정말 별거생활을 하며 '결혼'이라는 제도로부터 멀어지는 것인지 철호는 정확히 감이 오지 않았다.

"이혼하고 싶은 거요?"

그의 물음에 아내는 고개를 저었다.

"우리가 이 나이에 이혼한다고 해서 무엇이 좋겠어요. 제도로부터 벗어나자는 거죠."

지금 아내는 이십 대 시절 만났을 때와 같은 총명한 눈빛을 반짝이고 있었다. 술 냄새를 폴폴 풍기고 있으면서도, 아내의 눈빛만큼은 오사카 도톤보리 인근에서 만났을 때와 다를 바 없었다. 아내의 확고한 의지가 느껴지는 모습이었다. 철호는 졸혼에 대해 오랫동안 생각했을 아내의 마음을 헤아렸다. 길고 긴 시간을 졸혼과 이혼 사이에서 헤맸을 것이 분명했다. 그런 아내를 위해 자신이 해줄 수 있는 것은 하나밖에 없었다. 아내의 소망을 들어주는 것이다.

"그래요, 당신이 원하는 대로 합시다."

철호의 이야기를 들은 아내의 표정은 놀랍게도 고요했다. 그 모습을 보고 나니 뜨겁고 열렬히 사랑했던 이십 대의 어딘가가 떠올랐다. 사랑밖에 없었던 시절, 사랑으로 트라우마를 이겨내던 시절이 스쳐 갔다. 그는 아내가 졸혼을 원한다고 했으니 들어주고 싶은 마음이 컸다.

"지금 당장이라도 나가는 걸 원하는 거요?"

"당신도 서울에서 출근해야 하잖아요. 서울에 집을 얻어요, 따로. 살다 보면 더 좋은 것도 있을 거예요. 그동안 우리는 지나치게 멀었고, 때로는 지나칠 정도로 가까웠어요."

그녀의 말속에 모든 것이 담겨 있었다. 외로움, 두 아이를 홀로 돌봐야 했던 설움, 그리고 오랜 시간 자신을 방치해 둔 철호에 대한 원망 같은 감정들이 해소되지 못한 채 재가 되었다는 것을. 그녀의 마음을 알게 되었으니, 철호는 더 이상 뭐라 하고 싶지 않았다. 그저 지금이라도 그녀가 바라는 것을 들어주는 수밖에. 긴 시간 운명의 방랑자로서 살았던 철호의 곁에서 마음고생을 적잖이 했을 그녀에게 이제 그녀만의 세상을 안겨주어야 했다.

밝고 총명하고 당당했던 모습은 여전하지만, 아내의 입에서 '졸혼'이라는 단어가 나오기까지 그녀가 얼마나 앓았을까 생각하니 철호는 미안했다.

운명을 따라 방랑하는 이에게 안정적인 쉼터는 필요 없었다. 그저 목을 축일 수 있는 작은 공간이 있어야 할 뿐. 큰스님의 말을 들은 지 벌써 오십여 년이 지났다. 이제야 길고 길었던 삶 속에서 아내를 놓아줄 수 있게 된 것이 차라리 잘됐다는 생각이 들었다.

"두 아이가 결혼하게 될 일까지 생각해야 하지 않겠어요? 요즘 세상이 제아무리 이혼에 대한 시각이 바뀌었다 하더라도, 교수인 아버지와 교사인 어머니가 이혼했다고 하면, 아이들의 미래에 부정적인 영향이 갈 거예요. 아이들과도 오래전에 이야기해 봤어요."

"아이들이 뭐라고 하던가요?"

아이들과는 진작 상의가 된 내용이라는 말에 철호는 다시 한번 충격을 받았다. 아이들이 자신을 어려워한다는 걸 잘 알고 있었다. 철호는 아내에게 질문했으면서도, 차라리 어떤 대답도 듣지 않았으면 하는 마음이 컸다. 아이들의 깊은 속마음을 알고 싶지는 않았다.

"아이들이야 자기들이 참견할 수 없으니, 우리가 알아서 하라고 하죠, 이혼은 안 한다고 했더니 꽹장히 다행이라는 표정들이었어요."

설경의 말에 철호는 그래도 아이들이 자기를 생각해주고 있는 것 같아서 마음이 따뜻해짐을 느꼈다.

"여보, 다른 건 몰라도 이 집만큼은 그대로 둬요. 나는 이 공간이 좋으니까. 내 손길이 곳곳에 닿은 이 집에서 살고 싶어요. 그동안처럼 부모님

제사도 계속 이 집에서 모셔야 하고, 아이들이 결혼할 때도 이 집에서 모여야 좋으니 당신이 집을 구하면 고맙겠어요."

틀린 말은 아니었다. 철호는 집에 있기가 답답했기에 바깥으로 싸돌아다니는 짓을 멈추지 못했으니까. 아내가 이 집에 머무르고 싶다고 하니, 자신이 나가는 것이 당연한 일이었다. 몇십 년을 살을 부대끼며 살아온 부부인데, 그 작은 소원을 들어주지 못할 이유는 결코 없었다.

"그래요. 일단 나중에 다시 이야기합시다. 나도 생각을 정리해야 할 것도 있으니까."

주제와는 무관하게 둘 다 덤덤했다. 어쩌면 오래전부터 예고되어 있던 상황을 맞이한 것처럼 둘 사이에는 고요함이 흘렀다. 철호는 언젠가 자신이 먼저 이야기를 꺼냈어야 할지도 몰랐을 이야기를 먼저 꺼내준 아내에게 뒤늦게 고마운 마음이 생겼다. 그러나 기름을 쏟아붓는 일은 없어야 했다. 그동안 아내가 억눌러왔던 마음까지 들여다보고 싶지 않았다.

"얼른 씻고 잡시다. 많이 피곤해 보이는데……."

철호의 말에 아내는 대답도 하지 않은 채 욕실로 곧장 향했다. 총명했던 그녀의 젊었을 적이 생각나 철호는 문득 치고 오르는 감정을 억누를 수 없었다. 욕실에서 샤워기를 튼 순간, 철호의 볼을 타고 눈물이 흘러내렸다. 세월은 모든 것을 변하게 한다. 그것은 그도, 그녀도 벗어날 수 없는 굴레였다. 운명 속에서 방황할 수밖에 없는 자신. 그리고 그런 자신의 곁에서 오랜 시간 정 붙일 곳을 찾지 못해 허울뿐인 아버지와 남편이라도 함께 했던 가족들에 대한 여러 감정이 교차했다. 미안한 마음도 들었지만, 한편으로는 삶이 자신을 여기까지 이끌고 왔다는 생각도 스쳤다.

큰스님의 말 한마디가 자신의 앞날을 예측하지 않았더라면, 과연 자신은 지금쯤 어떤 자리에 있었을지 궁금하기도 했다. 그의 말대로 스무 살 언저리에 시련을 겪기도 했고, 지금의 아내를 만나 몇십 년을 함께 살기도 했다. 오랜 세월은 이루 말할 수 없는 것이었다. 다른 곳은 잘 예측하면서, 가족에 관련한 건 자신 역시 알 수 없다는 게 운명의 장난 같기도 했다.

"당신은 안 자요? 몇 잔 마시긴 했지만, 그래도 술을 마셨으니 푹 자는 게 좋을 듯한데……."

아내의 걱정에 철호는 몇 잔 더 마시겠다고 대답했다. 아내는 다른 미련 없이 자리에서 떠나 안방으로 갔다.

* * *

며칠이 지나 철호가 잠을 못 이루고 한창 생각에 잠겨 있는 새벽이었다. '지이잉' 소리와 함께 휴대폰이 울렸다. 이 새벽에 전화를 걸 사람이 없는데? 휴대폰을 들여다보니 모르는 번호가 떠 있다.

'누구지? 내 연락처를 알 만한 이가 없는데.'

"네, 여보세요. 최철호입니다."

"태랑!"

다급한 목소리로 태랑이라는 두 글자를 외친 이의 목소리를 단번에 알아들을 수 있었다. 그것은 바로 정만식이었다. 만식의 목소리를 듣자 철호는 의아했다. 만식이 어떻게 자신의 연락처를 알고 있었는지에 대한 것, 그리고 만식이 지금 이 늦은 시각에 전화를 걸어온 것. 두 가지 모두 이해할 수 없는 부분이었다.

"그래, 나일세. 한데, 이 시각엔 어쩐 일로 전화를 건 것인가. 자네가……."

"다름이 아니라, 김 씨가 많이 위급하다네."

"뭐라고?"

"복수까지 물이 찼다고 해서……. 자네도 김 씨를 봐 온 세월이 있지 않나. 그래서 이 자리에 있으면 좋겠다는 생각에 연락했다네."

철호는 자리에서 벌떡 일어났다. 다른 이도 아니고 김 씨는 몇 년 동안 항암치료를 계속하면서도 식당을 운영했다. 그런 김 씨의 몸에 복수가 차기 시작했다는 건, 살날이 정말 얼마 남지 않았다는 이야기였다. 철호는 통화 소리를 혹여 아내가 들을까 염려해 당황스러운 마음을 억누르면서, 어느 병원인지 물었다. 병원까지 확인하고 난 철호는 그곳으로 가기 위해 안방 문을 조심스럽게 열었다. 예상대로 아내는 아직 잠들어 있지 않았다.

"이 시간에 어디 가는 거예요?……."

"친구가 위급한 상황이라고 해서. 그래서 가는 거예요. 큰 걱정은 하지 않아도 될 듯하니……."

아내는 알겠다며 돌아누웠다. 철호는 미안한 마음에 뭐라도 말을 덧붙일까 하다가 되레 화만 돋우는 일이 될 것 같아 서둘러 옷만 차려입은 채로 병원으로 향했다. 가는 내내 정신이 들지 않았다. 어지러웠다. 김 씨는 아직 더 버텨야만 했다. 그녀에게는 고통스러운 일일지 몰라도……. 자신이 내다본 미래에서는 적어도 몇 년을 더 살다가 생을 마감해야 했다. 그것이 자신이 내다본 김 씨의 팔자였다. 만약 지금 죽는다면, 그것은 운명의 장난이 틀림없었다. 병원에 도착하자마자 빠른 걸음으로 응급실로 향했다.

환자들을 빠르게 살핀 끝에 김 씨를 발견했다. 그 옆에는 얼큰하게 취한 모양인지 새빨간 얼굴의 만식이 있었다. 자신의 연락처를 어떻게 알게 되었냐고 물을 시간은 없었다. 김 씨의 상태를 파악하는 것이 우선이었다.

"이게 어떻게 된 일인가?"

"그게 말야. 내가 술을 마시고 있는데, 유독 김 씨의 배가 차올랐더라고. 아픈데 계속 일하다가 비틀거려서 병원을 데리고 왔네만, 복수가 찼으니 빼야 한다고 하더라고. 정상적으로 호흡을 하는 것도 힘들었을 텐데, 환자가 어마어마하게 참고 있었다고 말하더군."

김 씨는 스스로 호흡이 힘든 모양인지 호흡기를 달고 있었다. 진정제까지 투여받아 깊이 잠들어 있었다. 아마도 식당에서 마지막까지 남아 있던 손님은 만식인 듯했다. 만식이 발견한 것을 보아하니 그렇다는 생각이 들었다.

"식당에 자네 말고 다른 손님은 없었고?"

"오늘따라 손님이 없었다네. 그래서 나밖에 없었지. 만약 내가 조금 더 늦게 발견했더라면, 김 씨는 아마 오늘 죽었을 걸세. 쯧, 그냥 식당 문을 닫고 투병 생활을 하는 것이 더 좋으련만……. 굳이 식당 운영을 해야 한다고 고집을 부리고 있으니, 참나."

만식은 안타까운지 혀를 끌끌 찼다. 철호는 정신이 번쩍 들었다. 어떻게 해서든 김 씨를 돕고 싶었다. 그러나 자신의 말을 듣지 않을 것을 알기에 어찌할 바를 몰라 발만 동동 구르는 상황이었다.

"식당 문을 닫도록 설득하는 것이 어떤가? 우리 둘이서 말이라도 해 보면 생각을 바꿀 수도 있지 않을까 하는데……."

"그런다고 김 씨가 말을 듣기나 하겠어? 이 친구야. 자신의 삶 전체를 걸고 운영했던 곳이 초미식당인데 김 씨가 섣불리 주방 일에서 물러나겠냐고?"

만식의 목소리는 철호를 탓하는 듯했지만, 비난하는 목소리는 아니었다. 안타까움이 목소리에 잔뜩 담겨 있기에, 철호는 그의 마음을 이해할 수 있었다.

"의사는 뭐라고 말하던가?"

"보호자가 아니라서 말해 줄 수 없다고 하네. 환자 본인이 깨어나면 전해 주겠다는 말만 하고……. 그러니 뭐 상황이 어찌 돌아가는지 알 수 있겠나. 복수까지 찰 정도면 상당히 고생해 왔고, 이제 고생이 끝나려는 순간인데. 내가 생각해 봤는데 말야. 우리가 할 수 있는 건 김 씨가 하고 싶은 일을 끝까지 하게 해 주는 수밖에 없다는 거네. 자네도 그거 잊지 마시게나."

만식의 말은 구구절절 맞는 말이었다. 그의 말대로 하고 싶은 일을 하게 두는 것이 죽음에 임박한 사람에 대한 당연한 도리였다. 그랬기에 철호는 김 씨가 깨어나면 잔뜩 잔소리를 퍼붓고 싶은 마음을 이내 숨겼다. 김 씨에게 도움이 될 말이 아니었다. 그녀를 보니 조금 남아 있던 연정이 애달프게 마음을 두드렸다. 불현듯 가슴을 두근거리게 하며, 김 씨는 마치 이십 대 순수한 은하를 만난 것처럼 벅찬 마음으로 과거를 거닐게 했던 사람이기도 했다. 아내 이후 오랜만에 느껴보는 감정이었고, 그 감정을 드러낼 수 없었기에 숨기고만 살았다. 단 한 번이라도 오랜 시간 옅게 마음에 품고 있었노라고 그녀에게 말을 전해야 할 것인지 철호는 고민했다.

'아니야. 어차피 세상을 떠날 사람이다. 정해진 삶을 살다가 세상을 떠날 이에게 세상에 대한 미련을 심어주는 것보다 그냥 훌훌 털고 날아갈 수 있도록 하는 게 현명한 방법일 터. 그러니 내 마음은 신경 쓰지 말도록 하자.'

"만식이. 자네 나랑 잠시 자리 좀 비울 수 있겠나? 따로 하고 싶은 이야기가 있는데……."

"그러도록 해."

만식은 비틀거리며 자리에서 일어났다. 김 씨 때문에 병원에 왔지만, 아직 술은 덜 깬 듯 보였다. 그런 만식을 데리고 응급실 앞으로 나가 벤치에 앉았다.

"만식이 자네 말이야, 내 연락처는 어떻게 안 것인가?"

"자네가 언젠가 명함을 흘리고 간 적이 있었지. 자네의 명함을 간직해 두고 있었다네. 생각보다 대단한 사람이더군. 최근에 시국 선언문에서도 자네의 이름을 찾을 수 있었지. 유명 대학 교수일 것이라고는 전혀 생각하지 못했고 말이야. 무엇보다 가발 벗은 모습을 처음 보니 어색하기도 하고 그렇구먼."

만식은 쓸쓸한 미소를 지으며 이야기했다. 그가 쓸쓸해하는 것도 이해가 가지 않는 것은 아니었다.

"그래, 자네 말대로 대학에서 철학과 교수를 맡고 있다네. 내가 신분을 감추고 청량리 굴다리 밑에서 점을 보던 것은……."

"저마다 사정이 있겠지. 그것까지 궁금하지는 않아. 나 역시도 자네에게 말하지 못한 삶이 있고. 자네는 내가 어떤 삶을 살아왔을 것으로 보이는가? 관상도 보고, 손금을 봤더라면 내 신분에 대해서 진작 알고 있었을 텐데 말이야."

그 말에 철호는 입이 닫혔다. 차마 만식에게 '전과자'라는 세 글자를 내뱉을 수 없었다. 억울한 일을 당해 전과자가 되었고, 그로 인해 삶을 이리저리 전전하며 살다가 생을 마감하게 될 운명이라는 것은 차마 털어놓을 수가 없었다. 끝까지 가난 속에서 헤어 나오지 못하고, 쓸쓸하게 인생이 끝날 것이 보이는 얼굴이었다. 그의 쏙 빠진 턱, 우뚝하지만 훤히 들린 콧구멍, 초점이 흔들려 있는 커다랗고 구슬픈 눈동자가 그걸 증명해 보이고 있었다.

사람이 살아오면서 가장 중요한 것은 철호가 생각하기에는 '안광'이었다. 눈빛은 그 사람이 살아온 현재와 미래를 가리키는 원동력이 되는 것이다. 그랬기에 힘이 빠진 만식의 눈빛을 읽는 순간, 그가 억울한 옥살이를 했고, 그로 인해 평생 자리 잡지 못한 채 살아갈 것이라는 걸 알 수 있었다.

"자네는 역시 말을 하지 않는군. 그럴 것이라고는 생각했네. 자네가 쉽게 입을 열지 않을 것이라고도 생각했어. 하지만 자네가 점 봐주는 실력이라면 내가 옥살이를 했다는 것을 알 수 있을 거라고 믿는다네. 옥살이는 지루했지. 억울했고. 믿었던 친구 녀석이 내게 사기를 치고 해외로 도망갔는데, 당시 내 이름을 동업자로 서류를 꾸며 백억 단위 사기를 쳤다는 것을 뒤늦게 알게 됐지. 검찰에 항소를 했지만, 모든 서류가 동업이라 공범의 낙인이 찍히면서 끝내 특별경제범죄 가중처벌법으로 9년의 징역형을 선고받았다네."

철호는 한 인생이 송두리째 날아가 버린 가슴 아픈 이야기를 먹먹하게 듣고만 있었다.

"결국 아내를 비롯해 내 주변 사람들은 모두 떠나갔지. 옥고를 치르고 나와서도 전과자라는 딱지로 취업을 할 수 없었다네. 마침 감옥에서 알게 된 형님이 고물상을 운영한다기에 찾아갔는데 먹여주고 재워주고 용돈은 줄 테니 여기서 일해보라고 했지. 그렇게 지금껏 고물상서 먹고 자며 살고 있다네. 시간만 되면 파지를 모아 팔고 말이야. 그러다 발견한 것이 초미식당일세."

"자네에게도 여러모로 의미가 깊은 장소이기도 하겠네."

"그래, 맞아. 단순히 식당 그 이상의 가치를 지닌 곳이기도 하지. 내가 마음을 놓을 수 있는 유일한 곳이기도 했고. 솔직히 가진 게 없는 사람이 어디 가서 그런 맛있는 음식을 먹으며 행복을 누릴 수 있겠는가. 파지를 주워서 팔아도 겨우 막걸리값이나 하는 거고, 파지를 줍고 있으려니 생각보다 젊은 사람이 파지 줍는 것에 경계하는 이도 있고. 이순 언저리의 나이란 이렇게 애매한 나이라는 생각이 들기도 하고. 차라리 아예 늙었더라면……. 그랬다면 삶에 대한 희망을 놓을 수도 있었을 텐데, 하는 아쉬움이 남기도 한다네. 자네는 어떤가? 자네의 삶은 자네가 목표로 했던 것에 다다랐는가?"

만식이 이토록 통찰력 깊은 질문을 던질 줄 몰랐기에 철호는 말문을 잇지 못했다. 정확히는 이을 수 없다는 것이 맞았다.

"그러니까 나는……. 내가 이십 대 초에 겪은 악몽을 견뎌내고 삶에 대해서 더 배우고 나면 무엇인가 많이 남을 줄 알았다네. 그러나 내가 미래를 본 이들의 삶이 그리 순탄하게만 흐르지는 않았기에 허무라는 감정이 가장 내 마음속 깊숙한 곳을 맴돌고 있다네. 허무가 아니면 무엇이라고 이 감정을 설명해야 할지도 모르겠고. 그저 씁쓸하기만 해. 운명을 내다본다는 것이 이런 의미인 줄 알았더라면, 나는 배우지 않았을 게야. 물론 그로 인해 뭔가는 반대급부가 있을 수도 있겠지만……. 에고, 이야기를 하다 보니 꽤 오래 자리를 비웠군. 김 씨한테 가 보기로 하지."

철호와 만식은 응급실 안으로 들어왔다. 그때 코드 블루 안내가 떴다.

'설마?'

철호는 코드 블루가 김 씨의 것이 아니기만을 바랐다. 하지만 김 씨를 둘러싼 의료진을 보고 다리에 힘이 풀려 주저앉고 말았다.

"코드 블루가 설마?"

"굉장히 위급한 상태를 가리키는 말이지. 의료진이 저렇게 몰려 있다는 것은 김 씨가……."

철호는 문장을 완성하지 못했다. 그에게는 너무나도 버거운 일이었다. 만식 역시 힘이 풀린 모양인지 그저 하염없이 바라보고만 있었다.

"김정숙 환자분! 정신 차리세요! 김정숙 환자분!"

철호는 그제서야 초미식당 김 씨의 이름이 정숙이라는 것을 알게 되었다. 그러나 그의 머릿속에 이름보다 강렬하게 남은 것은 심정지 상태에서 그녀를 되살리기 위해 심장제세동기를 끊임없이 시도하는 의사의 모습이었다. 벌써 몇 번이나 계속했지만, 그녀는 정신을 차리지 못하고 있었다. 심장박동도 원래대로 돌아오지 않고 있었다.

'아, 비련한 운명이여. 이대로 이렇게…….'

철호는 씁쓸하고 허통한 마음이 들었다. 차마 김 씨의 마지막을 지켜볼 자신이 없었다. 눈물은 이미 볼을 따라 흐르고 있었다. 삶을 살아오면서 죽음을 본 것이 한두 번도 아니었지만, 김 씨의 죽음만은 어쩐지 인정하기 싫었다. 그녀가 살아온 삶의 굴곡 때문인 것일까. 아직 연모하는 마음과 동정심이 조금이나마 남아서일까. 철호가 고개를 푹 숙인 채 들지 못하고 있을 때 의사의 목소리가 귀를 파고 들었다.

"사망하셨습니다."

몇 월 며칠 몇 시인지도 듣지 못했다. 그의 귀에 들어온 단어는 '사망하셨습니다'라는 선명한 문장의 흔적이었다.

철호는 비통함을 감출 길이 없었다. 가슴 한 중앙에 커다란 구멍이 뚫린 듯 그는 허통하게 사망한 이의 얼굴을 들여다보았다. 김 씨는 아무런 말이 없었다. 그저 고요했다. 죽음을 두려워하지도 않고 피하지도 않으며, 조금의 미련도 없이 인생 여정을 마무리하는 얼굴이었다. 그녀는 비로소 죽음의 손을 맞잡으며 평안의 길로 걸어가는 듯했다.

"거기서는 아프지 마시게."

김 씨의 삶이 평안의 세계로 이어지길 소원했다. 하지만 철호는 왠지 모르게 하염없이 미안하고 또 미안한 마음이 들었다. 그녀에게 건강관리 잘해야 한다는 이야기라도 해 줬더라면 그녀는 지금 살아있지 않을까? 아무런 이야기를 해 주지 않은 데 대한 죄책감은 감출 수 없는 것이었다. 한편으로는 신이 야속하기도 했다. 그 '운명'이 도대체 무엇이기에 벗어날 수 없는 굴레 속에서 사람을 살아가게 하는 것인지 묻고 싶었다.

운명의 굴레에서 벗어나서 제 삶을 개척해 가는 인간은 정녕 없는 것인지. 운명을 읽는 이로서 김 씨의 죽음에 미안한 마음만이 남았다. 김 씨는 그것을 원하지 않을 테지만, 철호의 머릿속에는 미련이 남았다. 질척이는 미련은 이내 공허함으로 바뀌었다. 공허와 허무. 그것이 철호의 마음속에 자리 잡은 가장 큰 감정이었다. 야속하다, 야속해⋯⋯. 그런 감정을 읊조린다 하더라도 철호의 마음을 이해해 줄 이는 하나도 없을 것이다. 언젠가 큰스님이 흘러가듯 한 말이 떠올랐다.

"인간은 말이다. 운명을 벗어나지는 못해. 그런데 말이다, 철호야. 인간은 운명을 바꿀 힘은 있단다. 그거 하나만 기억하고 살면 돼. '인간은 자신의 운명을 바꿀 힘이 있다고.' 미래를 알면 아주 조금이라도 바꿀 수 있지 않겠니? 아주 조금이 앞으로 가면서 차츰 커질 수 있다는 진리를 기억하거라."

"네 스님, 그렇다면 운명을 바꿀 힘은 어디서 나오는지요?"

"그건 네가 상대에게 주는 희망과 용기에서 나올 것이다."

큰스님의 말이 떠오르자마자, 철호의 두 눈에서 참았던 감정이 액체가 되어 흐르기 시작했다. 김 씨에게도 미리 희망과 용기를 말해 주었더라면, 건강관리라도 잘하라고 말해 주었더라면 김 씨의 명운은 바뀔 수 있었다. 그런 감정 속에서 벗어나지 못한 채 하얀 천이 씌워지기 전까지 멍하니 김 씨의 고요한 얼굴을 바라봤다. 더는 아픔도 슬픔도 없는 곳으로 갈 것이다. 김 씨는 그래야만 했다. 생을 살아오며 너무나도 많은 고통 속에 방치되어 있었다. 그중 일부는 철호의 책임이기도 했다. 자신이 조금만 더 신경을 썼더라면, 이렇게 빨리 세상을 등지지 않았을지도 모른다.

"이 친구야, 정신 차리게. 상주는 내가 할 걸세. 김 씨는 상주를 해 줄 이가 하나도 없어. 모질게 김 씨를 버렸던 인연들이 김 씨를 책임지려고 하겠나? 그렇게 하지 않을 테니 내가 상주를 맡을 걸세. 자네는 시간이 바쁘니 그저 잠시라도 왔다 가게. 그것만으로도 김 씨가 좋아할 거야."

만식은 상황을 빠르게 정리했다. 만식의 이야기를 들으면서 철호는 볼을 타고 흐르는 눈물을 바삐 닦았다. 감정을 드러내 보이는 것조차 민망한 상황이었다.

"만식아, 내가 건강에 적신호가 켜질 것이라고 미리미리 이야기했더라면 모든 것이 조금은 달라졌을까?"

"자네는 한 가지를 잊고 있나 보군. 우리가 바꿀 수 있는 것에도 한계가 있어. 모든 것을 전부 바꿀 수 있을 거라고 믿거나 다 해결해 줄 수 있다는 것은 사이비나 하는 말이야. 나는 어쩌다 자네가 점 보는 것을 지켜보면서 느낀 게 있다네, 날카롭고 예리하게 후벼파는 듯 말하지만, 그 한편으로 진정 그들이 변화할 수 있도록 늘 묘하게 용기와 희망을 주더구먼."

철호는 만식이가 자신을 분석하는 말에 내심 깜짝 놀랐다. 그랬다. 철호는 호계사 큰스님을 만난 이후 어떠한 방법을 동원하든 운명을 조금이라도 예측하여 아주 조금이라도 미연에 방지하거나 조금이라도 변화할 수 있도록 희망과 용기를 주는 그것이 목적이었다.

"태랑, 오랜 시간을 배워 왔을 터인데, 설마 사이비 소리를 듣고 싶은 건 아니겠지?"

가벼운 듯하면서 묵직한 만식의 말에 철호는 그제야 정신이 들었다. 자신이 너무나도 자기 연민에 빠져 있었다는 걸 깨닫는 순간이었다. 만식의 삶은 얼룩져 있었지만, 그가 가진 내면의 깊이는 셀 수 없을 만큼 깊고도 오묘했다. 그 정도로 깊은 만식의 사고에 철호는 감탄했다. 죽은 이가 영안실로 옮겨지는 것을 보면서도 만식의 말이 잊히지 않았다.

큰스님으로부터 배운 것이 하나 있다면, 만식으로부터도 배울 것이 있었다. 자고로 깨달음과 가르침은 높은 곳에서 아래로 흐르지 않는다. 때로는 아래에서 위로 흐르기도 하는 법이었다. 지금 그것을 배웠다. 모든 이에게는 배울 점이 있고, 어떤 이들에게는 배울 것이 없어 보이기도 하지만, 그 내면을 찬찬히 들여다보면 보다 깊은 것을 알 수 있었다.

"만식이 고맙네."

"고맙기는? 정신 차려야지. 사실 김 씨가 정신을 잃기 전 나에게 부탁한 것이 있네. 김 씨가 미리 자기가 죽으면 얼마가 되었든 현금 등 재산을 정리하여 유언에 따라 기부해 달라고 변호사에게 위탁했으니 그 변호사에게 알리고 유언대로 처리하는지 나보고 확인해 달라고 했어."

"역시 김 씨는 떠날 때까지 듬뿍 퍼주고 가네 그려."

"그러니까 하는 말일세. 오늘이 지나면 당분간 얼굴을 못 볼 수도 있다네. 우리가 만나는 곳은 이제 초미식당이 아니라, 그 근처 어디일지도 모르겠구만."

철호는 만식의 말에서 둘 사이의 만남도 예전 같지 않을 거라는 아쉬움과 고독함을 읽었다. 김 씨가 없으니 당연한 말이었다. 그러나 철호는 마음을 먹은 것이 있었다. 두 번 다시 점을 보지 않으리라. 누군가의 미래를 알려 주고, 읽는 일은 그만두리라. 그리고 더는 청량리 굴다리 밑으로 나오지 않을 것이다. 철호는 만식의 말에 답했다.

"만식이. 내 자네에게 할 말이 있다네. 자네가 내 부탁을 거절하지 않앉으면 하네."

"그래? 무슨 부탁이기에 그런 겐가?"

"나는 이제 곧 명예퇴직을 하고 강화도로 떠날 걸세. 작은 정원에 텃밭이 딸린 전원주택을 구해서 가려고 하지. 그런 곳에서 혼자 살기에는 적적하고, 내 평생 만난 이 중 자네 같은 친구를 또 찾을 수 없을 듯하여 이리 말하네. 같이 사는 게 어떻겠나?"

그 말에 만식은 잠시 고민했다. 만식의 표정을 살피던 철호는 간절한 목소리로 다시 한번 부탁했다.

"이 친구야, 어렵게 생각하지 말고, 그냥 나와 살며 텃밭이나 꾸리고 뒷동산과 바닷가를 산책하면서 한갓진 삶을 살기만 하면 된다네. 김 씨가 우리 연을 이어주었으니, 연대로 사는 것이 어떻겠나? 내 평생 집세는 받지도 않을 터이고 생활이야 내가 연금을 받으니……."

"아니 자네 가정은 어떻게 하고 강화도로 간다는 것이야?"

"아내와는 따로 살기로 했다네. 내가 건강이 안 좋아서 말년에 공기 좋은 곳에서 휴양이 필요하니까."

"그렇다면, 내 자네의 강화도행에 같이 하도록 하지. 아무래도 자네 몸이 성치 않아서 내가 옆에 있어야 할 것 같아."

만식이는 그렇게 말하면서 내심 좋아하는 것 같았다.

만식은 이제 그만 서둘러 집에 가라며 철호의 등을 떠밀었다.

마음에 점 찍어 놨던 강화도의 낙조 마을이 머릿속을 스쳤다. 숨통이 조일 것만 같이 답답했던 어느 날 아무렇게나 운전을 해서 간 곳이었다.

그곳에서 철호는 자신의 삶이 편안해지는 느낌을 받았다.

　스물두 살에 고문을 당하면서부터 그의 마음속 어딘가에는 불안함이 자리 잡고 있었다. 운명이란 것에 휩쓸리지 않겠다는 마음, 그리고 운명을 읽고 일어날 일을 미연에 방지해야겠다는 생각. 그런 것들이 마음속에 불안하게 자리 잡고 있었다. 김 씨의 죽음은 그에게 있어 불안함을 배가시키는 역할을 했다.

　사람은 가까운 사람이 죽던가 큰 충격을 받으면 삶을 성찰하는 계기가 되어 성숙해지거나 변화하게 된다고 한다. 철호가 지금 그랬다. 철호의 마음에 자리 잡은 감정은 한 단어로 설명할 수 없는 것이었다.

　큰스님의 가르침과 떠돌며 만났던 수많은 이를 통해 얻은 깨달음이란 무엇이란 말인가?

　철호는 김 씨의 발인까지는 참석할 수 없었다. 하지만 마음속 깊은 곳까지 자리 잡은 허무를 밀어낼 방법 또한 없었다. 운명론자가 되어 살아왔던 철호는 자신이 할 수 있는 것이 한정돼 있음을 알게 되고는, 그동안 자신이 행해 왔던 오만함을 뒤돌아보았다.

　'그렇다. 내가 운명을 믿었던 것처럼, 운명은 나를 믿지 않았다.'

"철호야, 네가 머리가 좋아서 운명을 읽는 책을
모두 다 암기할 수는 있을지라도
단 한 사람의 운명조차 다 읽을 수는 없는 법이란다."

"스님, 수많은 공부를 해서 한 사람의 운명도 알 수 없다면
왜 이 공부를 해야 합니까?"

"역술을 공부하는 진정한 목적은 사람을 대하는 마음의 수양이란다.
수양이 되어야만 사람들의 마음을 품어줄 수 있단다."

"스님, 그 말씀은 어려운 사람들에게
희망을 줄 수 있어야 한다는 말씀이시지요?"

"그렇다. 희망과 꿈을 줄 수 있는 능력이란!
바로 눈으로 볼 수 없는 것을 마음으로 볼 수 있어야 가능한 것이다."

"네, 스님, 가슴에 새기겠습니다."

6

흰 눈 속으로

그렇다. 결국 스님 말씀은 사람을 대하는 마음의 수양이었다. 스님의 진정한 뜻을 이제야 깨달은 철호는 이제 자신의 오만을 반성하는 시간을 걷기로 했다.

아버지가 병환으로 일찍 세상을 떠났을 때도, 몇 해 전 어머니가 돌아가셨을 때도 슬픔은 덤덤히 머물렀다가 떠났다. 하지만 설경과의 졸혼, 김 씨의 죽음과 초미식당의 사라짐까지 길을 잃은 철호의 감정은 방황의 늪에서 헤매고 있었다. 근래 들어서 집에서조차 술을 내리 마시는 것을 보며, 그의 아내는 물었다.

"요즘 무슨 일 있어요? 왜 그리 술을 마셔요."

아내의 목소리에는 안타까움과 함께 걱정이 가득 실려 있었다. 철호는 고개를 끄덕이지도, 어떠한 반응을 보이지도 않았다. 그저 씁쓸한 미소를 지을 뿐이었다.

"그동안 당신에게 참 많이 미안했소. 다른 좋은 사람 만나 애정을 과분하게 받아도 부족했을 사람을 내가 속을 많이 썩였지요?"

철호의 말에 아내는 그에게 무슨 일이 생긴 것을 짐작한 것인지 눈이 휘둥그레졌다. 철호는 덤덤하게 말을 이었다.

"내가 철이 없었소. 당신이란 사람을 두고……. 두 아이를 둔 아비로서 자격이 없었지. 그런 나를 두고도 당신은 끝내 이혼하지 않았고, 자리에서 오랜 시간을 함께해 주었지요."

"무슨, 그런 말 말아요. 어차피 이 결혼은 제가 선택한 거 아니에요? 그렇게 자책할 필요가 전혀 없어요."

"그래도 말이요. 나는 당신을 만나서 고생시켰다는 생각밖에 들지 않아요. 나의 대학원 시절도 군말 없이 기다려줬고, 홀로 일을 하며 집안을 먹여 살리는 일에 힘을 쓰기도 했지요. 그것이 나는 너무나도 고마워요."

오랜 세월을 지나 겨우 꺼낸 말이었다. 뒤늦은 후회와 반성이 밀려왔다. 그것은 철호의 깊은 고뇌를 거쳐 나온 말이었다. 철호는 아내에게 여러 감정이 들었다. 그러나 가장 큰 감정은 미안함이었다. 오로지 생의 모든 것을 자기 자신만을 위해 내달렸다. 알고 싶은 것은 무엇인지, 알아야 할 것은 무엇인지, 그 모든 것을 위해 생의 대부분을 바쳤다. 그러나 돌아온 것은 인간은 결국 어쩔 수 없다는 깨달음이었다. 깊은 깨달음 속에서 철호는 어떠한 말도 할 수 없었다. 변명을 늘어놓기엔 너무나도 늦은 시점이었다. 죽은 사람은 말을 할 수 없었으니까.

"당신, 취했어요. 얼른 들어가서 자는 게 어때요? 그러는 편이 더 나아 보여요."

"당신 눈에도 내가 취한 것으로 보이는 것이지요. 그래요, 미안해요.

술에 취해서 괜한 소리를 했다, 그렇게 생각해 주구려. 그리고 거처는 정했어요. 강화도로 갈 겁니다."

"강화도요?"

연고지가 아닌 강화도로 간다는 철호의 말에 아내는 깜짝 놀란 듯 보였다. 철호는 언젠가 자신이 은퇴하게 된다면 고즈넉한 곳에서 글을 쓰며, 그간 자신이 살아오며 겪었던 깨달음에 대한 기록을 남기고, 마음을 정화하는 데 모든 것을 쏟아부으리라 생각했다. 이제는 그것을 이룰 때라고 생각했다.

"몇 년만 기다리면 정년퇴직이잖아요. 설마……. 교수직을 그만두고 강화도로 간다는 건 아니죠? 당신을 찾는 사람들이 얼마나 많은지 당신도 잘 알고 있으면서……. 그간 쌓아온 공든 탑이 무너지잖아요."

아내의 목소리에는 아쉬움이 가득 담겨 있었다.

"다른 건 중요하지 않아요. 나는 이제 많이 지쳤어요. 오랜 시간 누군가의 마음을 곪게도 해 봤고, 아프게도 해봤잖아요. 당신도 그런 사람 중 하나이고요. 내 자식들 역시 마찬가지입니다. 그러니 나는 조금 더 이르게 퇴직을 하고 잊혀지려고 합니다. 모든 것으로부터요. 그리고 지금 명예퇴직해도 연금은 큰 차이는 없습니다."

말 못 하고 살았던 아픈 기억도, 통증에 시달리는 아픈 몸도 철호의 마음을 거들었다.

"당신 뜻이 정히 그렇다면 그렇게 해야죠. 생활비는 각자의 연금이 있으니 걱정 없을 것이지만, 집 구할 돈은 있어요? 내가 좀 보탤까요?"

"강화도에서 집 하나 구할 돈은 있으니 걱정 마요. 부족하면 얘기하리다."

철호는 한번 결정하면 절대 무르지 않았다. 아내 역시 오랜 시간 그를 지켜봐 왔기에 그가 단단한 결심을 했다는 것을 알 수 있었다. 그랬기에 말리는 말조차 하지 않았다. 한숨을 깊게 내쉰 아내는 당신이 원하는 대로 하라는 말과 함께 안방으로 들어갔다. 철호는 미안한 감정이 들었다.

철호는 정년퇴직을 안 하고 명예퇴직을 하는 것이 자신의 인생에서 무엇인가 완성하지 못했다는 자책감이 들었다. 교수 생활을 하며 때때로 대학에서 명예롭지 못한 대접을 받을 때도 견뎌낸 것은, 마지막까지 버티는 사람이 승자라는 생각을 했기 때문이었다. 무례한 학생을 마주했을 때, 예의라고는 모르는 자가 교수직을 겸하고 있을 때, 배움이 부족한 자가 강단에 서서 학생들을 선동하고 있는 모습을 볼 때, 그러한 수많은 순간이 머릿속을 스쳐갔다. 그런 이들을 두고 군말하지 않고 지켜본 것은 언젠간 그들이 추락할 것이라고 생각했기 때문이다. 그러나 정작 날개를 잃은 채 추락한 것은 철호 자신이라는 생각이 들었다, 이건 또 무슨 자격지심일까?

철호는 그에 대한 후회가 깊게 밀려왔다. 자신의 모든 생각이 어리석었다는 것을 알게 된 순간이었으니까. 한 인간이 운명을 쥐락펴락할 수 없으며, 자신이 깨달음을 얻었다고 믿었던 것들은 허상이었다.

현재 학기가 진행 중이라, 당장 그만둘 수는 없겠지만, 다음 학기부터는 강단을 떠난다는 것이 철호의 생각이었다.

교수가 되기 위해 시간강사 시절부터 그동안 얼마나 많은 고생을 했었는지 순간순간이 필름처럼 지나갔다. 한편으로는 삶의 모든 것을 '운명'이라는 대항할 수 없는 명제를 파헤치기 위해 살아왔다. 하지만 이제는 그럴 필요가 없다.

수십 편의 논문과 수십 권의 전문 서적 책을 쓰고, 수십 권의 운명 서적을 독파했다. 그리고 국내외 수많은 고수들을 찾아다니며 비법이라는 것을 터득했다. 그렇게 자신이 아무리 능력이 좋다 하더라도 결국 마음의 수양이 되지 않는다면 다 소용없음을 삶의 끄트머리에 다가와서야 깨달은 것이다.

이제는 모든 것을 내려놓고 자유를 찾아 떠나고 싶었다.

그렇게 철호는 얼마간의 방황을 거듭했다. 초미식당 자리에 다른 가게가 들어선 것을 두 눈으로 확인하고도 어쩌다 청량리 근처를 지날 때면 초미식당이 있었던 곳으로 발걸음을 옮겨 골목을 들여다봤다. 하지만 그 자리엔 〈집수리〉라는 간판만이 그를 낯설게 할 뿐이었다.

만식에게 듣기로는 오랜 시간 식당이 있던 곳인 데다, 청량리가 개발에 들어간다는 소문이 있어 땅값이 많이 올랐다고 했다. 만식은 김 씨의 생전 부탁대로 변호사를 찾아가 그가 남겨놓은 돈을 사회에 기부했다고 한다. 김 씨가 생전에 여러 곳의 사회복지 단체를 방문하여 자신의 사후 재산 기부 약속을 했다는 것이다. 어쩌면 세상과 이별하는 방식 역시 퍼주는 스타일의 김 씨답다는 생각이 들었다. 김 씨야말로 마음의 수양이 된 사람이었다.

가난한 이든, 가난하지 않은 이든 공평하게 대했던 김 씨. 김 씨가 떠나고 난 자리에 남은 건 아무것도 없었다. 하지만 태랑 선생을 기다리던 김 씨의 모습이 철호의 머릿속을 떠나지 않았다.

* * *

"최 교수님. 정년까지 얼마 안 남았는데 꼭 명예퇴직을 하셔야겠습니까?"

총장과의 미팅 자리에서 철호는 진중한 얼굴이었다. 어느 때보다 단단히 결심한 상태였기에, 어떤 말이 돌아온다고 하더라도 받아칠 수 있었다.

"예. 저는 정년퇴직을 하면 좋겠지만 그보다 더 중요한 것이 있기에 이번 학기를 끝으로 내려놓고 싶습니다."

"혹시, 그게 뭔지 여쭤봐도 되는지요?"

"세상의 에너지가 저에게 그렇게 움직여서입니다."

철호는 그렇게 말해놓고 빙그레 웃었다.

"허허. 최 교수님 뜻이 그러시다면 그렇게 처리하도록 하겠습니다. 혹여, 걱정되어 묻겠소만 건강상 문제라거나 그런 건 아니겠지요?"

"그런 건 전혀 아닙니다. 이제는 정말 모든 것을 내려놓고 편해지고 싶어서입니다."

"우리 철학과에서 연구 실적이 가장 좋았던 것은 최 교수님이었던지라, 사실 보내 드리는 게 아쉽기만 합니다. 아마 최 교수님이 떠나고 나면 철학과의 존폐 문제가 다시 수면 위로 떠오를 듯해요."

세상은 변했다. 사람들은 더 이상 철학이 필요하지 않은 세상에서 살고 있다. 모든 것을 과학기술이 대체하는 세상이 된 것이다. 과학기술의 발달로 짧은 영상과 콘텐츠에 익숙해진 이들은 깊게 사유하는 것을 좋아하지 않는다. 다들 짧디짧은 사유 속에 멈춰버린 채로 살아간다. 철학과가 폐지되어야 한다는 건 그런 논리에서 몇 년째 계속해서 이어져 나오는 이야기다.

철호는 자신이 도움이 될 수 없다는 것을 알고 있었기에 할 말이 없었다. 자신이 조금 더 자리를 지킨다면 철학과의 폐지를 막는 데엔 큰 역할을 하겠지만, 더 이상 심신이 너덜너덜해져서는 안 된다. 이제 마음의 수양길로 가야 한다.

얼마 전부터는 학생들과 눈만 마주쳐도 불안했다. 학생들이 자신의 사생활에 대해서 모든 것을 알 리는 없겠지만, 자신의 어리석음을 들킬까 봐 두려워지기 시작했다. 그것은 이내 불안장애로 이어졌다.

'허억, 허억~.'

철호는 깊은 밤 침대에서 악몽을 꾸다 일어났다. 가끔 학창 시절의 아픈 기억이 몸서리치도록 악몽으로 나타나긴 했지만, 지난 십여 년간은 악몽과는 거리가 있었다. 그때와는 차원이 다른 악몽에 그는 가빠진 호흡을 조절하려고 애를 썼다. 쉽게 조절이 되지 않았다. 꿈속에서 수많은 사람들이 자신에게 손가락질하며 욕설을 퍼부었다. 그는 도망치려 했지만, 누군가가 그를 잡아 세우고는 다시 손가락질하는 사람들을 쳐다보게 했다. 철호는 점점 숨통이 조여왔다. 숨을 제대로 쉬는 것조차 할 수 없었다. 과호흡 증상이 이어지자, 철호는 이제 자신이 정신과 진료를 선택해야 할 순간이라는 것을 알았다.

막상 사직서를 내고 나니 남은 몇 주를 견디는 것이 이토록 버거울 줄은 몰랐다.

철호는 생존을 위해서, 몇 주라도 버티기 위해 학교에서 멀리 떨어진 곳에 있는 정신건강의학과를 예약했다. 정신건강의학과는 현대인의 삶을 드러내 보이는 공간이었다. 예약을 하고 갔음에도 많은 사람이 대기하고 있었다. 그 사람들의 얼굴을 보면서 철호는 여러 가지 생각이 들었다. 자신이 제아무리 일평생 배움과 깨달음의 과정을 걸어왔어도 결국은 한 인간에 불과할 뿐이라는 것. 그것이 병원에서 느낀 감정이었다.

"환자분, 어디가 불편해서 오셨어요?"

의사는 무미건조한 목소리로 물었다. 철호는 자신의 증상을 상세히 이야기하려 했지만, 막상 어디서부터 어떻게 이야기해야 할지 몰라 악몽을 꾸고 불안하다는 것, 과호흡 증상 때문에 괴롭다는 이야기만 했다.

"그런 증상이 보통 어떤 때에 나타나죠?"

그러자 깊은 생각이 들었다. 자신이 어느 순간에 그런 모습을 보이게 되는지 깊이 생각해 본 적 없었기 때문이었다.

"어, 그건……."

그리고 머뭇거리자, 의사가 말했다.

"일단 환자분 종이 검사지 하셨죠? 검사지에 따르면 불안함 지수가 꽤 높게 나왔거든요. 불안장애라고 보입니다. 불안장애 약을 처방해 드리겠고요, 비상시 약으로는 인데놀을 처방해 드릴게요. 약 드시다가 불편한 점이 있다면 바로 병원에 오는 것이 좋습니다. 정신과 약은 맞는 약을 찾기까지가 오래 걸려요. 그리고 불안장애 약이긴 하지만 우울 지수도 높아서 아침에 먹는 약에는 우울증에 대한 약 처방이 들어 있기도 해요. 이 약의 부작용은……."

의사의 설명을 들으면서도 온전히 정신을 집중할 수 없었다. 아내에게도, 자식들에게도 하지 못할 말이었다. 철호가 이런 말을 털어놓을 수 있는 친구는 만식이 하나뿐이었다. 하지만 만식에게도 말하지 않았다. 술친구로서도 참으로 좋은 친구이고, 인생을 논하기에도 이보다 더 좋은 친구는 없으련만, 하나뿐인 그런 친구에게 자신의 어두운 이야기를 쏟아내어 걱정을 끼치고 싶지는 않았다.

'내가 그리 비좁은 세상 속에 갇혀 살고 있었던 것인가? 그런 삶을 살면서도 나는 제대로 된 삶을 살았다고 위로해 왔던 것인가?'

진찰료를 지불하고 나오면서, 철호는 여러 감정이 교차했다. 자신이 잘 살았다고 생각했던 삶은 잘 산 것이 아니라, 고집과 아집에 의한 삶이었음을 이제야 알게 된 것이다. 잘 산 것이 아니라, 다른 이들의 입장을 고려하지 않고, 자신만의 삶에 집착하여 잘 산다고 믿어왔던 것이었다.

병원에서 나온 철호는 곧장 강화도로 향했다. 강화도로 운전하면서 가는 내내 철호의 머릿속에는 자신의 생존과 운명에 관한 문제. 그것밖에 없었다. 이제 아내 설경이 지어주던 밥도 빨래도 반찬도 청소도 모두 직접 해야 한다. 자신이 살아야 비로소 다른 것들 역시 돌아볼 수 있으리라. 그랬기에 철호는 조금 더 빡빡한 기준 속에서 자신을 낭떠러지로 내몰고 있었다.

강화도 낙조 마을에 도착하자, 철호는 그제야 마음이 평온해졌다. '여기 어딘가 내 마음 수양지가 있으리라.' 차에서 내린 철호는 천천히 발길을 옮기며 사방을 둘러보았다. 서쪽으로는 바다가 아련하게 펼쳐지고, 북쪽 봉우리를 중심으로 동쪽과 서쪽으로 나지막한 산들이 이어져 바다를 내려다보며, 철호가 서 있는 낙조마을을 포근하게 감싸고 있었다. 눈에 들어오는 어디라도 다 좋을 것 같지만, 그래도 사람이 뜸한 산 중턱쯤이었으면 더 좋겠다고 생각하며 철호는 북서쪽 능선에서 시선을 멈추었다.

'저기, 터가 있으면 좋겠군.'

철호는 곧장 가까운 부동산을 수소문했다. 자전거를 타고 가는 행인을 붙잡고 물으니, 마을 초입 상가 건물을 가리켰다. 철호가 도착한 부동산 유리창에는 시골 폐가, 전원주택, 별장, 전답 매매 등의 글자들이 빼곡하게 부동산 내부를 감추고 있었다. 문을 열고 들어서자, 생각과 달리

젊은 중개사가 철호를 반겼다.

"어디, 생각한 곳이 있으세요?"

"서쪽 낙조마을 산 중턱 한켠 조용한 곳에 작은 집 하나 있을까 해서요."

"아, 그래요? 마침 조용한 곳에 선생님이 찾는 그런 집이 하나 나와 있습니다. 같이 가 봅시다."

중개사는 철호를 차에 태우고 언덕 위로 올라갔다.

"바로 이 집입니다. 텃밭까지 해서 이백오십여 평 됩니다."

그와 함께 다다른 곳은 아까 길가에 서서 올려다보던 그 자리였다. '운명이 나를 이곳으로 안내한 건가?' 오래된 집이고 크지 않은 집이었다. 아직 뼈대도 튼튼하고, 수리도 필요 없는 비교적 깨끗한 집이다. 산 중턱이라 마을과 좀 떨어져 있어 조용히 지내기에 안성맞춤인 자리였다. 게다가 서해가 훤히 내려다보여 마음을 탁 트이게 하고, 위에서 보는 낙조마을은 엄마의 자궁 속 같은 편안함을 주는 것 같았다. '저녁이 되면 날마다 서해로 펼쳐지는 아름다운 해넘이를 볼 수 있겠지?' 길가와 바다 쪽으로는 펜션과 카페들이 늘어서 있어 철호의 낭만을 자극했다.

"마음에 듭니다. 가격은 어찌 되는지요?"

"내놓은 지 좀 돼서 집주인에게 확인해 봐야 할 거 같습니다. 소유자는 저쪽 바닷가 모퉁이에서 '카르멘'이라는 카페를 하고 있습니다."

'카르멘?' 낯익은 단어라고 생각하는 사이 그가 다시 말했다.

"선생님. 제가 지금 선약한 다른 급한 약속이 있어서요. 선생님이 먼저 카페로 가 보시고 흥정은 제가 나중에 붙여 드리겠습니다."

가늘 길을 상세히 전해 들은 철호는 차를 타고 카페 카르멘으로 향했다. 그런데 묘하게 카르멘이라는 단어가 입안에 맴돌았다. 카르멘이라 하면 떠오르는 사람이 있다. 오페라 〈카르멘〉의 곡 중 하나인 〈하바네라〉를 열창하던 자신의 오래된 기억 속 첫사랑, 백은하. 한국대학교 성악과 백은하의 얼굴이 가물거리는 것은 왜일까?

'도망치듯 급하게 이민을 갔다고 전해 들었지?'

철호의 머릿속에는 은하와의 추억이 조금씩 자맥질을 했다. 그러나 떠오른 생각은 이내 가라앉았다. 몇 분 가지 않아 카페 카르멘이 보였다. 카르멘 앞의 주차장은 생각보다 꽉 차 있었다. 근래 들어 사람들이 차를 끌고 먼 곳까지 넓은 카페를 찾아다닌다고는 들었다. 그런데 이곳이 그런 곳일 줄은 짐작도 하지 못했다. 조용한 마을 분위기와는 어울리지 않는 공간이었다.

카페 안에 들어가자, 아르바이트생이 반가운 목소리로 "어서 오세요, 고객님!"을 외쳤다. 그 목소리를 들은 철호는 더듬더듬 자리로 가서 앉았다. 평일의 한낮이었음에도 거의 모든 좌석이 차 있었다. 철호는 빈자리를 찾아 가만히 앉아 있다가 카운터로 갔다.

"저 다름 아니라 사장님을 뵈러 왔습니다."

"저희 사장님이요? 사장님 출근하시려면 시간이 꽤 걸릴 듯한데요. 사장님 원래 조금 늦게 나오셔서요. 혹시 무슨 일 때문이신지 알 수 있을까요?"

"저 산 중턱에 있는 집주인이 사장님이란 말을 들어서요. 그 집을 구매하고 싶어서 왔습니다."

"아, 그렇다면 사장님께 빨리 오실 수 있냐고 연락드려 볼게요. 음료는 뭐로 주문하시겠어요? 아니다, 손님이니까 음료 한 잔 챙겨 드릴게요."

아르바이트생은 매우 싹싹했다. 철호는 별것도 아닌 일에 긴장되는 것을 보고는 자신이 심리적으로 굉장히 내몰린 상태라는 것을 깨달았다. 아르바이트생이 물과 함께 커피를 내오자마자 철호는 심하게 긴장될 때 먹으라며 의사가 처방한 인데놀을 한 정 먹었다. 그러고 나서도 쉽게 심장의 두근거림이 가라앉지 않아 골머리를 썩였다.

그때, '딸랑'하는 소리와 함께 가게 문이 열렸다. 카운터를 향해 걸어가는 저 모습은 마치 오랜 시간이 지났지만, 어렴풋한 기억 속 그 모습과 닮아 있었다. 아니, 닮은 것이 아니라 분명 그 모습이다. 철호는 그녀의 이름이 백은하일 것이라는 확신이 들었다. 자신의 풋풋한 기억 속에 자리 잡은 첫사랑 백은하. 은하의 집안이 군부 권력에 낙인이 찍혀 급하게 이민을 가지 않았더라면 그녀와 결혼했을지도 모른다. 그래도 혹시나 하는 마음으로 가만히 주시했다. 그러자 카운터에서 아르바이트생과 대화를 나눈 그녀가 철호 쪽을 바라보더니 걸어왔다.

"안녕하세요, 산 중턱 집주인입니……. 어, 어, 혹시 선배?"

은하의 눈이 휘둥그레졌다. 철호는 그녀가 오랜 세월이 지나 변한 자신의 얼굴을 알아봤음을 알 수 있었다. 자신 역시 그녀를 알아봤으니까.

"너, 맞지? 음대 성악과 백은하. 나 철학과 최철호야. 내 얼굴 기억나니?"

철호는 긴장 섞인 반가움으로 은하를 맞이했다. 은하는 목소리를 낮추라며 손가락으로 신호를 보냈다. 그러면서도 은하는 맞은편 자리에 앉았다.

"철호 선배, 잘 지냈어요? 아주 가끔 선배 소식을 전해 듣곤 했어요."

철호는 은하와 재회한 반가움에 자신이 스무 살 언저리에 어떤 일을 겪었는지 그때 기억이 하나둘씩 떠올랐다.

"반갑다, 백은하."

"선배, 그때 다친 곳은 괜찮아요?"

은하는 기억 속의 우아했던 모습 그대로였다. 음대 최고의 여학생이었던 백은하. 그런 은하의 모습이 철호의 마음을 설레게 했다. 은하와 지나간 시간에 대해 할 말이 많았지만, 우선 부동산 이야기를 하는 것이 먼저였다.

"뭐, 결혼하고 아이 낳고 살고 있지. 어쩌다 보니 교수까지 됐고……. 너야말로 이민 갔다 들었는데 어떻게 한국으로 돌아와서 카페를 차리고 있게 된 건지 물어봐도 되나?"

예상하지 못했던 곳에서 오래된 사랑의 기억을 꺼내게 된 철호는 이루 말할 수 없는 감정이 밀려오는 것을 느꼈다. 자신이 고문을 당한 뒤 끙끙 앓아 누울 때 곁을 지켰던 사람이 다름 아닌 은하였다. 은하는 자신의 고통을 함께 나눈 사람이자, 그 시절 아픔을 같이 한 사람이기도 했다.

은하를 강화도에서 만나게 될 줄은 꿈에도 몰랐다. 다른 이들의 앞날은 척척 알아맞히곤 하면서, 정작 자신이 어떤 운명을 가지고 누구와 연이 닿게 될지는 알 수 없는 것이 사람의 운명이라는 것을 느낀 철호는 벅차오르는 감정을 주체할 수 없었다.

"그래, 은하야. 너는 어떻게 지냈니? 이민을 간 뒤로 네 소식을 알아보려고 했는데, 어디서도 네 소식을 들을 수가 없었어. 너를 여기서 이렇게 만나게 될 줄이야!"

철호의 말에 은하는 수줍게 웃어 보였다. 그 모습에는 스무 살의 은하 모습이 고스란히 담겨 있었다. 스무 살 백은하의 모습은 순수했으며, 해사한 웃음을 보고 있으면 마음이 맑아지는 기분이었다. 고문을 받고 나오고 난 뒤 빨리 회복할 수 있었던 것은 곁을 묵묵히 지키며 간호했던 은하 덕분이었다.

그렇게 자신의 곁을 지켜준 은하에 대한 고마운 마음도 표현하지 못한 채 이별했었다. 지금처럼 통신도 발달되지 않은 시대라 연락도 제대로 할 수 없었고. 소식이 끊긴 채로 수십 년이 흘러야 했다.

"나는요, 선배?"

은하 역시 벅찬 마음은 비슷한 듯했다. 은하가 어떤 감정을 느끼고 있을지 철호는 백분 이해할 수 있었다. 자신의 마음과 같은 생각을 하고 있을 것이라는 생각이 들었다. 그랬기에 철호는 은하가 차분히 자신의 감정을 내비칠 수 있을 때까지 기다렸다. 커피를 한 모금, 두 모금 마시고 있을 때가 되어서야 은하는 입을 열었다.

"그 시절은 우리에게 혹독한 시련을 줬잖아요. 나는 선배가 무척이나 그리웠어요. 쫓기듯 미국으로 가서 마음에도 없는 사람과 반강제로 결혼을 해야 했어요. 그리고 우리 가족은 늘 감시를 받았어요. 그렇게 아이를 낳고, 하고 싶던 음악은 그만두고, 평범한 가정주부로 살아야 했어요. 타지 생활은 당연히 힘들었죠. 가끔……, 선배 생각이 나기도 했어요. 만약 선배와 결혼해서 가정을 이루었더라면 지금과 같은 삶을 살지 않았을까? 하는 생각을 했어요. 이제야 솔직하게 말하는 것이지만, 저는 선배를 참 좋아했어요. 선배로도, 남자로도."

은하는 길고 긴 말에 마음을 담아 이야기했다. 그건 철호 역시 같은 생각이었다. 은하와 함께했다면, 자신의 미래는 조금 달라지지 않았을까? 아내와 졸혼을 약속하고, 이제는 서로 갈 길을 가자는 대화를 나누긴 했지만, 그렇다고 해서 지금의 아내를 사랑하지 않았던 것은 아니다. 그런데도 철호의 마음속에 백은하란 존재는 잊을 수 없는 존재로 남아 있었다. 백은하만이 채울 수 있는 무언가가 있었다. 그녀가 한국에 없었기에, 소식이 완전히 끊겼기에 전할 수 없는 진심이 있었다.

은하도 같은 생각이었다는 것을 들으니, 그녀의 처량했을 삶이 안타까웠다. 만약 첫사랑이었던 은하와 한 가정을 이뤘더라면 운명을 맹신하며 긴 세월을 방황했던 자신의 삶이 조금 더 쉬워지지 않았을까? 어려운 길을 걷지 않고서도 행복에만 전념할 수 있지 않았을까? 그런 생각이 들었다.

"은하야, 그건 나도 그렇다. 나도 너를 참 좋아했어. 모진 고문을 받고 하숙방으로 돌아온 나를 기다리던 네 모습이 아직 눈에 선연하다. 그때 내 눈에 너를 새겼어. 그 고문을 받고 며칠 동안 밤낮없이 앓아누운 내 곁을 지키던 네 모습을 내가 어찌 잊겠니? 긴 세월이 지났지만 내 너를 잊을 수 없는 이유는 내게 헌신적이었던 네 모습도 있지만, 네가 내게 마음을 줬기 때문이었어. 그 마음을 알면서도 나는 네게 도움이 되지 못했지. 내가 너를 찾아 나섰을 땐, 이미 너는 자퇴하고 미국으로 갔다는 이야기만 전해 들을 수 있었을 뿐이었어."

"그때는 연락할 수 있는 수단이 없었지요. 그 후에는 가정주부로 사느라 아무것도 생각할 수 없었어요. 남편은 내가 한국에 있는 그 누구와도 연락하는 걸 싫어했어요. 선배를 찾아볼까? 그런 생각을 하루 이틀 했던 게 아니에요. 남편이 세상을 떠나고 나서야 나는 비로소 자유가 됐고, 그제야 한국 땅을 밟을 수 있었어요."

은하의 말을 들으니, 그녀의 지난한 세월을 어림짐작할 수 있었다. 마음에도 없는 남자와 결혼해 늘 감시받는 삶을 살아왔을 터였다. 그녀의 인생을 어찌 한두 단어로 요약할 수 있겠는가? 철호는 그녀가 생략한 수많은 단어 사이에서도 삶을 읽어냈다. 그녀의 얼굴을 보니, 스무 살 때와 같이 그녀는 여전히 고왔다. 단순히 곱게 늙었다고는 표현하기 어려울 정도로 고왔다. 세월이 그녀만은 비켜 간 듯했다.

어려운 삶을 살았음에도, 여전히 고운 마음으로 살고 있었기에 지금의 모습이 가능했으리라. 모질게 구는 세상에 불만을 가졌다면, 그녀의 얼굴은 지금과는 달랐으리라. 마흔이 넘으면 자신의 얼굴에 책임을 져야 한다는 옛말에 철호는 깊이 공감했다.

마흔쯤이면 그동안 살아온 삶의 흔적이 얼굴에 고스란히 드러나기 마련이다. 관상을 볼 때도 어린 사람들의 얼굴보다 마흔 넘은 사람의 관상을 읽는 것이 훨씬 알기 쉬웠다. 얼굴을 보면 생의 흔적을 읽을 수 있기 때문이다. 고집을 부리며 남들에게 패악질하며 살아온 사람은 그 성격이 그대로 얼굴에 드러났고, 선행을 베풀며 천천히 인생을 산 사람 역시 얼굴로 알 수 있었다. 은하의 삶이 어땠을지 그녀의 얼굴만으로도 알아차릴 수 있었다.

"그나저나 선배, 어떻게 그 집을 알았어요? 내가 부동산 한 곳에 맡겨 놓아서 문의가 거의 들어오지 않았는데, 게다가 산 중턱이라 더 찾는 이가 없었는데"

"그래, 은하야, 내가 집을 구하고 있단다. 그래서 부동산에 들렀는데 그 집을 소개했지, 그런데 그게 은하의 집이라니 너무 놀랍다."

"그 별장, 사실 아버지가 말년에 휴양하시다가 돌아가시고 유산으로 물려준 건데, 저는 사용을 잘 안 해서 처분하려고 하는 중이었어요. 선배, 선배라면 그 별장 헐값에 처분하고 싶어요. 어차피 부동산에서도 산 중턱 외딴곳이라 값도 안 나간다고 하더라구요."

"터를 보니 내가 말년을 보내기 적합한 곳이라고 생각했지. 그런데 그런 사연이 있었구나."

철호는 은하의 아버지가 휴양 터로 잡았다면 그 땅의 기운이 좋은 데엔 다 이유가 있다는 것을 뒤늦게 알았다.

"언젠가 그 별장을 사겠다는 사람이 나타나면, 싸게라도 팔아야 한다고 막연하게 생각했어요. 때마침 나타난 사람이 선배일 줄은 상상도 못했어요. 선배에게 오래된 세월의 흔적을 넘기고 싶어요. 나도 이제는 자유로워지고 싶어요. 선배가 어떤 사정으로 그 집을 구하는지는 모르겠지만……."

이에 철호는 자신의 삶을 이야기해야겠다고 생각했다. 그러나 지금은 아니란 생각이 들었다. 재회한 순간에 자신의 지나간 삶을 모두 이야기하는 것은 은하에게 너무 모진 이야기일 터였다.

"차차 이야기할게, 은하야. 너는 어쩜 세월이 지나도 그때 그 모습 그대로인 거니?"

"선배는 샌님같이 변했네요. 오래전 가벼이 들은 적이 있어요. 선배가 교수가 되었다고요. 어려운 시절을 겪었음에도 교수 자리까지 갔구나. 선배는 학문에 조예가 깊은 사람이구나 그런 생각을 했었어요. 그게 선배다운 모습이라고도 생각했었고요. 선배야말로 하나도 변한 게 없네요. 그때도 공부에만 빠진 샌님처럼 보였는데……."

은하는 도서관에 콕 처박혀 공부하던 철호의 모습을 떠올리기라도 한 것인지 혼자 수줍게 웃어 보였다. 철호는 은하와 처음 마주했던 학교 중앙도서관 모습이 생각났다.

햇살이 창문으로 가득 들어오는 날이었다. 교양 수업 과제를 하기 위해 철호는 클래식 관련 서적을 뒤적이고 있었다. 클래식 관련 서적만 열

권이 넘게 쌓아둔 채 읽고 있을 때, 누군가 맞은편에 앉았다. 그 사람이
은하였다.

"클래식, 좋아해요?"

그때 은하가 물었던 말이었다. 여자와 대화하는 것이 낯설었던 철호
는 당시 어리바리하게 대답했다.

"아, 네. 뭐 조금요. 조예가 있는 건 아니지만."

"거기! 도서관에서는 정숙해야 하는 거 몰라요?"

철호의 목소리에 사서의 일침이 날아왔다. 은하는 조심스럽게 자신이
들고 있던 책 몇 권을 건넸다.

"우리 같은 수업 들어요. 알고 있어요?"

"우리가 같은 수업을 듣는다고요?"

철호는 깜짝 놀랐다. 은하와 같은 수업을 듣고 있는 줄은 모르고 있었
으니까. 교양 수업에 빽빽하게 들어찬 강의실에서 한 사람 한 사람에게
관심을 둘 여유 따위는 없었다.

"저보다 한 학번 선배시더라고요. 선배라고 불러도 되죠?"

그 말을 하며 싱긋 웃던 은하의 모습이 지금의 모습과 겹쳐 보였다.

"그때 기억이 난다, 은하야. 그때 네가 건네줬던 게 바로 〈카르멘〉을
소설로 재구성한 것이었지. 무척 재미있게 읽었던 기억이 나는구나. 오
랜 세월이 지나 이곳 〈카르멘〉에 들어올 때 어렴풋이 내 가슴에 자리한
설렘을 느낄 때 알았어야 했는데……, 네 마음속에는 아직도 〈카르멘〉이

있구나."

"선배, 나는요. 한 번도 〈하바네라〉를 잊어본 적이 없어요. 내가 대학교 입시에서도 부르고, 한국을 떠나기 전 마지막으로 실습했던 그 곡을 어찌 잊겠어요. 그 곡에는 내 모든 게 담겨 있었어요. 그리고 선배도……."

은하의 눈가가 촉촉해지는 것을 본 철호는 서둘러 냅킨을 건넸다. 그런 철호의 손짓에 은하는 괜찮다며 손을 저었다. 자신은 때때로 과거를 생각하면 지나치게 감성적인 사람이 된다는 말도 덧붙였다. 그런 모습이라 하더라도 괜찮았다. 그것이 그녀의 솔직한 모습 중 하나니까. 정말 스무 살 때와 달라진 게 하나도 없는 수십 년 만에 재회한 그녀의 모습에 철호는 가슴이 울컥했다.

'그 시간을 너 혼자 어찌 견뎌냈니? 너 없는 한국에서 내가 운명에만 매달린 채 있는 동안 너는 그 시간을 어찌 버텼니?'

묻고 싶은 말은 많았지만, 오늘만 날인 건 아닐 것 같았다.

"선배, 선배니까 별장 싸게 팔게요. 부동산에서 말한 금액보다 20% 할인해서 바로 계약하고 명의 넘겨 가세요."

"아니다, 은하야. 제값을 받아야지."

"괜찮아요. 얼른 처분해 버리고 싶었으니까요. 선배, 지금 말하지만 고문당한 선배를 간호하느라 제가 집에 못 갔을 때, 우리 아버지는 남학생 집에서 여학생이 며칠 외박했다는 게 용서가 안 되어 제게 많이 화내셨어요. 아버지는 돌아가시기 전까지 선배 말만 나오면 미워했어요."

"그랬구나."

"군인 신분인 아버지는 권력에 미운털이 박혀 결국 강제 이민을 선택했지만, 그런데 말이에요, 저는 달라요. 아버지랑은 전혀 다른 생각이었어요. '내게도 선배만큼의 용기가 있었더라면……' 하고 생각했어요. '선배만큼 용기가 있는 사람이었더라면 차라리 모진 고문을 받을지라도 한국에 남아 내가 처음으로 마음에 품은 사람과 결실을 맺을 수 있었을 텐데.' 하고 생각했어요. 이제는 다 지나간 일이지만요."

은하는 그 말을 하며 쓸쓸하게 웃었다. 그녀의 이야기를 듣고 있으니, 김 씨가 세상을 떠난 지 얼마 되지 않았다는 것도 잊혔다. 김 씨의 빈자리를 채우기 위해 백은하가 때마침 나타난 것처럼 느껴졌다. 운명은 때때로 자신이 원하지 않았던 새로운 곳으로 인도한다. 지금이 바로 그 길이라는 생각이 들었다.

철호는 은하에게 손을 내밀었다. 그녀는 금세 눈물을 닦고는 철호의 손을 맞잡았다.

"잘 부탁한다, 은하야."

"저도요. 선배가 무슨 사정으로 이곳 강화도까지 왔는지 저는 알지 못하지만, 앞으로 지나갈 시간 동안 잘 지내봐요. 우리가 못다 한 이야기는 이제 천천히 하도록 해요. 선배와 나는 오랜 시간 하고 싶은 이야기가 많았으니까. 우리가 도서관 앞 벤치에 앉아 이야기를 나누던 그때처럼요."

은하의 말에 철호는 미소를 지었다. 인생의 여정은 알 수 없는 곳으로 자신을 이끌곤 했다. 강화도 땅을 마음에 들어 했던 것도 그렇고, 답답한 마음을 풀기 위해 찾았던 고즈넉한 공간이 알고 보니 은하의 땅이었다는 것 또한 그랬다. 그것을 알게 된 순간 철호는 깨달았다. 운명은 자신이 예측한다고 해서 알 수 있는 것이 아니었다. 그리고 긴 시간을 한두 가지 말로 표현하기에는 너무나도 많은 것들이 생의 앞에 놓여 있었다.

김 씨를 떠나보내고 난 뒤로, 운명에 대해서 다시 한번 생각하게 된 그에게 지금 이 순간은 기쁨이자 축복이었다. 운명이 자신을 이곳 강화도로 이끌었다는 것. 그리고 오래된 사랑을 통해 방황하던 자신의 인생이 비로소 제자리를 찾아가는 느낌이 들었다. 곧바로 부동산을 통해 은하와 매매계약과 동시에 잔금을 치르고 명의를 이전했다.

그리고 만식이와 필요한 짐을 옮기고 강화도 생활을 시작했다. 계절은 또 바뀌고 있다.

* * *

"선생님, 제발 우리 집 양반 이번 선거에서 어떻게 될지 좀 봐주세요, 제발요. 우리 집 양반, 이번에도 낙선하면 낙선만 세 번째고, 집안 거덜나게 생겼어요."

학교는 명예퇴직으로 처리됐다. 강화도 별장에서 살고 있는 철호는 이곳에서 머무르며 고요함을 즐기고 있었다. 그러나 철호가 이곳에 있다는 걸 어찌 안 것인지 찾아오는 이들이 간혹 있었다. 지금도 역시 집 앞에서 고래고래 소리 지르고 있는 이는, 철호가 문을 열어주지 않자 항의하는 어느 정치인의 아내였다.

철호는 문을 열어줄 생각이 없었다. 만식이가 나가서 돌아가라고 말했지만, 벌써 한 시간째 싹싹 빌고 있는 여자의 모습을 보며 철호는 깊은 한숨을 내뱉었다. 그렇다 큰스님의 최종 교훈은 마음의 수양이었다. 여기서 마음을 수양하는 시간은 이토록 평화로울 수가 없다.

철호는 부모님 기일이나 특별한 일이 아니고는 마포 집에 자주 가지는 않았다. 그러나 아내 설경은 종종 강화도까지 반찬을 싸 들고 찾아왔다. 올 때마다 자기 취미 생활하는 이야기나 딸아이와 아들이 어떻게 지내고 있는지 말해줬다. 첫째는 미국 대학에서 만난 이와 결혼을 할 거라며 부모에게 인사하러 온다는 이야기를 전해 주기도 했다.

"돌아가세요. 더는 점을 보지 않습니다. 몇 번을 부탁해도 변함이 없을 겁니다."

답답한 마음에 철호는 다시 창문을 열고 소리쳤다. 그는 최근 〈운명론자〉라는 제목을 가제로 두고 틈틈이 자신이 운명을 믿게 된 이야기의 시작과 끝을 집필하는 중이었다. 한창 글이 떠올라 집중하고 있던 터에 불청객의 방문에 집중하던 것이 그만 흐트러졌다.

철호는 저장 버튼을 누르고는 한숨을 쉬었다. 이제는 누군가의 미래는 읽지 않는다고 말했음에도 뜬금없이 찾아오는 사람들 때문에 여간 곤란한 것이 아니었다. 철호는 자신의 거처가 마을과 일정한 거리를 둔 곳에 있어 찾아오는 이가 없으리라고 생각했다. 하지만 어디서 소문을 들은 것인지, 정·재계 내로라하는 집안의 사모님들이 찾아와 자신의 자식과 남편의 운세를 점쳐 달라고 하는 것 때문에 곤란을 겪어야 했다. 철호는 인터넷의 발달이 이런 불편을 주는 것도 있구나 생각했다.

아내에게 비밀로 해 왔던 철호의 비밀이 까발려지기도 했다. 여느 때처럼 아내는 철호에게 반찬을 가져다주러 왔다. 그때 철호의 집 앞에는 어느 중견 기업의 사모가 싹싹 빌고 있었다. 그제야 아내는 철호가 몇십 년 동안 주말마다 사라져서 무엇을 했는지 정확하게 알게 된 것이다. 철호가 바람을 피우고 다닌 것이 아니라는 걸 믿고는 있었지만, 실제로도 그렇다는 걸 알게 된 아내는 의외로 호쾌하게 웃었다.

"당신이 역술 공부를 많이 해온 거야 알고 있지만, 그렇게 알려진 점쟁이까지는? 호호호."

당시 아내가 놀라움 반 희열 반으로 한 말이었다.

"그나저나 이제야 몇십 년 묵은 체증이 내려가네. 그래요, '당신이 그럴 리가 없겠지'라며 오랜 시간을 속앓이하며 살아왔는데, 당신이 괴짜 같이 왜 그러고 다녔는지 이제는 이해가 되네요. 내가 다른 집 사모들로부터 들었던 '태랑'의 정체가 내 남편이었다니. 그건 말해 줄 수 있었잖아요. 우리가 함께한 시간이 얼마인데."

아내가 내심 서운한 기색을 비칠 때 반가운 손님이 찾아왔다. 바로 백은하였다. 은하가 익숙하게 문 안으로 들어서는 것을 본 아내는 잠시 표정이 굳었지만, 이내 웃어 보였다.

"당신? 아니다, 아니에요. 말씀들 나누세요. 혹시라도 첫째 결혼식에 혼주석을 비울 생각은 말아요. 오늘은 이만 갈게요."

아내의 모습을 보고도 은하는 고개만 숙일 뿐 아무런 말이 없었다. 잠시 아내를 배웅하고 돌아온 철호에게 오히려 익숙하게 따뜻한 커피가 담긴 보온병을 내밀었다.

"선배, 집필은 잘 돼가요? 하려는 이야기가 많아서 고민이라고 했잖아요."

"긴 세월을 지나왔으니 집필하는 데도 시간이 꽤 걸리는구나. 커피는 잘 마실게. 고맙다, 은하야."

철호는 보온병에 담긴 은하의 마음을 읽었다. 풋풋한 감정이 들긴 했지만, 그것은 예전과 같은 '사랑'의 형태가 아니었다. 오래된 추억으로부터 나오는 '힘'이었다. 길고 긴 운명을 지나 지금의 자리에 온 것이다. 은하도, 김 씨도 모두 각기 다른 사랑의 형태로, 운명의 모습으로 철호의 곁을 스쳤다. 철호는 자신을 야속하게 만든 김 씨가 때때로 생각나기도 했다. 어쩌면 떠나간 김 씨가 은하를 여기 데려다준 것인지도 모른다는 생각이 들기도 했다. 하지만 떠나간 이는 아무런 말을 할 수 없다는 것을 알기에 글 속에 모든 것을 담아냈다.

그렇더라도 철호는 아내 설경을 언제까지나 사랑하고 있었다. 비록 졸혼하여 따로 살고 있으나 설경도 철호를 챙기며 끊임없는 사랑을 주고 있다. 그렇게 철호와 설경은 가정이라는, 부부라는 둘레를 서로 이탈하지 않았다.

"얼마 전 출판사와 계약했다면서요. 원고 거의 다 집필한 거 아니에요?"

은하의 질문에 철호는 커피를 한 모금 마시며 부드러운 미소를 지었다.

"그래, 출판사에서 썩 괜찮은 조건을 제안하더라고. 이 책이 나오고 나면, 어쩌면 운명에 대해 다시 생각하게 될 사람이 있을지도 모르겠다. 나는 긴 시간을 운명에 매달렸고, 운명이란 무엇인가에 대해 알려고 했지만, 여전히 그 정답은 모르겠다. 그런데 한 가지 분명한 게 있어."

"그게 뭔데요, 선배?"

"운명을 완벽히 이해할 수 있다고 믿는 건 어리석은 일이라는 것. 저마다 인생의 궤적을 읽을 수 있다고 말을 하지만, 사실 그 누구도 완벽히 알 수 없는 것이 우리네 삶이라는 것. 그거 하나만은 확실히 말할 수 있어. 오랜 세월을 돌고 돌아 내가 지금 이 자리에 있는 것처럼, 현재를 살아가는 내가 미래에 벌어질 일을 완벽히 알게 되는 건 불가능하다는 걸 나는 이제 깨달았지. 이 책도 그런 의미에서 써 내려가는 것이지."

철호는 한창 집필 중이던 노트북 화면을 들여다보며 이야기했다. 모든 것이 길고 지난했다. 자신의 삶이 여기까지 오게 된 것은 운명의 힘이었을지 몰라도, 이제부터 어떻게 살아가야 할지는 자신이 선택할 수 있는 것이라는 걸 알고 있었다. 오랜 세월 속에 얻은 깨달음이었다.

"선배는 운명이 뭐라고 생각해요?"

"운명이라……. 음~, 은하야, 현생인류인 호모사피엔스는 다른 동물에 비하여 다른 점이 그 본질이 지성적이고, 특히 이성적인 사고를 하는데 있다고 하잖아. 그런 인간관으로 볼 때, 인간이란 결국 관계 속에서 살아가기에 나는 매우 중요한 것이 감성이라고 생각하지. 때론 지성과 이성적 사고까지 지배하게 되는 감성은 그 힘이 대단하거든. 즉 감성과 마음이라는 것이 관계를 만들어 이성적 사고로 자신의 성공, 사랑, 결혼, 자녀, 재물 등 삶의 중요한 실체인 색(色)을 소유하지만, 한편 역설적으로 삶의 실체적 소유였던 그 색(色) 중에 어느 것이든 잃게 되면, 그 대상을 향했던 이성과 감성 또한 잃게 되어 실체 또한 잃거나 떠나게 되어 공(空)이 되고 말지."

"선배, 그러니까 색은 세상의 모든 실체를 말하는 것이고, 공은 마치 이혼 후 배우자가 없는 것처럼 보이지 않는 것을 말하는 거죠? "

"그래 맞아. 그래서 나는 운명이라는 의미를 불교 반야심경에 나오는 색즉시공(色卽是空) 공즉시색(空卽是色)의 뜻에서 찾는단다. 색즉시공은 '색(色)은 곧 공(空)이다.' 즉 보이는 것은 보이지 않는 것과 같다는 의미이고, 공즉시색은 '공(空)은 곧 색(色)이다.' 실체가 없는 공(空)은 또한 물질적 형상(色)으로 나타날 수 있다는 의미지. 마치 우리가 있었지만 오래도록 없었고 없다가 지금 다시 있는 것처럼 말이야. "

"네……."

은하는 철호의 설명을 가만히 귀담아 듣고 있다가 '우리도 만나다가 소식도 없이 헤어져 없었고 몇십 년이 지나 지금 기적처럼 만났다'는 비유의 말에 은하의 입가에는 미소가 번졌다.

"은하야, 그리고 우리 삶의 터전이란 태양계에 존재함을 이해해야 해. 즉 태양계의 행성들이 움직이며 밤과 낮 계절과 같은 규칙을 주지만, 한 편 기라는 에너지가 움직이며 태풍이 불거나 소나기가 오거나 해일이 일 거나 화산이 폭발하는 등의 예측할 수 없는 불규칙을 주기도 하지. 앞의 커다란 규칙은 잘 지키면 되지만 에너지의 변화로 나타나는 크고 작은 불규칙은 인간의 힘으로 대처할 수 없는 게 있고, 기상예보를 듣고 우산 을 준비하듯 슬기롭게 대처할 수 있는 게 있지. 운명이란 인간이 그런 현 상의 길을 사회화와 개인의 행복을 추구하며 걸어가는 과정이랄까? 물 론 개인마다 감당할 몫은 다르겠지만."

"와! 역시 선배는 철학과 교수님이다."

"그리고 은하야. 사주팔자 등을 보고 운명을 예측한다는 것은 그중에 기상예보를 듣고 우산 하나 준비할 수 있는 정도야."

"선배, 비라도 안 맞으면 그게 어디예요.?"

"하하하, 그럼 그럼, 비 오는 날 선보러 가는 사람들이나 예복을 입고 예식장에 가는 신부나 신랑에게 우산은 신이나 다름없지."

그때 만식이 들어왔다. 초미식당에서 맺은 인연이자 절친, 철호의 뜻 을 받아 이곳 강화도로 오게 된 만식이는 철호와 함께 살게 된 이후로 얼 굴이 활짝 피었다. 텃밭에 상추, 고추, 오이, 고구마, 감자 등등 철마다 잘 도 가꾸고 밥도 잘 지어 오히려 철호가 덕을 보며 호강을 하는 셈이었다.

타고 난 붙임성 때문에 마을 사람들과도 잘 어울렸다. 가끔은 동네 현장에 일용직으로 나가 돈도 벌곤 한다.

"어이쿠, 은하 씨도 와 계셨네. 허허, 카페 운영은 잘 돼요?"

"잘 되고 있죠. 선생님도 종종 놀러 오세요. 놀러 오시라고 말을 그리 해도 안 들으시고…….."

은하가 짐짓 서운한 척하자 만식은 껄껄 웃었다.

"내 꼴이 텃밭 일을 하다 보니 누추해서 그런 카페는 가기가……."

"에이, 뭐 어때요. 모든 사람이 와서 음악을 들으며 편하게 있으라고 있는 카페인걸요. 아무튼 꼭 오셔야 해요? 저는 만식 아저씨 오셨으니 이만 가 볼게요."

은하는 우아한 발걸음으로 현관문을 나섰다. 그런 은하를 바라보던 만식은 여유로운 미소를 지었다.

"그래, 나도 한번 가 봐야겠다. 카페 카르멘, 허허."

"너도 다녀오는 것이 좋겠지. 곧 있으면 또 대선이야. 문상인 정부가 참 빨리도 흘러갔네. 시간이 흐르는 게 날이 갈수록 빨라지는 것 같아."

철호의 말에 만식은 공감한다는 듯 고개를 끄덕였다.

"인생이란 게 뭔지, 참?"

* * *

2022년 4월, 전 세계를 강타했던 팬데믹 코로나19가 끝을 보이고, 장미가 슬슬 피어나기 시작하는 봄. 대선이 한창 진행 중이었다. 윤태열과 이재동이 대선 후보로 맞붙었다. 안창수 역시 대선 후보로 나왔으나, 주목받는 것은 윤태열이었다. 젊은 야당 대표 이윤석은 윤태열을 통해 한두 가지 정책을 내놓았다. 그는 혐오가 물든 세상 속에서 여성가족부를 폐지하겠다는 공약으로 2030세대 남성들의 마음을 다소 사로잡았다. 그리고 윤태열은 안창수와 후보단일화를 성공시켰다. 때마침 이재동 후보가 도지사 시절, 부인 김윤정 씨가 법인카드를 사적으로 유용했다는 기사가 발표되면서 당락은 오리무중에 빠졌다.

당시 철호에게 수많은 사람들이 누가 될 것 같냐고 전화하거나 그의 입을 바라보았다.

어김없이 언론에서는 각 정당 대권 주자들의 당선 가능성에 대한 설문 조사 결과가 수시로 발표된다. 한 방송국에서는 대권 주자 TV토론이 시작되고 있었다. 철호는 화면 속의 사회자를 보고 잠시 놀랐다. 그는 언젠가 수업 시간에 자신이 비범하다고 느꼈던 제자 한아름이었다.

'그래 너의 반듯한 몰골과 빛나는 눈빛은 성공할 줄 알았다. 허허'

철호는 다시는 미래를 내다보지 않겠노라고 했지만, 국가의 미래도 걱정되고, 정치 경험도 없는 검사가 갑자기 후보가 되고 당선 확률이 이재동을 코앞까지 추격하고 있는 것에 호기심이 발동했다. 철호는 자신의 정보로 수집한 윤태열의 사주를 다시 한번 살펴봤다. 커다란 대운도 그렇지만 선거를 치르는 당해 년의 강력한 에너지가 그의 칼을 비추고 있는 형국이었다. 아! 이재동의 운을 능가하니 뒤집힐 것을 직감했다. 그러나 자신만이 알고 있을 뿐 그 누구에게도 발설하지 않았다.

그러나 철호는 마음 한편이 무거웠다. 그것은 그의 태도와 관상 때문이었다. 찰색이 좋고 번듯한 이마와 인당이 좋아 출세할 상이었으나 연신 고개를 좌우로 돌리며 말하거나, 건들거리는 걸음걸이는 불안해 보였다. 이마가 뒤로 젖혀져 있고, 한쪽 눈썹이 올라가 흩어져 있으며, 두 눈이 음양 안(짝눈)이었다. 이는 관상학적으로 보았을 때, 누구의 말도 듣지 않는 황소고집이요, 이성과 감성이 따로 작동하기에 언행일치가 안되는 상이었다. 또 입술 한쪽이 벌어지니 부하나 주변 사람들과의 문제로 불화가 발생하게 될 수도 있었다.

윤태열의 기이한 행보는 진작 알 수 있는 것이었다. 대통령 경선 토론에서 손바닥에 임금 '王' 자를 쓰고 나오거나 역술가인 천태공과의 관계로 계속해서 의심을 받는 중이었다. 천태공이 유튜브로 말한 것은 이내 윤태열이 이행하고자 하는 공약으로 나오는 등 천태공과의 깊은 관계를 의심할 수밖에 없는 상황이었다. 하지만 윤태열은 누구의 눈치도 보지 않았다. 선거운동 때도 건동법사가 등을 떠밀며 동행하는가 하면 대통령에 당선되는 동안 그의 부인은 여러 명의 명리, 풍수, 관상, 무속인 등의 역술인들과 소통하며 조언을 구했다고 한다. 그런 말들이 장안에 소문이 파다했지만, 지지자들은 그것을 헛소문으로 치부하며 믿지 않았다. 아니 그렇게 도움을 받아서라도 당선되기를 바랐는지도 모른다.

그리고 장미가 만발한 2022년 5월 10일. 윤태열이 대한민국 대통령의 자리에 올랐다.

취임식을 지켜보며 철호는 자신의 예측은 기우에 불과하고, 이제 그가 선출된 대통령으로서 기왕 국가와 국민을 위해 좋은 정치를 펼쳐서 모두가 행복한 세상이 되길 진심으로 바라는 마음이었다.

* * *

철호는 천천히 앞마당을 산책하다가 책상에 올려놓은 핸드폰이 길게 울리는 소리를 듣고 성큼 들어와 전화기를 집어 들었다.

"여보세요?"

"교수님. 해광입니다."

"아이고, 해광 스님. 그간 잘 지내셨는지요. 초파일 행사 때문에 바쁘셨을 텐데……."

"교수님께서 올해도 등값 보내 주셔서 감사했고요. 염려 덕분에 부처님 오신 날 행사도 성황리에 잘 치렀습니다."

철호는 두 자녀가 태어난 이후 자신의 부모님이 그랬던 것처럼 매년 부처님 오신 날에는 사찰을 찾아 아내와 두 아이를 위해 가족 등을 밝혀왔다.

"스님, 못 가봐서 미안합니다. 나는 늘 지리산 자락에 고즈넉하게 자리 잡은 그곳이 눈에 선하답니다."

"미안하시긴요. 그런 말씀 마시고 오셔서 며칠 휴양하고 가세요. 강화도도 좋으시겠지만 지금 여기 지리산에는 몸에 좋은 산채 나물 새순이 많이 올라와 미각을 돋굽니다."

해광 스님은 철호의 대학원생 제자였다. 그는 고아로 어린 시절부터 절에서 자라고 절에서 학교 다니며 성장했다고 한다. 비범한 두뇌와 바짝 마른 체구에 갸름하고 검은 얼굴에 안광이 빛나고 근엄한 모습으로 신도들에게 매우 신뢰를 얻고 있는 조계종 사찰의 주지였다.

철호는 동양 철학에 심취한 해광 스님이 꽤 많은 나이임에도 대학원생으로 입학하여 학위를 받고 졸업한 이후로는 그가 주지로 머무는 사찰에서 초파일 가족 등을 켜왔다.

철호는 대선과 부처님오신날 연휴와 이어 대통령 취임도 있었기에 두어 달 동안 칩거하며 통 외출을 안 했던 터라 내심 어디든 바람이라도 쐬러 가고 싶었던 참이었다.

"스님, 그럼 내일 당장 내려가도 되겠습니까?"

"그럼요, 교수님. 내일 꼭 오세요. 기다리겠습니다."

철호는 아침 일찍 옷가지와 노트북 등을 넣은 가방을 차 뒷자리에 넣고 출발하였다. 지리산까지는 네다섯 시간 걸리는 긴 여정이었고, 휴게소마다 들러 쉬엄쉬엄 가니 점심시간이 다 되어서야 절에 도착할 수 있었다.

"교수님. 어서 오세요. 운전하시느라고 고생하셨죠?"

"우리 해광 스님, 신수가 좋아 보입니다. 허허!"

"점심 준비해 놓았습니다. 어서 안으로 들어가시죠."

구불구불 깊은 산중에서 기적을 만나듯 호수가 바라다보이는 지리산 속의 고찰은 역시 강화도와는 다른 심심산천의 그윽하고 신비한 기운이 오감으로 느껴졌다.

산이 높아서인지 절터가 오목하게 들어앉아서인지 사찰엔 어둠이 일찍 내려왔다. 저녁 식사를 마치고 밤공기를 마시는 중 해광 스님이 철호의 방으로 들어섰다.

"교수님. 약주 한잔 준비했습니다."

"스님도 약주를 좀 하시지요?"

"그럼요. 속세에 다른 건 다 버리고 왔지만, 속세의 즐거움 하나는 들고 왔지요. 술이라기보다는 약주입니다."

"허허! 좋지요."

"교수님. 이게 뒷산 산머루를 따서 담은 자연산 머루주입니다."

술잔으로 떨어지는 산머루주의 향기가 코끝에 닿자 철호는 침을 꼴깍 삼켰다.

"자. 스님도 같이 한잔합시다."

"네. 교수님."

"허허! 스님, 산머루주 뒷맛이 아주 향긋하고 좋습니다 그려."

해광이 철호의 빈 술잔을 채우며 말없이 철호를 응시했다. 그런 해광을 대하며 철호가 물었다.

"왜 그러십니까?"

"아닙니다. 다만……."

"다만, 뭐요?"

"그동안 많이 시끄러웠고, 지금도 염려가 많으시죠?"

"허허, 스님 눈에는 그게 보이시나요?"

"그 스승에 그 제자지요. 전화 속 목소리만으로 벌써 느껴지더군요. 마주한 얼굴은 더 그렇구요."

"허허, 그래서 나를 쉬게 하려고 여기로 부르셨구려."

"네. 그렇습니다."

해광은 호탕하게 웃으며 대답했다.

"교수님, 이래도 저래도 세상은 다 굴러가는 것 아니겠습니까? 부처님의 뜻에 맡기시면 세상은 제 이치로 돌아오기 마련 아닐까요? 그러니 심신을 괴롭히지 마시지요. 얼굴의 쓸쓸함이 이 제자를 아프게 합니다."

"옳거니, 부처님의 뜻이라! 듣고 보니 내 괜한 걱정을 하고 있었구려."

철호도 맞장구를 치며 큰소리로 껄껄 웃었다.

철호와 해광은 밤이 깊어 가는 줄도 모르고 술잔을 주거니 받거니 하며 철학과 불교에 대한 이야기를 나누다 새벽이 다 되어서야 잠자리에 들었다.

철호는 해광 스님과 낮에는 지리산의 곳곳을 둘러보고, 저녁에는 절을 찾는 신도들과도 함께 이런저런 이야기를 나누며 닷새를 보냈다. 철호가 왔다는 소문에 신도들이 많이 찾아왔다. 철호는 이제 강화도로 돌아가야겠다는 생각이 들었다.

"아니, 벌써 가시게요? 며칠 더 계시다가 가시지요……."

해광이 녹차 잔을 들고 철호가 머무는 방으로 들어오다가 떠날 채비를 해 놓은 보따리를 보고 아쉬운 듯 말했다.

"가서 해야 할 일이 있어서……. 닷새 동안 마음을 잘 풀고 갑니다."

"교수님, 삼 년 전 초파일에 오셔서 신도들에게 특강 해주신 게 소문이 나서 많이 도움이 되었습니다. 신도들은 교수님을 잊지 않고 있답니다. 동양권 불교문화의 이해를 위해 달마대사 일대기를 강의해 주신 게 무척 인상 깊었다고 지금도 회자하고 있답니다."

"허허! 그래요?"

"교수님. 건강이 허락하시면 매년 한 번씩은 오셔서 산채 나물과 담근 약주도 드시며 쉬다 가세요."

"네. 스님이 보고 싶을 것 같아 그리해야겠습니다."

해광은 문밖으로 나가 달빛을 등에 업고 조용히 방문을 닫았다.

철호가 머무는 요사채 창호지 문창살로 아침 햇살이 찾아들었다. 이른 공양을 마치고 올라갈 준비를 하고 나오는데 절간 앞 큰 마당가에 아주 작은 청개구리 한 마리가 마른 땅을 폴짝거리며 어디론가 향하고 있었다. 순간 산티아고 순례길을 고독하게 걸으며 발이 부르터 고생했던 때가 생각났다.

'저 청개구리의 여정에 부처님의 가피가 있기를 ……'

철호는 마음속으로 기원했다.

"자, 스님. 출발하겠습니다. 여러분들도 건강하시고 또 만납시다."

돌아서려는데 저 뒤편에서 철호를 가까스로 바라보는 공양주가 눈에 띄었다. 철호는 공양주 앞으로 다가갔다.

"보살님. 그동안 온갖 맛있는 새싹 반찬으로 식사를 차려주시고 여러 모로 잘 보살펴 주셔서 정말 감사했습니다."

"아이구, 별말씀을요. 지야 당연히 할 일을 했을 뿐입니더 ……."

철호는 주지 스님과 신도들의 배웅을 받으며 구불거리는 지리산 자락을 천천히 빠져나왔다.

한나절 후 강화도에 도착하니 그사이 가지마다 붉은 꽃 멍울을 가득 매달고 있던 수사해당화가 활짝 피어 있었다. 오월의 햇살에 여왕처럼 아름다워 눈이 부실 지경이다.

계절은 여전히 가을 겨울이 오고 또 봄과 여름으로 바뀌어 가면서 철호와 만식이가 살아가는 강화도 별장의 자연 풍광은 하루하루가 한 폭의 수채화다. 그 속에서 소심한 일상과 짙은 낭만은 모든 것을 내려놓고 살아가는 철호의 인생에서 또 다른 선물이었다.

무릎이 아침부터 쑤시더니 빗방울이 한두 방울씩 떨어지고 있었다. 다시 돌아온 여름에 장마가 찾아왔다. 이 비는 오랜 시간 내리리라. 그의 인생이 오랜 시간을 길고 긴 궤적을 그리며 헤맸던 것처럼.

* * *

"아, 운명이란 것이 기어코!"

철호는 가슴을 쳤다. 그리고 쓰러졌고, 꼬박 이틀을 앓았다.

2024년 12월 3일 급기야 비상계엄령이 선포되고, 두 시간 반 만에 국회 의결로 해제가 되었지만, 국회는 내란 사건으로 규정하고 현직 대통령을 탄핵 소추했다. 국회의원 재적 3분의 2를 넘기는 204명의 가결로 대통령의 직무가 정지되었다. 여당 의원들도 일부 반헌법적 사건을 인정하고 찬성표를 던졌다.

그리고 검찰과 국가수사본부, 그리고 공수처는 동시에 수사를 시작했다. 군 주요 보직을 맡고 있던 별들이 줄줄이 구속되었다. 먼저 국방부 장관이 구속되었고, 육군참모총장(계엄사령관), 특전사령관, 방첩사령관, 수도방위사령관 등등이 구속되었다. 그리고 국회에 경찰력을 집결시켰던 경찰청장과 서울경찰청장 등이 구속되었다.

언론에서는 수사 과정에서 드러나는 가담자들이 추가로 구속되거나 계엄군들의 행적이 선관위 등 여러 곳에 있었음을 방송하며, 사전에 철저히 계획된 내란이었음을 낱낱이 보도해 주었다.

한 유튜브 방송에 의하면, 계엄을 주도했다고 알려진 국방부 장관의 라인이자 계엄에 가담했던 장군 출신 비선 역술인 조모 씨 등이 대통령에게 2024년이 운이 좋으니 올해가 가기 전에 비상계엄을 선포해야 한다고 건의했다는 것이다. 과연 대통령은 이 말을 믿고 비상계엄을 실행했을까? 그건 하늘과 본인만이 알 것이다.

영부인과 대통령에게 후보 시절부터 국정운영에까지 조언을 해줬다는 역술인들은 진정 그가 잘되기를 바라고 그리했을 것이다. 역설적으로 조언을 받는 입장에서도 충분히 심리적 위안은 되었다고 본다. 그렇다면 그들은 대한민국 대통령이 내란으로 탄핵되는 이 엄청난 사건은 예측하지 못했단 말인가? 아니면 예측하였으나 입을 닫고 있었단 말인가?

그 우주의 거대한 규칙과 예측할 수 없는 불규칙 속을 걸어가는 게 운명이라면 아무리 훌륭한 역술이라도, 도사니 쪽집게니 해도 비를 피할 수 있는 우산 하나 외에 줄 수 있는 게 없다. 다만, 충고의 말을 새겨듣고 현명한 판단을 할 수 있는 지혜가 있다면 때를 기다리거나 변화를 통해 더 안전한 길을 걸어갈 수 있으리라.

아마도 시간이 흐르고 나면 몇몇 역술인들의 입에서 이런 말이 나오지 않을까?

"나는 말이야.

그렇게 될 것을 예측했으나 감히 말할 수가 없었다니까."

그렇다. 철호는 자신이 운명 선상을 실험대상이듯 그리고 실험하듯 걸어왔지만, 우주의 거대한 에너지 흐름 앞에 인간의 생각하는 능력이나 예측력은 한 줌의 티끌밖에 안 되기에 결코 그렇게까지는 알 수가 없다는 결론을 얻었다.

하지만 지금 대한민국의 미래가 너무나 걱정되는 시기라서 철호는 가부좌를 틀고 앉아 명상으로 들어가 큰스님을 만나 태랑이 되어본다. 국운을 풀어보려는 거였다. 그때 문득 해광의 목소리가 들렸다.

"이래도 저래도 세상은 다 굴러가는 것 아니겠습니까?

부처님의 뜻에 맡기시면, 세상은 제 이치로 돌아오기 마련 아닐까요?

그러니 심신을 괴롭히지 마시지요……."

[子曰 不知命 無以爲君子也.]

'명을 알지 못하면 군자가 될 수 없다'는 논어의 마지막 구절이다.

자신이 오랜 시간 운명에 대해 공부한 결과, 알 수 있는 사실은 하나였다. '운명이란 결국 인간이 어쩔 수 없이 받아들일 수밖에 없는 것[결정론]'이 있다는 사실이다. 그러나 또 한편 '인간은 자신의 어려움을 인내와 노력으로 극복해 나갈 수도 있다[자유의지론]'는 것이다. 그러므로 운명적인 것 앞에서 어찌 절망만 하랴. 생각하는 능력으로 세상을 새롭게 관찰하고 거기서 기회를 얻을 수도 있으리니, 희망을 품고 때를 기다려보라. 누구나 자신의 운명을 이해하고, 노력하고, 때를 기다릴 줄 안다면, 실패를 면하고 기회를 얻을 수 있으리라.

철호는 창문을 열고 밖을 내다본다.

자신이 태어난 그날처럼 눈이 내리고, 낙조마을은 하얀 겨울옷으로 갈아입는다. 누군가 바다 쪽으로 이어진 좁다란 길을 따라 바다를 향해 눈길을 걷는다. 눈보라가 더 거세지면서 그가 눈 속으로 사라지고, 바다는 눈보라 뒤로 숨어버렸다.

"철호야, 내 오래전에 너에게 학자의 길을 가야 하고,
역학 공부를 해야 액땜을 할 수 있다고 했던 말을 기억하느냐?"

"네, 스님 말씀대로 열심히 공부하여 교수가 되었습니다.
또 도인 행세하면서 운명론에 정진하며 정신없이 살았습니다.
그러나 한계에 부딪히고 말았습니다.
또한 좋은 남편과 좋은 아빠는 못되었습니다."

"아니다. 첫째, 너는 교수가 되어 많은 가르침을 주었으니
사회적으로도 성공했고,
둘째, 아내와 자식 누구 하나 잘못된 사람이 없으니
가정도 문제가 없는 것이며,
셋째, 너는 평생 돌아다니는 동안 사람을 대하며
마음을 수양하였다. 그러느라 삿된 짓을 하지 않았다."

"스님……."

"이제 너는 눈으로 볼 수 없는 것을 마음으로 볼 수 있는
혜안을 가지게 되었으니 진정한 야함을 실천하며 살아가거라.
그동안 수고했구나."

운명을 걷다

초판 발행 2025년 3월 24일

지은이 김기승
펴낸이 방성열
펴낸곳 다산글방

출판등록 제313-2003-00328호
주소 서울특별시 마포구 동교로 36
전화 02-338-3630
팩스 02-338-3690
이메일 dasanpublish@daum.net
　　　　iebookblog@naver.com
홈페이지 www.iebook.co.kr

© 김기승 2025, Printed in Korea

ISBN 979-11-6078-346-9 03810